JN198287

青嵐の旅人

上　それぞれの動乱

天童荒太
Arata Tendo

毎日新聞出版

青嵐の旅人

旅人の　青嵐の中を　下りけり

正岡子規

登場人物

さぎのや

ヒスイ……さぎのやの娘。実母が助けられた縁で、さぎのやで育つ
救吉……ヒスイの弟。へんろ道に捨てられていたところを保護され、ヒスイとともに育つ
勇志郎……さぎのやの長男。瓦版屋
天莉……さぎのやの長女。キリシタン
希耶……さぎのやの女将。勇志郎や天莉の実母。ヒスイや救吉の育ての母
大女将……さぎのやの先代女将。大原観山とは幼なじみ
澄香……芸者。勇志郎の幼なじみ

伊予松山藩

青海辰之進……伊予松山藩天文測量方・青海吉右衛門の次子
青海虎之助……伊予松山藩士。辰之進の兄
曾我部惣一郎……伊予松山藩士。辰之進らの従兄弟
曾我部怜……惣一郎の妹。虎之助の許嫁
内藤助之進（師克）……辰之進の友人。伊予松山藩士の長男
大原観山（有恒）……伊予松山藩士。明教館教授
鷹林雄吾……伊予松山藩士。剣術・馬術、学問ともに優れた藩内屈指の秀才
西原修蔵……伊予松山藩士。鷹林の取り巻きの一人

明王院

院主……修験道場明王院の長。道後の霊泉の管理者
包源……院主の一番弟子

笙安……包源に次ぐ院主の二番弟子

ジンソ……牛馬の解体を生業にする。腑分け（解剖）の熟練者

美音……ジンソの孫娘。美しい歌声を持つ

太助……救吉の幼なじみ。農家の四男坊

アオ……猟師の少年

土佐

坂本龍馬……土佐の剣術名人

沢村惣之丞……土佐勤王党の一人

那須俊平……土佐檮原村の郷士

新選組

原田左之助……伊予松山藩を脱藩し壬生浪士組（新選組）の浪士に。槍の名人

沖田総司……新選組一番隊組長。剣術の名人

山南敬助……新選組総長

土方歳三……新選組副長

緒方洪庵……蘭学者、医学者。大坂に適々斎塾を開く

登勢……伏見の宿・寺田屋の女将

装画　大竹彩奈
装丁　鈴木久美

上　それぞれの動乱

（一）

　少女が、その人に会ったのは、山深い森の中に通っている古いへんろ道から、やや外れた茂みの奥だった。

　折り重なる照葉樹の葉のあいだから、早朝の陽光が差し込み、目覚めた草木から放たれる新鮮な香りが、春の森の中に流れていた。

　文久二（一八六二）年、三月下旬。

　多くの戦と殺戮ののち、この国に明治の世が訪れるのは、六年後の事である。

　古くから修験道の修行の場だった西日本最高峰の石鎚山を、ひとまず基点に置いてみると、北に瀬戸内海が広がり、西に向かえば伊予松山藩がある。さらに大洲藩へ続き、西南へ下ってゆくと宇和島藩がある。

　逆に東に向かえば、讃岐の丸亀藩、高松藩、南東へゆるやかに下って阿波徳島藩へと至る。そして南方に大きく位置するのが、土佐藩だった。

　各藩を見下ろすように、あるいは背後を護るように、四国山地の山々が連なり続く。

　多くは温帯の森だが、石鎚山を頂点に、標高千メートルを超す山の頂上近くでは、冬は雪が深く積もる。それより低くとも、山深い地域では、雪は少しも珍しくなかった。

少女が昨夜泊まった、修験者（山伏）が設けた小さなお堂の周りだけでなく、夜が明けてからずっと歩いているへんろ道にも、日陰となる所には雪がまだ少し残っていた。

一方で、雪が消えた所では、ちらほらと彩(いろど)りがのぞき、春の芽吹きが感じられる。

土佐と伊予をつなぐ山越えの道は幾つもある。おおやけの街道、裏道、抜け道、へんろ道。僧侶や修験者が修行のために通る道は、とりわけ険しい悪路である。より厚い功徳(くどく)を願うおへんろの中には、そうした悪路を真のへんろ道として、選ぶ場合もあった。

少女もあえて悪路を進んでいた。

杖(つえ)をついてさえ立って歩ける場所は、長く続かない。ところどころ這(は)うようにして、深い谷へと一気に転げ落ちそうな道の先を睨(にら)みつけ、慎重に足を運んでいく。

ひときわ険しい場所を抜け、ほっと息をつく。同時に、異様な音が間近に聞こえた。

大型の獣(けもの)の発する、うなり声に近かった。


少女の名はヒスイという。顔も知らない亡き父の命名だと、聞かされている。

数えで十四歳。きりっと締まった顔立ちは、よく少年と間違えられる。眉は太く、意志のみなぎる目をして、肩までの髪は後ろに回し、紐(ひも)できつく縛っている。

背丈は同年代の少年たちより高く、山中を歩き回ることが多いため、細身に見えるが、足腰の筋肉は発達し、体力もあった。

修験者の着る装束(しょうぞく)を、さらに歩きやすいよう簡素に仕立てた白い上下を身にまとい、保存のきく食品や薬を詰めた紫色の袋を斜め掛けにしている。笠(かさ)はかぶらず背中に下ろし、自分の背よりも長い金剛杖を手にしている。

ヒスイは、樫(かし)の木製の固い杖を腰の横で構えた。獣のうなり声のような、妙な音が聞こえる茂みの奥へ、樹(き)を陰にしながら、にじり寄る。

四国の山には、熊はいないが、猪(いのしし)は多く棲(す)んでいる。中には熊と変わらない大きさのものもいる。彼女は、これまで何度か森の中で猪と出会った。逃げずに相手の目を見つめ、少しずつ後退すれば、相手も静かに退(ひ)いた。たとえ突進されたとしても、近くの樹に一瞬でのぼれる自信はある。

音が間近になる。確かに生き物のうなり声のようだが、怒りや威嚇(いかく)というより、

(助けを求めている……?)

ヒスイは、聞こえてくる苦悶(くもん)の声の底に、救いの願いを聞き取った。

樹の陰から出て、丈(たけ)の高い草をかき分けて進んでゆくうち、急に開けた場所に出た。

頭上の岩間から流れてくる細い沢のほとりに、黒々とした、異様なかたまりが横たわっている。苦しんでいるのか、右に左にと揺れながら、うめき声を漏らしている。

(猪でも、猿(さる)でもなさそうだけど)

ヒスイは、いつでも突けるように金剛杖を構えたまま、さらに歩み寄って、相手の姿に目を凝(こ)らした。黒々としたかたまりから、刀の鞘(さや)が飛び出しているのが見え、

(まさか、お侍……?)

ひとまず杖を下げ、立ち位置を変える。

武士らしい出で立ちをした、からだの大きい男が、腹部を両手で押さえて、苦しんでいる様子がうかがえた。彼女は思わず身を寄せて、

「もし、お侍様……いかがなされました。痛むのですか、お怪我(けが)をされましたか」

杖を置いて、耳もとで呼びかけた。

声を聞いてか、男が首を起こす。

ヒスイは相手の顔を見て、あっと胸を突かれた。

身なりは立派とは言えない。髪もぼさぼさで、武士ではあっても、たぶん下士だろう。大柄で、背中が広く、腰も張り、腕が太い。

森の木々に斧（おの）を振るっている方が、よほど似合っていそうな男が、裏道やへんろ道からも外れた、こんな茂みの奥で、腹を押さえてのたうっている。それこそ獣じみた、いかめしい面（つら）つきだろうと予想していた。

だが、ヒスイの前には、薄く無精ひげが伸びてはいるが、品のある端正な顔がある。やや面長（おもなが）で、額は広く、顎（あご）は意志が強そうに張りながら、粗野な印象は受けない。目も切れ長で鋭いのに、黒目がちの瞳には愛らしささえ感じられた。

「は、腹が……」

男が苦しげな息の下で言う。差し込みが来たのか、すぐまた顔を伏せた。

ヒスイは、とっさに相手の背中を撫（な）で、

「何か、食べるか飲むか、しましたか」

と尋ねた。手のひらの下の体温は熱く、肩から背中、さらに腰にかけて力強く盛り上がった筋肉が、こまかく震えている。

周囲に何か、しるしがないかと目で探し、沢のささやかな水の流れが目にとまった。

「この水を飲まれましたか」

男が、右手の人差し指で天を示し、

「上の沢で……うまくて、何度も手ですくい……しかし、ふと」

男の人差し指が地に落ち、「流れの上に目をやると、鹿が……腐った頭を沢に突っ込んで死んじょった。すぐに吐こうとしたが間に合わず……ほどなく腹が」

ヒスイは、茂みの上方を見た。

斜面の草がつぶれ、残っていた雪が乱れ散っている箇所がある。

「足を滑らせ、落ちたのでございますか」

彼女の問いに、男がかろうじてうなずく。

手早く、男のからだのそこここにふれ、

「強く打った所や、切った所はございますか」

「若そうじゃが……医者か？」

「ではございませんが、少し心得がございます。おからだに傷はないようです。痛みが、おなかだけなら、毒消しがございます」

ヒスイは、肩から提げた袋を開いた。腐った物や毒性の物を食べるか飲むかして、腹痛やめまいを起こした場合に効く薬を出す。

修験者に古くから伝わる製法で、特別な薬草を数種すり潰し、丸薬にしたものだ。

「お侍様、お薬です。どうぞこちらの水で、お飲みください」

痛みが強そうなので、丸薬を三粒、手のひらに取り、水の入った竹筒と差し出す。

男は、彼女の言葉に反応して、手を伸ばしかけた。だがよほど痛むのか、その手を自分の腹部に引き戻し、食いしばった歯の間からうめき声を漏らす。

「これは、弘法大師（こうぼうだいし）様がじきじきに薬草を選び、苦しむ民に与えるようにと、作り方を修験者に伝えたという謂（いわ）れがあるものです。どうぞお試しになってください」

男はふたたびその薬を飲みたいという仕草は見せるのだが、肝心なときに痛みが増すらしく、薬を手にすることさえできない。

「では……失礼を、お許しください」

ヒスイは、男の頭の脇に膝をつき、彼のからだを引き寄せ、仰向（あおむ）けにさせようとした。

だが腰の刀が邪魔になる。彼女は刀剣に詳しくはないが、一見して、鞘も、つばも立派なこしらえに思えた。

「お刀を、少し動かしていただけませんか」

すると男は、痛みを振り払うような勢いで腰から刀を抜き、

「おまんに、預ける」

低く言って、彼女の膝の脇に置いた。そのままごろりと仰向けになり、少女の膝の上に頭をのせる。苦しいのか、目は閉じている。

武士としては、あまりに無防備な姿勢をさらけ出したことに、ヒスイは驚いた。と同時に、喜びと責任の重さに、心が震えた。

(信じてもらえたのだ、このお方に……)

着物越しにでも、よく鍛え上げられていることが分かる立派なからだつきの、刀も優れた業物（わざもの）を持っているお侍が、どこの誰とも知らない少女を信じてくれている。

こんな思いがけない形で、人から命を預けられるのは、もちろん初めての経験だった。

(信頼に応えなければいけない……このお侍様を、お助けしなければいけない)

ヒスイは、丸薬を三粒、自分の舌の上にのせ、水を口に含んだ。

目を閉じている男の顔の上に覆いかぶさり、右手で相手の鼻をつまみ、息をあえがせて口を開いたところで、左手で相手の顎を押さえ、唇を合わせた。

相手の口の中に、水と一緒に丸薬を流し込む。すぐに唇を離すと、きっと吐き出してしまうだろう。そのまま唇を重ね続けた。

男の体臭を鼻の奥に感じる。汗くさいが、いやなにおいではない。むしろ安らぎを感じる。この人物に身を寄せて、唇を重ねていることに、心地よささえおぼえた。


ごくり、と男の喉が鳴った。

水を飲んだのが伝わり、ヒスイはゆっくり唇を離した。男の熱が移っていた唇と、ほてっていた頬に、冷たい風が当たる。

自分の行いが急に恥ずかしくなった。

そっと男を見ると、人心地ついた表情をしている。薬が効くにはまだ早い。薬を飲んだという安堵と、水で渇きが少し癒えたために、痛みが一時的に去ったのかもしれない。

その表情が、年下の少年のようにも見え、

「大丈夫ですよ」

しぜんと相手のぼさぼさの髪を撫で、優しい声をかけていた。

男が、また痛みが突き上げてきたのか、いきなりうつ伏せになり、彼女の太もものあいだに鼻面を押しつけ、腰を両手で抱いた。

ヒスイはびっくりして、相手を押しのけようとしたが……彼の背中がおびえているかのように震えているのに気づいた。

「死にとうない……こんなところで……せっかく脱けてきたのに、死にとうはない」

くぐもった声で懸命に訴える言葉を聞き、彼女の力が抜けた。腰を落とし、広い背中を抱くようにして、両手で撫でる。

「死にはしません。大丈夫でございます。きっとすぐによくなります」

次第に相手の力も抜けていく。だが、母親か姉に甘える幼い子どものように、彼女をつかまえて離そうとしない。その姿が、年も背格好も違うのに、弟と重なって見えた。

救吉、と名付け親に与えられた名の通り、まだ小さいのに、困った人がいれば、どこへでも救いに向かう。がむしゃらに走り回り、疲れると、よくヒスイの膝の上で寝た。

年は彼女と同じか、一つ下か。へんろ道の脇に捨てられていた赤ん坊の彼を、伊予の修験者たちがたまたま拾い、やはり赤ん坊だったヒスイが暮らす家に養育を頼んだために、二人は姉と弟として育てられる事になった。

弟にするように、厚い背中を撫で続けるうち、男はいつしか彼女の膝で眠っていた。

彼女はさすがに足がしびれ、男を起こさないよう慎重に、足を伸ばそうとした。

刀が置いたままなのに気づいた。大切に刀を手に取り、胸に抱えてから、足を伸ばす。

そのとき、人を呼ぶ声が耳に届いた。

「坂本さーん、どこぞねー、坂本さーん」

「龍馬ー、どこに消えたー、龍馬よぉー」

ヒスイは目を見開き、膝の上の男を見た。

（このお方が、まさか、坂本龍馬様……？）

昨年の暮れ、江戸で北辰一刀流を掲げて名高い千葉道場で、若くして塾頭となった土佐出身の剣術の名人が、伊予松山藩を訪れていた、という話を、ヒスイは耳にしていた。

彼女が暮らす家には、四国を旅するおへんろや、藩を越えて行き来する商人や飛脚らを通じて、巷の情報がしぜんと集まる。

加えて、ヒスイの祖母が、藩主の側近であり、藩校明教館の教授である大原観山と幼なじみだった。観山は、ときおり家に遊びにきて、城内ではなかなか口にできない話まで、愚痴まじりに聞かせてくれる。

その中で、土佐の剣術名人の話が出た。

彼は土佐から讃岐を経て、伊予に入ってきたという。彼の身分を吟味した役人から、藩庁に報告があった。藩の剣道指南格の田那辺家から、江戸の有名道場の塾頭に、ぜひ一手ご教示願いたいと、数度使いが出されたが、すべて断られたらしい。

観山もまた彼に使いを出した。藩校に通う子弟に対して、武ではなく、文の話を聞かせてもらえまいか、という頼みだった。

温暖かつ穏やかな土地柄のせいか、多くの藩士は、内向的で、変化を嫌う。先人の教えや、すでに決められている事柄は誠実に守る一方で、みずから高い志を抱き、たとえ先人の教えに背いても新しい道へ踏み出す……という事が、なかなかできない。

だが、新しく外に向かう気構えこそが、これからの世、これからの藩士には必要だと、江戸の昌平黌で学んだ経験のある観山は、藩の外の動きから見て取っていた。

ペリーが浦賀に来航したのが九年前。そのあと五年のうちに、アメリカ、オランダ、ロシア、イギリス、フランスと通商条約を、幕府は朝廷の勅許を得ないまま結んだ。当然のように噴き出した人々の不満を、幕府は暴虐的に弾圧していった。しかし弾圧の中心人物だった大老井伊直弼も一昨年、尊皇攘夷派の浪士たちに襲われ、すでにこの世にない。

藩の外は嵐のごとく荒れ、激しく揺れている。伊予松山藩内は、幕府・徳川家の家門に列する親藩ゆえに、お上の決めた通りに従っていればよいとする考えが、多くの者の頭を占めている。

だが、このまま収まるはずがない。嵐の余波は必ず当藩にも襲いかかるだろう。

だから藩士の自分では話しづらい動向を、これからの世を担う若者たちに話してほしかった……諸国を旅して、世事に通じているだろう高名な剣術の使い手、坂本龍馬に。

ちなみに大原観山の長女八重が、松山藩、御馬廻加番、正岡常尚に嫁ぎ、龍馬が松山を訪れた文久元（一八六一）年から六年後、奇しくも龍馬が京の地で命を落とした慶応三（一八六七）年に、男の子を産む。

この観山の初孫が、本名常規。幼名は処之助、のち升と改められ、多くの友人子弟から「のぼさん」と慕われた、正岡子規である。

さて、観山の使いが旅籠に着いたとき、すでに龍馬は出発していた。藩の港から、芸州（広島）もしくは長州に向かう船に乗ったらしい。たとえ芸州に着いたとしても、目的地は長州と、観山は読んでいた。

当藩の外で今、勢いのある動きを見せているのは、水戸、薩摩、長州だろう。

倒幕の意志を持つと目された松下村塾の吉田松陰が、安政の大獄で死罪になったのち、長州は藩を挙げて京都朝廷とのつながりを強めた。京都屋敷詰め家老長井雅楽が『航海遠略策』――開国して海軍を振興し、異国と対等に向き合う。それを朝廷が幕府に命じて行わせる形をとる――という、いわゆる公武合体策をもって、朝廷工作を行った。結果、孝明天皇から藩主毛利慶親に対して、公武周旋（朝廷と幕府の間を取りもつようにと）の内命が下されたという。

一方で長州藩内の尊攘派は、公武合体など天皇の大御心に背くとして、爆発寸前である……と、これは伊予松山藩の密偵の情報だった。

いわば当藩とは、その動向が対照的な場所にこそ、龍馬は向かうはずだ。

長州藩とは瀬戸内海を挟んで対峙している。万が一、幕府と長州藩が衝突したなら、親藩である伊予松山藩にこそ長州討伐の命は下るだろう。そのとき、事なかれと日々を過ごしてきた藩士らに、戦える力はあるか。

懸念があればこそ、龍馬に、藩の若者たちを叱咤激励してほしかったのだが……。

観山のそうした想いを、彼と祖母との会話の場に、茶などを供する世話係として、同席していたヒスイも聞いていた。

だから今、その龍馬が、土佐と伊予を結ぶ道の外れで、自分の膝の上に寝ている成り行きに……不思議な因縁をおぼえた。

「坂本さーん、おーい、坂本さーん」

「龍馬ー、どこじゃ、龍馬よぉー」

二つの声は、間近に聞こえながらも、丈の高い茂みによって、姿が隠れている。声の調子からして、敵とは思われなかった。

「もし、坂本様、どなたかがお捜しです」

ヒスイは、ひそめた声で、膝の上の男に呼びかけた。肩をそっと揺らし、

「もし、坂本様、坂本龍馬様」

「……おう」

と、彼が返事をした。

（やはりこの人は、坂本龍馬なのだ……）

急を要する場合で仕方がなかったとはいえ、彼と唇を交わし、さらに腰をずっと抱かれ、膝にものせ続けている……と思うと、ヒスイの心臓は高鳴った。

すると龍馬は、彼女の腰から手を離し、地面に手を突いて、

「よっこらせ」

ごろりと仰向けになって、ヒスイを見上げた。切れ長の目をしばたたいて、

「おまんは、誰じゃ」

「わたしは、ヒスイと申します」

「変わった名じゃの、青い石の翡翠（ひすい）か？」

「いえ。鳥、だそうです」

「鳥？　知らんな」

龍馬は下から、ヒスイの恰好（かっこう）をじろじろ見上げ、「その白い装束は……おへんろさんか？」

「旅の途中で難渋（なんじゅう）しているおへんろを助けるために、へんろ道を巡っている者です」

すると龍馬は、ふふと息を漏らして、

「そしたら、おまんに助けてもろうて、わしも、おへんろじゃな」

ヒスイは、笑みを浮かべて、うなずいた。

「はい。人は誰もが、おのれや、親しき者の幸せを願いながら、人の世を旅し続ける、おへんろでございます」

「ほう、なかなかうまいことを言う」

とたんに、彼の顔がゆがんだ。「いかんっ」

短く叫び、跳ね起きると、周囲を見回し、丈の高い茂みの中に駆け込んでいく。ほどなく、か細い笛を吹くような音がした。

「坂本さーん」「龍馬よぉー」と声がする。

茂みの奥から、ヒスイに向けて、

「あの二人を呼んでくれ」

という声がした。「わしの連れじゃ」

「分かりました」

ヒスイは応えて、「こちらでーす。こちらにいらっしゃいまーす。お捜しのお方は、こちらにいらっしゃいまーす」

と、大きく声を張った。

ほどなく草をかき分ける音が近づき、龍馬より年若い男と、髪に白いものが目立つ老年にさしかかっている男が、相次いで姿を現した。

二人は、ヒスイの存在に困惑した表情で、それぞれ腰の刀に手をかけた。

「何者だ。その姿は、おへんろか?」

老年の男が訊く。「ここで何をしておる」

「いや、待て。おへんろ姿は変装じゃろ」

若い男が殺気をみなぎらせ、「おまんが胸に抱えちょるのは、坂本さんの刀じゃ。さては盗んだな。こちらに渡せっ」

ヒスイは、急の成り行きに声が出ず、逆に胸の刀をぎゅっと強く抱きしめた。

「渡さぬか、盗っ人(ぬすっと)め。斬るぞっ」

若い男が、まさに刀を抜こうとしたとき、

「やめいや、沢村(さわむら)っ」

茂みの奥から声が飛んだ。「わしの命の恩人を斬るとは、どういう了見(りょうけん)ぜよ」

茂みを分けて、龍馬が着物を直しながら現れた。ほっとした表情で、

「ようよう落ち着いた」

「薬で、からだの中の悪い物が出たのです」

ヒスイは説明した。「もう大丈夫です」

「どういうことじゃ、坂本さん」

沢村と呼ばれた男が怪訝(けげん)そうに問う。

沢村惣之丞(そうのじょう)。数え年二十八歳の龍馬よりも、七つ年下の二十一歳。血気盛んな年頃であった。龍馬とともに武市半平太(たけちはんぺいた)を盟主とする尊皇攘夷を志した土佐勤王党(きんのうとう)に加わり、のち海援隊に属する。

「龍馬よ、心配したぞ」

年配の男が言う。「先にずんずん進み、長旅の疲れが出ておる惣之丞の様子を見ておるうちに、いきなり消えてしもうて」

「すまんことでした、俊平(しゅんぺい)のおんちゃん。沢の水がうまそうに見えて、つい飲んだら、上流で鹿

が死んじょった。腹が痛うて、のたうつうちに足を滑らせ、ここまで落ちたところを、この少年に救われたんじゃ」

「まったく、成長せん奴じゃのう」

那須俊平。土佐檮原村の郷士で、土佐随一の槍の名手であった。龍馬の父直足（八平）も槍術の大家だった縁から、両者に親交が生まれ、俊平は頼まれて、ときおり龍馬に学問や武芸を教える事があった。

ちなみに俊平の養子信吾も、龍馬を警固するために、途中までついてきていたが、土佐藩を脱けたところで引き返している。

「ともかく、おへんろの少年に礼をせねば」

俊平はそう言うと、ヒスイの装束に目を凝らした。上着の右襟に『明王院』、左襟のところに『さぎのや』と刺繍が入っている。

「おお、ではおまんは、道後の湯を管理する明王院と縁のある、さぎのやの者か」

「はい、ヒスイと申します。おなごです」

「あちゃ、おまん……おなごじゃったんか」

龍馬が頭を掻き、「すまんことを言うた」

「いえ、よく間違えられますから」

ヒスイは恥ずかしくて、つい顔を伏せた。

「まあ、見た目からでは、仕方がないかの」

俊平も苦笑いして「明王院は伊予の修験道場で、古くから道後の湯を管理している話は有名じゃ。その道後で、へんろ宿と言えば、さぎのやが、歴史もあり、国ざかいの土佐の村々にも知られちょる。龍馬が剣術詮議の名目で、讃州から長州へ向かう先日の旅のおり……伊予松山藩に入るなら、さぎのやに泊まり、道後の湯につかってみぃと教えたろう」

「ああ、そのつもりじゃったが、向き合う内海が穏やかなせいか、人がみな良く、のんびりしちゅう。親藩でもあり、今のわしには居心地が悪かった。ゆっくり湯につかる気にもなれず、そそくさと船に乗ったきに」

　龍馬の返答が、観山の読みと呼応しているのに、ヒスイは感心した。一方で、さぎのやにも当時寄ってくれたのかもしれないと思うと、残念でならなかった。

　そのとき、頭上の道から、数人の人間が慌ただしく行き交う足音と声が落ちてきた。

「待て待て。龍馬たちの姿はまだ見えんか」

「那須俊平が案内に立っているとは申せ、そろそろ見えてきてもよさそうじゃがな」

　龍馬が、シッとヒスイに向けて唇の前に人差し指を当て、身を低くする。ヒスイは、惣之丞と俊平と共に静かに屈み込んだ。

「先に脱藩しちょった沢村は、この険しい道を土佐まで戻り、龍馬を誘って、さほど休まず、再び脱藩の道に出た。疲れちゅうはずじゃ」

「惣之丞は若い。捨て置いてもよいが、龍馬は何をしでかすか分からん、脱藩を許すな」

　追手らしい人々は、ちょうど頭上の道で休息を取りはじめた様子だった。

「坂本は健脚じゃが、抜けちょるところがあるきに、どこぞで踏み外しちょらんか」

「あっ。ここに人が滑り落ちたような跡が」

「なに……おお、確かに草が倒れておるな」

龍馬が顔をしかめた。俊平を手招き、

「ここはいかん。どこぞに逃げ道は？」

「いや、この辺りは上の道しか通らんでな」

それを聞いて、ヒスイは胸に抱えたままだった刀を龍馬に差し出した。おう、と相手が鞘をつかんだところで、すぐには離さず、

「ついてきてください」

彼を見つめ、刀から手を離した。「古いへんろ道が、この先にございます」


ヒスイは、頭上の街道にいる追手から遠ざかる茂みの先へ、迷わずに踏み入った。

数歩進んだところで、足を止めて待つ。

「罠（わな）かもしれませんよ」

惣之丞の声がする。

「あほぅ、命の恩人を疑う奴があるか」

龍馬が応える。「命を一度預けちょる」

ほどなく茂みに龍馬が踏み込んできた。ヒスイを見て、人なつっこく笑い、

「よろしく頼む」

「はい」

ヒスイは、胸の内が温かくなるのを感じつつ、後ろに続く人のためにも、丈の高い草を杖でぐいと倒しながら進んだ。龍馬の後ろからも、二人の足音が続くのを耳にする。

しばらく茂みをかき分けて進み、ヒスイは顔を上げて、目印を探した。

辺りでひときわ高いクスノキを見いだし、早朝でまだ東にある太陽と位置を見比べ、その木の根もとへと進んでいく。後ろから追手の気配はない。

雪の残っている場所や、野の花が黄色や桃色に咲き初めている場所を踏み分けて、ようやくクスノキの根もとに着いた。

太い幹をぐるっと囲んで、根もとに小石が小さな塔のように積まれている。

また、木の左右にけもの道かと思う細い道が、草の中に通っていた。

「おお、これが古いへんろ道か」

龍馬が喜びの声を上げた。

「はい。明王院様や石手寺のご住職様のお話では、八十八カ所の霊場が開かれたのは四百年余りも前だそうです。この道がその頃からのものかは分かりませんが、業病を患って在所を追われ、旅人にも見た目で疎まれるおへんろが、秘かに通る道でございます。右に進めば土佐へ。左へ進めば大洲に出ます」

「こりゃ助かった。礼をせねばならんな」

龍馬がふところを探る様子を見せる。

「礼は求めません。難渋しているおへんろを助けるようにと、家から遣わされています」

「家、とは、へんろ宿のさぎのやか」

「はい。それよりも、坂本様は、このあと大洲のご城下へまいられるのですか」

「大洲を抜けて、長浜まで出る。そこから船に乗って、長州へ渡るつもりじゃ」

「こら、龍馬、やめんか。何を話しゆう」

追いついた俊平が、慌てて止めた。

「構わん。二度も助けてくれた娘やき」

龍馬がつるりと顔を撫でて笑うのを見て、ヒスイも思わずほほえんだ。

彼女は、杖で地面に簡単な地図を描いた。

「長浜までですと、大洲のご城下の手前で、へんろ道は一時、表街道と合流いたします。道中手形などの、お取り調べのためかと存じます。ですから、もし皆様を追いかけている方々が、その道の手前で待ち伏せれば……」

龍馬は、彼女が地面に描いた二つの線が一つに重なる先を見つめ、

「かなわんのぉ。ようよう国を脱けたのに、仕事もせんで、連れ戻されてはつまらん」

「確かに、その辺りで待ち伏せされては難しくなるの」

俊平も思案顔で、「娘の杖を借り、槍のごとく振り回して、その間に駆け抜けるか」

だが振り返ると、惣之丞は、長旅が続いて疲れが溜(た)まっているらしく、龍馬たちに追いつくだけで精一杯の様子だった。

「あの、でしたら、いっそ……」

ヒスイは思いついて、「舟に乗られては」

「舟？」と龍馬が問い返す。

「はい。川舟です。大洲領内を貫いて長浜の海まで流れる大きな川を、肱川(ひじかわ)と申します。その肱川に通じる小田川沿いを進むと、宿間(しゅくま)村という、船着き場がある村に出ます。山あいの村や土佐から木や炭などが集められ、大洲の町や長浜に運びます。人も乗せる舟です。この時刻なら間に合いましょう。日暮れ時には、長浜に着くかと」

「おお、娘よ、それは妙案じゃ」

俊平がぽんと手を打った。「惣之丞だけでない。龍馬も夜通し駆け、雪の積もる峠を幾つも越えて、いつ倒れるかと心配じゃった。腹を壊したのも、弱っていたのじゃろう」

「ほうじゃのう。長州への旅、さらに先の仕事を思えば、舟でからだを休めておくのもよいかもしれん。ヒスイ、案内を頼めるか」

龍馬に名前を呼ばれて嬉しく、

「おまかせください」

彼女は笑顔で答えた。ここで彼と別れることに、名残惜しさも感じていた。

肩から提げた袋から干し餅を出して、三人に渡し、自分も食べて、また歩きはじめる。

道は草に隠れて細いが、多くのへんろたちによって踏み固められ、歩きやすい。

「ヒスイ、誰が、その名を付けた？」

龍馬が歩きながら尋ねた。

「父だと聞いています」

「聞いている、とは、つまり……」

「江戸で亡くなったそうです」

「江戸？　では、おまんは江戸生まれか？」

「いえ。父は、ゆえあって諸国を旅していたところ、その才を見込まれて、宇和島藩に招かれたと聞きました。母は、宇和島で父のお世話係だったそうです。しばらく宇和島で仕事をしていたけれど、藩にいられぬ事情が生じ、また旅に戻り、江戸へ出たと」

ふうん、と龍馬は考え込み、

「母御とおまんは、どうしたんじゃ。一緒に江戸へは出なんだのか」

「はい。わたしはまだ母のおなかの中でした。詳しくは知りませんが、父は、ゆえない罪を背負わされ、逃げていたらしいのです。危険な道中になるため、身重の母は置いていかざるをえなかったとか……。ですが母も、父がいなくなると、宇和島藩には身の置き所がなくなり、へんろ道をたどって旅の途中、難渋しているところを、助けられたと……」

「つまり、わしらのようにか？」

「はい」

ヒスイはほほえみ、「さぎのやの女将が、今のわたしのように、へんろ道で困っているおへんろを助ける旅をしていて、苦しんでいた母を見つけ、手を差し伸べたそうです。その後、母は、さぎのやで療養していたのですが、旅の疲れや、父が去った心労がたたってか、わたしを産んだのち、ほどなくして亡くなったと聞いています。それからは、さぎのやの女将が、母として育ててくれました」

「ほうか……しかし、宇和島藩は賢い殿様がおられると有名じゃがのう。伊達宗城侯であったか。どうしていったん才を見込んで招いた者を、追い立てるような仕打ちをしたんじゃ。何か理由があるのかの……てでごの仕事が何か、聞いた事は？」

「はい。蘭学者だったと聞いています」

「あっ」

と、俊平が後ろから驚きの声を発した。

ヒスイは、何事だろうと足を止めて振り返った。龍馬も止まって、俊平を見ている。

「娘……てての名は？」と、俊平が問う。

「知らない方がよいと、教えていただいていません。産みの母は、すべての事情を、今の母にだけ打ち明けたそうですが……今の母は、ヒスイという名は、父が付けたのだと教えてくれました。男の子でも女の子でも、思うがままに生きてほしいという願いから、付けたそうです。それが父との唯一のつながりです」

「知らない方がよい、か……そうかもしれん」

「俊平のおんちゃん、何ぞ知っちゅうがか」

龍馬が、俊平の顔をのぞき込む。

「いや、知らん。知るわけがない」

俊平は、大げさなくらい首を横に振り、「ささ急ごう。舟が出てしまってからでは遅い」と、龍馬とヒスイに進むよう促した。


ヒスイは、前に向き直って、先へ歩を進めた。

森の中の道は、どんどん高くなる日が斜めから差し込み、明るさが増してくる。熱に蒸されて、草がいっそう香ってくる。

「伊予の森の香りは、土佐とすこうし違うな」

龍馬が言う。

「本当ですか、どのように？」

ヒスイは歩きながら尋ねた。

「うーん、厳しさや雄々しさがない。そこは物足りんが、包み込むような柔らかさがある」

ああ、それは人にも言えるかもしれない、とヒスイなりに感じた。

半時（一時間）余りで、宿間村に着いた。

土地の者との世間話に慣れている俊平が、船着き場へ一人で交渉に向かった。

「本当に助かった、恩に着るぜよ」

龍馬が、森の外れに身を置いたまま、ヒスイに礼を言った。「もしわしが大きな仕事を成せたとしたら、おまんのおかげじゃ」

「坂本様は、どんなお仕事をなさるのです？」

ヒスイは尋ねた。惣之丞は、離れた場所で木にもたれかかって休んでいる。

「この日の本を変える。金と地位にしがみつく奸物を一掃し、異人に侮られず、身分の差もなく、皆が誇れる国にするつもりじゃ」

「坂本様……お願いが一つございます」

「よし。礼の代わりに、何でも聞くぜよ」

「戦だけは、お避けくださいませんか」

「うん？」

「物事を良く変えようとしても、人が死ねば何の意味もございません。殺された者は恨みを抱き、殺した側も心の罪を免れません」

「悪しき連中を滅ぼせば、悪法や非道な決まりをなくし、不公平な扱いもなくせるぜよ」

「戦をすれば、世が荒れます。理不尽な決まりを作ってでも取り締まらねば、収まらなくなりましょう。戦をすれば、金子が途方もなく必要です。いっそう厳しく年貢が取り立てられる事にもなりましょう」

「こいつ……さかしらな口をきく」

龍馬は、苦笑いを浮かべ、ぼさぼさの髪を掻き乱し、「けんど、おまんの言葉には一理ある……分かった。命の恩人の願い事じゃ。揉(も)め事が起きても、できるだけ戦は避けて、話し合いで解決すると約束しよう」

「まことですか」

ヒスイは喜んだ。「まことに、戦は避けてくださいますか」

「そんな嬉しそうな顔をするな。いっそう約束を守らにゃいかん気がしてくる」

「でも、そうしてくだされば、どれほど嬉しいでしょう。坂本様もご無事でいられます」

「ほ、わしの命の心配までしてくれるのか」

龍馬が顔をほころばせる。その人なつっこい表情に、ヒスイの胸の内がほっこりした。

「はい。せっかくお助けした命ならば、できるだけ長く生きていただきとうございます」

「よしよし。ヒスイの願い、聞き届けた」

龍馬の大きい手が、彼女の頭に置かれ、ぽんぽんと軽く叩(たた)かれた。

龍馬のその手の温(ぬく)もりと笑顔とを、ヒスイは一生忘れまいと、心の中で誓った。


日が暮れる前に、舟は長浜に近づいた。

舟の上の人となった龍馬と惣之丞は、ふなべりにもたれて、川の流れを見るともなく見ていた。

慌ただしい日々が続いてきた中で、この舟の旅は、穏やか過ぎるが、心地よい。

宿間村の船着き場を離れる直前——舟には乗らずにこのまま土佐へ戻るという俊平が、別れ際に龍馬に耳打ちをした。

「娘の父親は、高名な蘭学者の高野長英かもしれんな。彼が蘭書の和訳を頼まれて宇和島藩に呼ばれながら、江戸での破獄の罪で、幕府の追手が迫ったため、仕方なく藩を出たと言われている話と、娘の話や年が重なる……ただ、確かな事ではない。娘が聞かされた生い立ちの話自体が、でまかせかもしれんしな」

いや、であれば何が変わると言うのだろう……と龍馬は思う。まこと高野長英の忘れ形見であろうと、それがただのでまかせであろうと、どちらであっても関係はない。あの娘の持つ輝きは、生まれで変わるものではない。

そのとき、目の端を青い光がかすめた。

「坂本さん、何か飛びゅう」

惣之丞が声を上げた。

龍馬の目の先を、残照を照り返して、緑がかった青色をきらめかせ、小さな光が川の上を滑るように、鮮やかに風を切るように、長浜の先、赤く染まった空へと飛んでいく。

「カワセミか……」

龍馬がつぶやくと、

「へえ。翡翠とも呼びますらい」

船頭が答えた。

「そうか……カワセミの事だったか」

龍馬は、青い光が赤い残照の中に溶け入るまで見つめ、静かにうなずいた。

「けなげで、強く、美しい」

（二）

山々から雪どけ水が流れ込み、ふもとの川では水かさが増している。川端には菜の花が咲きはじめ、青空に向かって高くさえずるヒバリの声が、春の訪れを告げている。

突然、馬のいななき、というより悲鳴が、小鳥の声をかき消した。

田んぼの間の赤茶けた道から、辺りの様子を見回していた小柄な影が、馬の異常な声を聞きつけて、ためらいもなく走り出す。

前年の秋に稲を刈り入れたのち、冬の間乾かしていた土を掘り返す、田起こしが始まる時季だった。固くしまった土を掘り返すのに、人の手はもちろん、馬や牛も使われる。

「おら、踏ん張れ、もっとがんばらんか」

茂平（もへい）が、馬の胴を打って励ましていた。

「おーい、茂平さーん、どうしたー」

道を走ってきた小柄な影が呼びかける。

「おー、救吉っ」

茂平が駆けつけてくる少年の姿を認めた。

数え年十三歳……が事実かは分からない。へんろ道のお地蔵の前に捨てられていた赤ん坊の彼を、明王院の修験者たちが修行帰りに拾い、院主に届けた。院主は名付け親となり、懇意のへんろ宿さぎのやに養育を頼んだ。以後、半年前にその家の子となっていたヒスイと、姉と弟として育てられてきた。

姉と逆だったらよかったのに、と言われるほど、くりっと大きい目をした、愛嬌のある優しい顔立ちをしている。背丈も姉より頭一つ分低い。ただ走るのは速く、幼い頃から農作業の手伝いをして、力も強かった。

「馬が、モグラの穴っぽこに足を取られた」

茂平の言葉に、

「いま行く」

救吉は草鞋を脱いで裸足になり、田に飛び下りた。もとより野良仕事に適した、動きやすい着物を身に着けている。

確かめると、馬は後ろの右足が穴に深くはまり、身動きが取れずにいるようだ。

「救吉、後ろに回るな、蹴り殺されるぞな」

「俺だと分かったら、平気だよ」

救吉は、馬の前に回って、鼻面を撫で、「ほい、心配するな。俺だ、救吉だよ」と、顔なじみの馬に話しかけた。「尻の下に入って押してやるから、蹴るなよ」笑いかけると、ぶるっと馬が息を吐く。

救吉は、小柄なからだを生かして馬体の下にもぐり込み、肩を馬の尻に当てた。

「茂平さんは、前から手綱を引っ張ってよ」

自分の父親のような年頃の相手に求めて、「力を合わせていくよ、せーのっせ」合図を送って、ぐっと足を踏ん張り、馬の尻を押し上げてゆく。

もし馬が足を滑らせて尻もちでもつけば、救吉は下敷きになり、首の骨や背骨まで折ってしまいかねない。

だが彼は、臆(おく)することなく、全身の骨がきしむほどに力を込め、馬体を押し上げる。

茂平も前方から懸命に手綱を引き、やがて確実に馬の右足が穴から抜けてゆき、救吉が最後の力を、うんっ、と振りしぼると、ついに馬の足は穴から抜けて、自由を得た。

「よし、やった……」

救吉は脱力して、田に座り込んだ。とたんに馬も踏ん張っていたせいか、彼のすぐ頭の上から水っぽい落とし物が降ってきた。


「まったく、とんだお礼をもらったなぁ」

救吉は、ふんどし一つになって、川で頭の先からつま先まで丹念に洗った。

「救吉、家で朝めしを食うていかんか。わしも朝めし前にひと仕事と思うて、危うく大事な馬の足を折るところじゃった」

茂平が川べりから声をかけてくる。馬は、土手の上で見事な花を咲かせている桜の木につながれていた。

「ありがたいけど、もう行かんと」

救吉は、着ていた物もきれいに洗って、強くしぼり、「明王院様に、今朝の田んぼの様子を伝えるために見回ってただけだから。時間がだいぶ過ぎてしもうた」

「助かったぞな。明王院様が名付け親なだけはある。まさに吉を救うてくれるわい」

「ともかく田起こしはまだ早いよ。院主様と庄屋さんの合図を待った方がええ」

救吉は川から上がりながら、水草をひとつかみして、「これを足首に巻いておいて」

茂平の赤く腫(は)れてきた左足首に、濡(ぬ)れている水草を巻いて、先端を縛る。

「馬の足が抜けたとき、勢いで倒れて、足首をひねったでしょ。これで冷やしといて」

「療養所で働きよるから、先生みたいじゃ」

「ただの下働きだよ。水草は、俺の工夫。冷やす方がええのは間違いないからね」

救吉は濡れた着物を身に着け、馬の頬をぺたぺたと叩き、じゃあまた、と走り出した。

田んぼの間の道をしばらく進み、ご城下の中心地から港まで続く街道に出る。

さらに進んでゆくと、戦が絶えなかった時代に山城があった小高い山の前に出た。


室町幕府が開かれた頃、伊予国の守護河野通盛が、道後の小高い山に城を築いた。

山の頂上からは、かつて藤原純友が伊予掾として海賊を鎮圧し、のちに自らが海賊の頭領となって乱を起こした舞台……また、源平が雌雄を決する戦いの際、伊予河野氏が味方した事で、源氏有利に傾いたとされる舞台……すなわち瀬戸内海が、一望に見渡せる。

また山のふもとには――大和朝廷との結びつきが強かったため、舒明天皇、斉明天皇、聖徳太子、中大兄皇子、大海人皇子らが来浴されたと史料に残る、有名な温泉がある。

城は、自然の地形を生かした山城で、温泉にちなんでか湯築城（湯月城）と呼ばれた。

戦国時代に入り、土佐の長曾我部元親が四国平定のため、伊予に侵攻し、城主の河野氏は、この城を拠点に防戦に努めた。さらに全国統一を望む豊臣秀吉の命で、小早川隆景が伊予を攻めた。戦いの末、河野氏は降伏。城主は隆景に、さらに福島正則へと移り、天正十五（一五八七）年に廃城となるまで、湯築城はつねに戦いのただ中にあった。

十三年後、関ケ原で東軍徳川家が勝利し、秀吉に代わり、家康が伊予も含めた天下を統一する。東軍についた伊予の正木城城主加藤嘉明は、戦功によって石高が加増され、湯築城跡からやや離れた、勝山（かつやま）というお椀（わん）形の山の頂上に、新たに城を築く事を許された。

これが、今に残る伊予松山城である。

以後、徳川の幕政下、伊予はひとまず泰平の世を送る。地震や火事や河川の氾濫（はんらん）、飢饉（ききん）や重い年貢に苦しむ民は絶えなかったが……それでも、この新しい城のもと、大きな戦だけは起きないまま、明治維新前夜を迎えていた。

救吉は、荒れ果てて竹が繁る湯築城跡のふもとを回り、裏手に続く山へ向かった。

山道ははじめゆるやかだが、すぐに急な坂となり、短い時間でかなりの高さに至る。

振り返ると、道後温泉郷の開けた景色が見下ろせた。広く敷地を取られた温泉場の建物を中心に、宿屋や茶屋が軒（のき）を連ねている。

湯気が霞（かすみ）のようにたなびく中に、人の出がもうそこそこあるのも認められた。

救吉はまた足を早め、神社脇を通り抜け、さらに鬱蒼（うっそう）とした森の間の道を進んでゆく。

不意にどこからか清く澄んだ音色が聴こえてきた。高く、また低く響き、笛より音の移りゆきがなめらかで、温かい心持ちがした。


不思議な音色に聴き惚（ほ）れながら、早足で進んでいくうち、いきなり近くの枝からカラスが飛び立って、風が鳴った。

「こら、待て、小僧っ」

いきなり眼前に大天狗（てんぐ）が立ちふさがった。

わっ、と尻もちをついた救吉を見下ろし、大天狗が声を上げて笑いはじめる。

「驚いたか、小僧」

「もう、びっくりさせないでよ、包源さん」

「ハハハ、遅れた罰だ」

大天狗が、長い鼻の面を外すと、天狗に代わって、熊が現れたかと思った。いかつい鼻に大きい口、太い顎はひげで覆われている。修験道場における、院主の一番弟子だった。

「院主様を待たせるとは、大それた奴だ」

「申し訳ございません」

救吉は立ち上がり、「田んぼの穴に足を取られている茂平さんの馬を助けてました」

「うん？　雨でもないのに着ている物が濡れているし、何やらくさいな」

「助けた拍子に馬にお礼をもらって、川で洗ったんです。でも、だいぶ乾いてきました」

「ハハ、人助けをして、運がついたか。着替える間はない。離れて歩け。おい――」

包源が、後ろに控えていた若い修験者を、先に報告に走らせる。いつのまにか不思議な音色は絶えていた。

包源が大きいからだに似合わず身軽に坂をのぼり、救吉はあとに続いた。暗い森が急に開け、石造りの階段が現れる。上がった先に、上品な造りのお社が建っていた。

茅葺きの屋根の下、正面の高い位置に『明王院』と達筆の扁額が掲げられている。

山のふもとの温泉郷とは別に、このお社の背後にも、一般には秘密の源泉がある。

ここは、院主や主だった修験者が、心静かに神々に祈る場であり、最古の源泉を管理するための、明王院の奥院である。

ふもとの温泉郷には、修験道場としての明王院の本院がある。ここから修験者たちは各地に修行に出て、また戻ってくるが、温泉郷全体の管理も任されている。

湯治客やへんろたちの宿の差配、不審者の締め出し、行き倒れて亡くなった旅人の後始末、一部の入浴料の徴収、また宿屋やみやげ物屋などで構成されている温泉郷寄合の元締めとしての役割など、人々に憩いや療養の場を支障なく提供できるよう、自治的な運営を託されている。

また、院内の一角には茶屋が設営されており、藩主や、その賓客らが、温泉を使う際の休み所として使用されていた。


包源が、奥院の短い階段の前に進み出て、うやうやしく膝をつき、

「救吉が戻ってまいりました」

と報告する。救吉は離れて正座した。

お社の扉が静かに開く。温かい風がお社の内側から吹いてくる。その風に長い髪をなびかせ、白い着物に銀色に映える袴を着けた、明王院の院主が音もなく進み出た。

ほっそりと女性のような面差しながら、すっと切れ上がった眉の下の目は鋭い光を放っている。鼻筋が通り、色白で、薄い唇は厳しく引き結ばれている。

「救吉、茂平の馬を助けた話、先に聞いた」

院主の声は、柔らかいが、からだの芯から出ているのか、力強く、遠くまで届く。

「人助けは、生まれながらに背負っている、おまえの業だ。救わなければ、おまえばかりか、多くの者が地獄に落ちる。励みなさい」

「はい」と、救吉は頭を下げた。

「田の様子はどうであった？」

「田起こしは、本来あと二日か三日後かと。茂平さんは借金があるので焦ったようです」

「ご神託でも、三日後と出ている。包源、庄屋に三日後に田起こしの鍬を入れる事と、その旨を藩庁に届け出る事を伝えなさい。茂平には、焦らぬようにと諭してきなさい」

「承りました。茂平の借金の相手は存じていますので、猶予するようにも申しましょう」

包源が太い声で答えた。

「救吉、成川殿の療養所での勤めは順調か」

「はい」

院主の問いに答えて、「患者の汚れた着物や、傷に当てた布を、洗ったり乾かしたりの仕事がほとんどですが、手当ての方法を見聞きするだけでも、医術の勉強になります」

「うむ。医師の場合、藩医に召し抱えられることのみが幸いではない。町医師である方が、より多くの患者を診る経験が得られる。薬や器材が足りずに苦労もしようが、工夫をできる自由もあり、勉強になるはず」

「はい」

「大坂の大蘭方医・緒方洪庵殿の適々斎塾（適塾）には、蘭方医を目指す優秀な若者が多く集まっている。伊予松山からも通っているが、その者の便りの写しを、御側医師筆頭天岸殿に見せていただいたところ、優秀な成績を収める者の一人は、筑後の庄屋の三男坊だという。よほど優れていたのか、名も書かれていた。高松荘三郎（三年後、将軍家のお抱え医師に登用される高松凌雲）というらしい」

緒方洪庵様に、高松荘三郎様……。

救吉は忘れないよう口の中で復唱した。

「当藩においても、わずかな例だが、百姓の出ながら町医師となり、中には藩医に召し出された方もある。これからは医家の生まれでなくとも医師となる者が、さらに珍しくなくなるはずだ。今の身分制度では、藩士の子弟でないおまえが藩校に通う事は許されぬが、いつまでも理不尽な身分制度に縛られているようでは、藩ばかりか、国が滅ぼう」

「え、滅ぶのですか」

救吉は驚いて、思わず尋ねた。

「滅ぶ」

院主は冷静に答えた。「身分の差なく、意欲がある若者に学びの席に着くのを許し、それぞれに適した仕事に就かせる事を怠れば、異国に占領される前に自滅する。救吉、お上や先人を敬う心があってこそ、決まり事はつつがなく進み、秩序は保たれる。けれど非常な事態、誰にとっても新しい出来事が生じたとき、お上や先人を盲目的に信じ、自らは何も考えず、一歩も前に踏み出さないときに、お上や先人が誤っていたら、どうなる？」

「……自らも誤り、皆が共に滅びます」

「だからこそだ。日頃より、おのれの頭で考え、道を見いだす習慣が大切となる。それが学問だ。異国がこの国に上陸してくる――そうした新しい世に向き合うには、老若の別なく、おのれの頭で考え、分からぬときは志を同じくする友と論を交わして、独自の道を見いだす事が肝要だ。そして見いだしたその道へ、先人の反対にあおうとも、踏み出す独立不羈の精神と実行力を身につける事が、本物の学問なのだ」

「はい」

院主の言葉を聞いていると、身の内から力が湧いてくる。「深く学びとうございます」

「うむ。明教館の大原武右衛門（観山）殿にも、おまえの先行きはお願いしてある。藩士と机を並べる事は難しくとも、便宜をはかってくれるであろう。よく努めるのだぞ」

「はい。ありがとうございます」

「おまえなら、大丈夫だ、救吉」

包源がほほえんで、言い添えてくれた。


「ところで、学びについては、おまえに紹介しておく者がある。これ」

院主が、救吉たちがのぼってきた石段のさらに下の方へ目を向ける。

救吉も顔を振ると、視線の先に、むしろかボロ布を身にまとったかのような、みすぼらしい姿をした白髪の男と、十歳くらいの子どもの姿があった。

「ジンソと孫娘のミオだ。ミオは美しい音、と字を与えた。歌声が美しいのでな。今日は、その歌を神殿に捧げるために呼んだのだ」

では、先ほどの笛にも優ると感じた不思議な音色は、彼女の歌声だったのだろう。

「二人の身分は、おまえには分かるだろう」

「あ……はい」

救吉は少しどぎまぎしながら答えた。農民よりも貧しい暮らしを強いられ、町の中央を流れる川下の水はけの悪い場所で、風に飛ばされそうなむしろ掛けの小屋に住んでいる。

彼らは、牛や馬が死んだときの処理をし、処刑された罪人の始末なども負わされている。救吉は、農家の牛や馬が死んだ際に、彼らが運んでいく姿に立ち会った事が何度かあった。

白髪の男はずっとうつむいているが、女の子は汚れた顔を上げ、目に強い光をたたえている。

「救吉」

院主に呼ばれて、つい見とれていた相手から視線を前に戻した。

「おまえは、成川殿の療養所で『解体新書』なる書物について、耳にした事はないか」

「かいたいしんしょ……あ、若先生が、訪ねてこられた弟の阿部斧右衛門（明治に改築して現在まで残る道後温泉本館の改築当時の責任者である、道後湯之町初代町長・伊佐庭如矢）様と、庭先でお話しになられていたおり、その名が出たと覚えております。人のからだの内側を詳しく記してあるとかで、藩で買えまいか、と若先生が、藩の御家老様に仕えておられる阿部様に、冗談まじりに頼んでおいででした」

「うむ。西洋の医師が、人体の内側を精緻に描き、各臓腑の働きを解説した書が、オランダ語に訳され、我が国の蘭方医らの手に入った。およそ九十年前、杉田玄白、前野良沢、中川淳庵らの蘭方医が、江戸の刑場で、刑死した者の腑分け（解剖）を見学した。まさに書の通りであったと驚嘆し、和訳を志して、長い研鑽ののち出来上がったという。さて救吉、このおり腑分けをした者は誰か？」

「え、蘭方医の杉田様や前野様では……」

院主が、ふふと声を出して笑った。

「蘭方医に腑分けの心得はない。実際に死体に刃を入れ、人のからだの中を彼らに見せたのは、当時のジンソらと同じ身分の者だ」

えっ、と救吉は驚いた。

「何を驚く。彼らは、死んだ牛や馬の皮を剥ぎ、からだの中のものを出して、よく洗い、丁寧に処理している。腑分けに慣れているからこそ、人体の場合も任されたのだ」

救吉は頬を打たれた想いがした。

「つまり、医師の家に生まれ、長崎などへも留学し、勉学を重ねた者たちが……最下層の境遇に置かれてきた者たちに、腑分けを依頼し、教えを乞うたのだ。その結果が、我が国初の人体の内側を解明する教本となり、多くの医師の手本となって、患者を救っている。だが杉田玄白、前野良沢、中川淳庵らがその栄誉を受け、実際に功のあった者は、名を知られる事もなく、歴史のはざまに沈んでいる。救吉、歴史とは日々の暮らしのつながりぞ。武将も貴族も医師も、何を食って生きる。米だ魚だ野菜だ。それを作り、獲り、人の口に運ぶ者たちこそが貴くはないか。食せば、排泄する。暮らせば、塵芥が出る。生きれば、死する。死すれば、骸が出る。これらを始末する行為こそが、人の世において最も大切ではあるまいか。歴史とは、庶民が支えているもの。英雄や勝者とされる者たちの陰にこそ、本当に歴史を刻んだ者がいることを忘れるでないぞ」

「はい、肝に銘じます」

「おまえも、名を残そうなどと思わず、一心に人を救う事に励めよ。いずれ刑死を言い渡された者の処分がある。そのおりは医術の進歩のため、藩の黙許により腑分けが行われる。御側医師、御番医師に加えて、成川殿ら町医師十余名も立ち会いが許された。実際の腑分けはジンソが行う。おまえは、彼を手伝いなさい。そして師として教えを乞うのだ。師は至る所にいると心得よ」

「はい。お教え、固く守ります」

救吉は平伏した。

「さて、温泉の湧出は、何の問題もない」

院主の声はやや軽くなった。「さぎのやに集まっている寄合衆に知らせなさい。それから、おまえに嬉しい知らせがあるぞ」

「私にですか」

「ヒスイが先ほど、さぎのやに戻った」

院主の言葉に、救吉は顔を輝かせた。

「まことですかっ」

「報告があった。難渋するおへんろを助けるはずが、土佐の侍をたまたま助けたらしい。相手の無事を確かめてから、こちらへ戻ってきたために、今朝になったようじゃ」

「よかった……無事だったんだ」

「おい、小僧」

包源が鼻をつまみ、「温泉の牛馬湯にでもつかり、においを消せ。姉者に嫌われるぞ」

救吉は、院主たちの前から下がり、階段を降りた。ジンソと美音の姿はもうなかった。


姉のヒスイが戻った。本当は二日前に帰ってくる予定だった。彼女の事だから心配いらないと思っても、気が気ではなかった。

一刻も早く姉の姿を確かめたくて、急な坂を転がり落ちる勢いで、駆け下ってゆく。

ふと目を上げると、海まで松山平野が広がり、さえぎるものがなく、ほぼ同じ高さにある伊予松山城の天守が白く目に映える。

平野の中にある山や丘に築城されている事から、平山城と呼ばれ、伊予松山城は、姫路城（兵庫）、津山城（岡山）と並んで三大平山城に挙げられている。

六年後、鳥羽伏見の戦いの後、この城を巡って大きな騒動が生じる。あるいはそのおりに城は焼け落ち、湯築城同様、その姿を後世に残せなかったかもしれない。

そんな事はまだ知る由もなく、救吉は時宗の祖、一遍上人の生誕地である、宝厳寺の境内脇を駆け抜け、道後温泉郷に入った。

　江戸時代初期の寛永十五（一六三八）年、時の藩主松平定行は、温泉施設の整備充実を命じた。温泉全体を垣根で囲い、温泉内に石を敷き、仕切りを作って、一之湯、二之湯、三之湯と、三つに分けた。一之湯は武士と僧侶用。二之湯は婦人用。三之湯は一般の男子用で、みな入浴料は無料であった。

　三之湯の東に十五銭湯という料金が必要な浴槽を設け、武士の妻女用とした。その西に、湯治客用に十銭湯を。おへんろや身分の低い者のために、無料の養生湯もやや広く作った。

　さらに、少し離して、湯の流れる下流に牛馬湯がある。早駆けで軽い怪我をしたり、農作業などで疲弊したりした馬や牛の療養のために用意された、野天の湯槽だった。

　これらの施設は、その後何度も改善、改築されているが、基本構造は変わっていない。

「救吉ー、おーい、救吉って」

　振り返ると、牛馬湯の手前から幼なじみの太助が手を振っていた。馬を洗っていたらしく、濡れたワラを束にして握っている。

「どこに行ってたん、明王院様のお使い？」

「うん。太助は、早くから馬の世話か」

　幼なじみが洗っていた馬の鼻面の星形模様を見て、「大原様のところのホクトやね」

「うん。おっかない先生に頼まれたぞな」

　太助が自慢げに鼻の下を指でこすり、「おまえは馬の扱いが上手だから、任せるって」

　彼は農家の四男坊であり、口減らしのために早くから奉公に出されていた。

「救吉、ヒスイちゃん、戻(も)んたらしいぞ」

「聞いた。今から戻んて、顔を見てくる」

「ヒスイちゃん、ほんと綺麗(きれい)じゃのう」

「えー、太助は目が悪いんか。ヒスイは、男の子とよう間違えられるんぞ」

「そこがええ。男より男っぽいのに、おなごじゃ。俺の嫁さんになってくれんかのぅ」

「変わっとんな、太助は。嫁さんなら、おしとやかで、お姫様みたいなのがええやろ」

「この近くのどこに、お姫様がおるんぞな」

「お姫様じゃないけど、鷺谷(さぎだに)の曾我部(そかべ)様んとこのお嬢様は、一度見かけて、たいそう美しいんで、びっくりした。俺らと変わらん年に見えたけど、聞けば、怜(れい)様と言うて、ご城下きっての美しい娘御やと有名らしい」

「お武家じゃ、おまえの手は届かんぞな」

「そんなつもりは無(の)うて、見るだけよ。それに確かもう嫁入り先も決まっとるらしい」

「お武家は早いよな。ヒスイちゃんも、早(は)よう俺の嫁さんに決まらんかのぅ」

「太助が、兄ちゃんになるのはイヤじゃな」

「友だちが兄弟になるんじゃ、ええやろう」

「けど、ヒスイの事を男っぽいなんて、絶対に目の前で口にしたらいかんよ。すごく気にしとるけん、口をきいてくれんなる」


救吉と太助が牛馬湯の手前で話している姿を――弟の帰りが遅いので、さぎのやを出て、迎えにきたヒスイが見つけた。

彼女は、坂本龍馬が宿間村で舟に乗り、手を振って去ってゆく姿を見送ったのち、やはり心配になり、明王院が出してくれた手形を用いて、歩いて大洲城下に入った。

龍馬は長浜の冨屋（とみや）に泊まるはずだった。

大洲藩は、勤王が藩の意とするところであるらしく、冨屋は勤王の志士の面倒をよく見てくれるはず、と那須俊平が話していた。

ヒスイが、翌日長浜に着いたとき、龍馬はすでに沢村惣之丞と長州へ向かう船に乗っていた。冨屋は、さぎのやと商売上のつながりが、明王院とは精神的なつながりがある。主人の金兵衛（きんべえ）は、ヒスイをこころよく迎えて、龍馬の事を話してくれた。そして、

「もし、さぎのやの者と連絡がつくならと、言付け（ことづけ）も頼まれておったんですよ」

と彼はほほえみ、龍馬の伝言を口にした。

「ヒスイ、けなげで、強く、美しいおまんに報いるためにも、この国を守る大きな仕事をする。約束はきっと守るきに。これから来る新しい世でも、思うがままに飛んでゆけ」

彼女は、何度も龍馬の言葉を胸の内で繰り返し、彼から直接伝えられたように感じた。

本来なら、その日、海沿いの街道を歩いて松山に戻るはずだった。だがもう一度、龍馬と歩いた道を踏みしめたくて、森の中のへんろ道をたどったため、戻るのが二日遅れた。

さぎのやでは皆が心配していた。一番気を揉んでいたのは救吉だと、育ての母である女将をはじめ、皆から聞いた。今日彼女が戻らなければ、捜しにいくと言っていたという。

温泉に入って旅の垢（あか）を落とし、家で食事をし、救吉を待ったが、帰ってこない。

ヒスイが救った土佐の侍が、坂本龍馬であった事は――彼女が戻る前に、冨屋金兵衛から明王院やさぎのやに伝えられ、大原観山の耳にまで入っていたようだ。救吉が朝の仕事から帰ってくる前

に、観山が年少のお供を一人連れて訪ねてきた。龍馬の話を聞きたいためだという。

出会いから話すとなると、さすがに長くなりそうで、観山が祖母と挨拶を交わしているあいだに、先に救吉を捜しに、外へ出た。心配かけた事を謝りたかったし、早く顔を見たかった。

太助と話している弟に、救ちゃん、と声をかけようとしたとき、遠くから荒々しい声がした。

「どけどけー、邪魔だ邪魔だーっ」

街道を、数頭の馬がこちらに向かって砂ぼこりを上げながら駆けてくる。

「どけー、どかんかーっ」

道の上にいた湯治客やおへんろが、荒々しい叫び声とひづめの音に気づいて道の脇に飛び退き、複数の馬が間一髪、駆け抜けてくる。

幼な子の手を引いていた、おなかの大きい母親が、逃げようとして草履の鼻緒が切れ、膝をついた。すぐには立てそうにない。

「あ、いけない」

ヒスイはとっさに飛び出した。

母親を横合いから抱きかかえ、手をつないでいる幼な子ごと道の脇へ引っ張ってゆく。だが途中で幼な子の手が、母親の手からすり抜け、馬の走ってくる手前で転んだ。

馬に乗っているのは若い侍たちのようだ。駆け比べをしているのか、互いに馬上の相手を見ながら手綱を振り、前方の幼な子に気づいていないか、急に止まるのが難しいのか、

「どけー、脇に払えー」

叫んで、そのまま駆け込んでくる。

だめだ、間に合わない。母親が悲鳴を上げる。ヒスイは、身重の彼女が道に戻ろうとするのを押さえるので精一杯だった。

次の瞬間――ヒスイの目に、救吉が道に飛び出してくる姿が映った。

やめて、救ちゃん、間に合わないよっ。

救吉が幼な子を抱きしめた。走ってくる馬の方に背中を向けて、屈み込む。

「救ちゃーん」

ヒスイの声も、馬の駆け来る音でかき消され、ついに砂ぼこりで何も見えなくなった。

目の前を馬が駆け過ぎていく。一頭、二頭と前後して、計五頭。牛馬湯の前で、手綱を引かれて首を反らせ、ようやく止まった。

「救ちゃん、救ちゃん……」

ヒスイは、砂煙で何も見えない中に踏み入った。弟が屈み込んだ辺りを、手探りで進む。次第に砂塵(さじん)の幕が薄れ、ぼんやりとうずくまっている黒い影が視界に浮かんできた。

「救ちゃんっ」

その影の元へ駆け寄る。しゃがみ込んで、背中と思われる場所にふれる。温かい。

「救ちゃん、大丈夫？　返事して」

砂塵がさらに薄まり、影が首を起こした。

「……ヒスイ、おかえり」

救吉が顔を上げ、彼女にほほえみかけた。

ヒスイは、ほっとして弟を抱きしめた。

救吉がからだを起こすと、彼のふところに抱かれていた幼な子は、傷一つなく無事だった。何かの遊びだとでも思っていたのか、にこにこと笑っている。

「よかったね、怪我しなくて」

ヒスイが幼な子の頭を撫でる。

「ありがとうございます、ありがとうございます。本当に何とお礼を言っていいやら」

身重の母親が駆け寄り、幼な子を抱き寄せて、救吉に頭を下げながら去ってゆく。

「ヒスイ……どうしてここにいるの」

救吉は立ち上がりながら訊いた。

「救ちゃんが遅いから、捜しにきたんだよ」

彼女は、安堵の息をついて答え、救吉の着物や髪から砂を払ってやった。


一方で、牛馬湯の前から、若い侍たちの笑い声が高く聞こえてきた。

「情けないぞ、おぬしたち。あえて不利になるよう随分遅れて出たのに、全員、拙者の馬の尻を眺める仕儀（しぎ）になったではないか」

背が高く、細面で、色白ながら、怜悧（れいり）そうな広い額に、猛禽（もうきん）類のような大きく鋭い目をした侍が、低音のよく通る声で話していた。

「まいったまいった」

「どうにも敵（かな）わないなぁ」

他の四人の顔には、あからさまにへつらいの色が浮かんでいる。

「鷹林（たかばやし）には剣術も学問も負け、馬も負けか」

「鷹林殿が相手では、こちらの立つ瀬がござらん」

「我々の立場も少しは考えてほしいのう」

言葉とは裏腹に、四人は嬉しそうで、鷹林という男に媚びるように笑っている。

「何がおかしいのですかっ」

ヒスイは、我慢できなくなり、若い侍たちに向かって声を張った。

馬の手綱を太助ら馬洗いの者たちに渡していた彼らが、いぶかしげに振り返った。全員二十歳を三つか四つ過ぎたくらいに見える。

「幼いわらべが、もう少しで馬に蹴られるところだったのでございますよ」

彼女は、臆せず侍たちを睨み、「子どもは天からの授かり物。藩にも宝のはず。こんな人の多い場で、馬の駆け比べなどと愚かな所業で、傷つけてよいわけがありません」

「何だと、聞き捨てならん。町人のくせに、武士に向かって愚かと申したか」

若侍の一人が荒々しい声を発した。

「やめなよ、ヒスイ。我慢しなきゃ」

救吉が止めたが、彼女は譲らず、

「いいえ、わたしは思うがままに飛ぶの」

龍馬からの言葉を口にした。

「娘よ」

鷹林と周囲から呼ばれている男が、冷たい表情でヒスイに声をかけてきた。

「わらべは怪我をしたのか」

「幸い怪我はしてません。でもそれは弟が飛び込んで、抱きしめて守ったためです」

「馬は利口な生き物だ。目の前に障害があれば、自分が怪我をせぬように避けるものだ」

「相手は幼な子です。馬におびえて、走り出せば、蹴られたやもしれません」

「つまり馬より愚かだというわけか。馬より愚かな者の事まで気はつかえぬな」

鷹林の言葉に、他の四人が笑った。

ヒスイは、こみ上げる怒りをこらえ、

「民の上に立つ者が、民への慈しみを持てないなら、それこそ愚かというものでしょう」

「こやつっ」

鷹林の仲間の一人が気色ばみ、「二度までも武士に向かって愚かとは、そこに直れっ」

と腰の刀に手をやって、鷹林を除いた仲間三人と、ヒスイの方へ迫ってくる。

救吉がヒスイの前に出て、両手を広げた。

「お侍様、どうかお許しください」

「救ちゃん、わたしは間違ってないから」

ヒスイは弟を押しのけようとしたが、救吉は足を踏ん張って動かなかった。


「そこをどけ、小僧。でないと」

刀に手を掛けた侍が言う。「共に斬るぞ」

だが救吉は、ぶるぶると首を横に振り、姉の前で手を広げたまま動こうとしない。

若侍たち四人は、背後に控える鷹林を振り返った。斬ってもよいか許可を求めて、というより、止めてほしかったのかもしれない。怒っているようでも殺気はさほどなく、むしろどうすべきか迷っているように感じられた。

決めるのは鷹林……そう思って、ヒスイが視線をやると、彼は妖しく光る目をやや細めて、冷酷そうな笑みを浮かべていた。

この男は、他人の命を何とも思っていない……ヒスイは、地獄も厭わない邪悪な魂を見た気がして、背筋がぞっとした。

「西原、好きにしろ」

鷹林が笑いを含んだ声で言い放った。

四人の侍はぎょっとした様子だった。

西原と呼ばれたのは、先頭で怒りをあらわにしていた男だろう。進退窮まった表情で、

「ええい、武士を侮辱した罪だ、思い知れ」

ヒスイたちに向けて、ついに刀を抜いた。

周囲にいた人々の間で悲鳴が上がった。そのとき、

「お待ちをっ、どうかお待ちくださいっ」

人々をかき分けて、ヒスイたちとさほど変わらない、少年といっていい二本差しの侍がヒスイたちと西原の間に駆け込んできた。

「どうか、どうかお控えください」

少年は、西原とヒスイたちの両者を捌く位置に立ち、それぞれに手のひらを突き出した。

若い侍たちは皆、月代を剃っているが、この少年はまだ元服前なのか、前髪がある。

「誰だ、おぬし。何ゆえ留め立てする」

西原が声荒く問う。

「霊泉の場を血で汚してはなりません」

「はあ？　何の話だっ」

「霊泉は、大国主命と少彦名命が見いだし、歴代の天皇がお入りになられた貴き湯です」

彼は少しこうべを垂れて、「おそれ多くも東照大権現様（徳川家康）」と述べて、顔を起こし、「その弟君であらせられる松平定勝公の御次男、定行公が伊予松山の藩主となられ、この国最古と謳われる霊泉を整備なされて以来、代々の御藩主が、藩士はもとより民草のため、へんろや旅人のためを思い、事あるごとに改修し、整えてこられた霊泉でございます。その前庭を血で汚したとあっては、代々の御藩主は元より、我が殿にも、いかようにお詫びしても、取り返しがつきません」


ヒスイは、彼に見覚えがある気がした。じっと見つめて——先ほど大原観山がさぎのやを訪れた際、お供に連れていた少年だと気がついた。

そのときは顔をちゃんと見るゆとりがなかったが、濃い眉も切れ長の目も凜々しく、頬から顎にかけての線は柔らかいものの、顎はしっかりとして意志の強さを感じさせ、口もとには品の良さが漂っている。

謹厳な口調で理を説く相手に、西原は気を呑まれてか黙り込み、顔はいくぶん青ざめた。

「霊泉の由来、ただの伝説に過ぎぬ」

離れた所から鷹林が皮肉っぽく言った。「確かな事ではなかろう」

「いいえ、お言葉ではございますが」

少年は、鷹林の方を見て、「神々が霊泉を見いだした由来は『伊予国風土記』に、また歴代の天皇や皇子らが来浴された事蹟は『日本書紀』に記されています。藩士であれば明教館で学ばれたはずです。その霊泉の前庭を汚す事を、朝廷はどう思われますやら」

朝廷、と聞いて、若侍たちは短く息を詰めた様子だった。あるいは勤皇の志を持つ武士たちなのかもしれない。

「なるほどな……西原、刀を収めろ」

鷹林の言葉に、西原はほっと息をついて、刀を鞘に戻した。

「年少ながら、よく学んでおるな。名は？」

鷹林が少年を鋭く見据えた。

「恐れ入ります」

少年は、鷹林はじめ先輩の武士たちに丁寧な礼をして、「天文測量方、青海吉右衛門が次子、辰之進と申します。本日は、明教館教授大原有恒（観山）様のお供で、道後に参りました」

「なに、大原様の供だと」

西原たちが驚いた様子だった。

「もしや大原様は、さぎのやというへんろ宿を訪ねたのか」

「はい。さぎのやまでお供しました」

西原の問いに、辰之進は素直に答えた。

「では、そのへんろ宿の娘が、土佐の坂本龍馬殿と話を交わしたとの噂はまことか」

「坂本殿は確かに脱藩されたのか」

「土佐勤王党を抜け、勤王の志を捨てたか」

西原たち三人が矢継ぎ早やに尋ねる様子に、ヒスイは困惑した。どこからどう回ったか、噂が広がる速さに驚くが、若侍たちが、坂本様が脱藩したかどうか、その理由は何かに、気を揉んでいる様子も不思議だった。

坂本様の脱藩の理由は、ヒスイも知らない。だが今、お侍たちの間で何か大変な事が起きているのは察せられる。それは、わたしたちの暮らしにも関わってくる事なんだろうか……。

「お待ちください」

辰之進は戸惑いをあらわに、「大原様は、確かにさぎのやを訪ねましたが、御用向きまでは、ただの供には計りかねます」

「よい、行けば分かる」

鷹林が背中を向けた。「おぬしが案内せい」

「申し訳ございません」

辰之進は、相手の背中へ頭を下げ、「せっかくのお申し付けですが、大原様に言いつかった御用の途中です。さぎのやへは、霊泉前の大通りをまっすぐ西へ下れば、すぐ分かります」

相手の肩がふんと笑ったように上下し、歩き出そうとする。

「あのっ」

辰之進は、相手を呼び止め、「よろしければお名前をお聞かせ願えますでしょうか」

相手は、ちらと鋭く振り返り、

「兵器方、鷹林雄吾(ゆうご)だ」

言い置くと、足音も立てずに歩き去った。

西原たちは、乗ってきた馬を、太助たち馬洗いの者たちに預けて、鷹林を追った。

集まっていた人々も、何事もなかったかのように散ってゆく。

「どうもありがとうございました」

救吉が、姉より先に辰之進に頭を下げた。「おかげで助かりました。ほら、ヒスイもお礼を言いなよ」

彼女は、抜き身の刀を前に、死も覚悟していただけに、緊張の糸がゆるんで、ぼうっと辰之進の顔を見ていた。目が合い、彼の方が先に、戸惑った様子で目を伏せた。

「いや、助けたのは、一つには申した通り、歴代の天皇や藩主の方々が愛でてきた霊泉の前での刃傷沙汰は、きっと避けなければと思ったからだ。二つには、もしそのような騒ぎが生ずれば、湯治客のあいだにも悪い評判が立ち、他の藩に、ついにはご公儀の耳にも入る。となれば、藩としても捨て置けない問題となり、刀を抜いた者は、たとえ無礼な町人を手討ちにしただけと言い訳しても、何らかのご沙汰が下される。謹慎で済めばよいが、あるいは腹を……それは避けたかった」

「あ、じゃあ、西原ってお侍を助けたというわけですか」

救吉の問いに、辰之進は直接は答えず、

「厳しい処罰を受ける場合もあるのに、なぜ鷹林様は仲間を追い込むような事を……」

彼がいぶかしげにつぶやくのを聞いて、

「あの人は邪悪です」

ヒスイは思わず口にしていた。「貴方様も近づかぬよう、お気をつけなさいませ」


「……心しよう」

辰之進が困惑の表情を浮かべながら、うなずいた。

「では、その二つのために割って入られたのですか。私どもを助ける気などなく？」

救吉の問いに、辰之進は困った様子で、

「私自身のためでもある。この娘に何かあったら、主命を果たせない」

「この娘……ってヒスイですか？」

「え、わたし？」

ヒスイは驚き、「しゅめいって……？」

「大原先生から申し渡されたのだ」

辰之進が、やや頬を染めて、「わざわざ坂本殿の話を聞きに参ったのに、知らぬ間にいなくなっていた。弟を捜しに温泉の辺りまで行ったのだろう。連れてくるようにと」

「でも、わたしの事はご存じないのでは」

「先生から、十四の娘のわりに背が高く、いかにも気の強そうな男っぽい顔をしている。その辺の侍よりも、よほど男気のある娘だから、すぐに分かるはずだと」

それを聞いて、救吉が笑い出した。

「ハハ、で、すぐに分かったんですね」

「うむ……侍に刃向かう町娘がいるなど考えられないからね。きっとそうだろうと」

ヒスイは、観山の言葉と辰之進の答えに、恥ずかしいあまりに腹が立ち、

「何ですか、それ。失礼にもほどがあります」

さぎのやとは逆方向へ歩き出した。

「待って、ヒスイ。さぎのやに戻るんだろ」

「知らない。みんな勝手な事を言って」

「待ってくれ。大原先生がお待ちなのだ」

辰之進が追ってくる。「戻ってくれないと」

「知りません、知りませんっ」

ヒスイはついに走り出した。救吉と、辰之進が、びっくりしてあとを追いかけてゆく――。


山々を早咲きの桜が彩る、同じ三月。

薩摩藩の島津久光が、藩の兵士千余名を率いて京にのぼった。

朝廷に幕府改革の勅命を頂いて、公武合体を推し進める意図だった。

この薩摩兵の上洛を好機と捉え、倒幕を狙う志士らも京に集まっていた。その中に、龍馬より先に土佐を脱藩した吉村寅太郎や、龍馬が長州で世話になった久坂玄瑞もいた。

歴史を記す年表上では、このときすでに時代は激しく揺れ動き、大きな転換の前夜にある。

だが伊予松山藩だけでなく、全国二百六十五藩あるうちの、ごく少数を除いてほとんどの藩が、新時代の曙、いや凶猛な嵐が近づいている事を薄々感じながらも、布団を頭からかぶるようにして、いまだ浅い眠りの中にあった。

（三）

湯築城が秀吉の命によって攻め落とされ、廃城となる以前――城のふもとから、四国八十八カ所第五十一番札所・石手寺にかけて、盛大に市が立ち、近辺は大いに賑わっていたという。

石手寺は、豪族河野氏の庇護の下、ことに平安期から室町期にかけて、人々の信仰の対象として栄え、道後温泉の管理も長く任されていた。

天平元（七二九）年、聖武天皇の祈願所として、行基が刻んだ薬師如来を本尊として開基。

当初の宗派は法相宗だったが、約八十年後、弘法大師・空海が訪れ、真言宗に改めた。

ちなみに正岡子規も、散策の足を道後から伸ばして、この寺をよく訪れている。畏友夏目漱石（いゆうなつめそうせき）と訪れた際か、大師堂の壁に二人の落書きが残されていたという。ただ残念ながら、太平洋戦争中に壁は塗り直されてしまった。

南無大師　石手の寺よ　稲の花　　子規

湯築城が廃城となり、今に残る伊予松山城が勝山に築かれて以降、政治だけでなく、商業や文化の中心も、石手寺周辺や道後地区から、松山城周辺や勝山地区へ移っていった。

藩士の家屋敷も城の周辺に集まっている。

青海辰之進の父吉右衛門は、天文測量方として、ペリーの再来航の際、幕府から命じられた大井村（現在の東京品川近辺）の警備に、約六百名の藩士と共に赴（おもむ）き、主に防衛線を測量する仕事に従事した。

一方で伊予松山藩も、長い海岸線を異国の襲来から防衛する必要から、彼は藩に戻って、海の玄関口である三津（みつ）に砲台を築く仕事に加わった。そのあとまた江戸に出て、幕命で神奈川砲台の築造に従事し、万延（まんえん）元（一八六〇）年に完成させている。ちなみに砲台の設計者は、勝海舟（かつかいしゅう）である。

そして現在はまた藩に戻ったものの、北部海岸線に砲台を築く計画が持ち上がったため、出張先に寝泊まりをして、城下の屋敷に帰ってくる事はほとんどなかった。

それゆえ青海家は、数え年十五歳になった辰之進より、七歳年上である嫡男虎之助（ちゃくなんとらのすけ）が、代理の家長として責任を負っている。

虎之助は、父と同じ天文測量方として藩庁に勤め、主に書類の整理にあたっている。顔立ちは辰之進と似ているが、面長のために間延びした印象を人に与える。真面目で誠実、人当たりも柔らかい一方、自分で道を切り開くような冒険心は乏しく、自己主張の強い情熱家につい引っ張られるところがあった。

辰之進の家族は他に、母の希和、祖母のトミ、数え年九つの妹珠希がいた。虎之助と辰之進の間に、男子が一人いたが早世しており、実際は辰之進は三男であった。

もう元服の年だが、父の仕事がもう少し落ち着いてからと、日延べしている。

使用人は爺や婆や、その孫のねえやの三人が家で働き、もう一人、若い中間は主人吉右衛門についている。以前は、奉公人がもう少しいたのだが、家計が苦しくなり、抱える事ができなくなった。

ずいぶん前から伊予松山藩は、度重なる緊急の出費によって財政が悪化している。武家では「人数扶持」と言って、俸禄（職務への報酬）は、家族と使用人の数に応じて食糧を配給する制度がたびたびとられていた。

これには幕末ならではの事情がある。

日本はぐるりと海に囲まれているため、異国の来航によって、各藩はそれまで必要のなかった海岸線防備に、人と金が割かれる事態となった。

攘夷運動の全国的な広がりは、不平等条約締結への不満や、異国の者たちに神の国が汚される事を許せないとする信念に加えて……防衛のための多額な出費により、日々の生活が圧迫されていた事情もまた、陰に陽に影響していたと思われる。

さらに伊予松山藩は、先に述べたように徳川の一門が藩主である親族の藩、親藩である。だから幕府に優遇されたかというと、逆に主家の負担を押しつけられる場合が多かった。天保九（一八三八）年、焼失した江戸城西の丸の復旧費用として金三万両。弘化元（一八四四）年、江戸城本丸焼失の復旧費用七千五百両。安政六（一八五九）年には炎上した江戸城本丸の復旧費用として一万両……これらはみな親藩の立場からの献納だった。

それらの資金は、藩士、町人、農民たちの拠出に頼るほかはなかった。ことに農民は飢饉もあったため、血涙をしぼる思いをした。

火事と喧嘩は江戸の華と言われたが、火事は江戸だけの問題では終わらない。参勤交代のため、江戸には多くの藩邸がある。火事のあおりを食って藩邸が燃えれば、そのたびに復興の費用がかかる。松山藩も、火事はもちろん、地震による屋敷の倒壊、そして幕府への献納金で、莫大な出費が積み重なっていた。

十七世紀以降の日本の歴史は江戸を（幕末は京都も）中心に語られるが、現実には地方の人々の犠牲と献身によって、幕府及びこの国は支えられていたと言えるだろう。

辰之進の家の食事は、それゆえ多くの藩士の家と同様、つましいものだった。

家長の席は空けたままだが、今は虎之助の一言で食事が始まる。品数が少ないので、若い虎之助も辰之進もすぐに食べ終えてしまう。虎之助が席を立つとき、

「辰之進、話がある」

と、座敷に来るように言った。

七つ年上なので、辰之進は兄と遊んだ記憶が乏しい。辰之進が物心つく頃には、兄は嫡男としての心得を、両親や祖母から教え込まれており、家を継ぐ者としての兄の言葉に、弟としてしぜんと

従うようになっていた。

「おまえ、兵器方の鷹林殿を知っておるか」

その名を聞いて、邪悪、とヒスイが表現した男の空恐ろしい表情が眼裏に浮かんだ。

「え……はい、存じております」

「何か失礼な事を働いてはおるまいな」

「あ、いえ、そのような事は……兄上は、鷹林様とお会いになられたのですか」

「先日、藩庁で声をかけられた。もしや青海辰之進くんのご親族ではあるまいか、とな。藩の若手の中で、剣と馬術に優れ、学問も藩内屈指の秀才と有名な御仁だから、こちらは遠目ながらたびたびお顔を拝見していた。なので相手から声をかけられて驚いた」

「鷹林様は……私についてどのように」

「褒めておられた」

「え……」

「よく学問をしている前途有望な少年だと。どこで鷹林殿とお会いしたのだ」

「あ……大原先生のお供を言いつかって、道後温泉郷を訪ねた際に、偶然……」

「そうか。今後おまえによくしてくれるかもしれん、粗相のないようにな」

「はい……」

「測量について尋ねられるままにお答えするうち、私の事も気に入ってくださったらしくてな、彼の主催する集まりに誘われた」

あの男が、なにゆえ兄に声をかけたのか。辰之進は何となくいやな予感がした。

「それは……どんな集まりですか」

「若い藩士たちの親睦の集まりだそうだ。役目や家を超えて意見を交換し、意志の統一をはかる事で、もしも藩が難局を迎えた場合には協力して乗り越えようという趣旨らしい。時節柄、よい席だと思い、ぜひお仲間に加えてくださるようお願いした」

ふと、鷹林という男には近づかぬようにという、ヒスイの注意が思い出された。

「兄上……あまり、あの方とは親しくされない方がよいのではないでしょうか」

「……なにゆえ、そのような事を？」

兄のいぶかしむ表情に、辰之進は慌てて、

「兄上は、ご自分のお仕事も大変な時期でしょうし、婚礼の話もある身ですから……」

虎之助の顔が、照れてか、ややゆるんだ。

「婚礼はまだ先だ。父上は忙しいし、曾我部の叔父も神奈川の警備に出ておられる。怜もまだ幼い。急ぐ必要はない」

城下きっての真乙女（美少女）だとして、辰之進も友人との会話の中でときに耳にする曾我部怜は、辰之進たちの従妹にあたる。

父の弟・宗二郎が、剣の使い手であり、男子が不在だった曾我部家に請われて養子となった。曾我部家は、戦国時代に土佐を治め、一時は四国を制圧する勢いであった長曾我部元親の末裔と言われている。

宗二郎が養子に入って、生まれた嫡男惣一郎は、虎之助と同年で、二人は竹馬の友だった。長女怜は、辰之進の一つ年下である。

叔父の家で、幼い頃に剣術を仕込んでもらう際、辰之進は怜とよく顔を合わせた。彼女も、父から長刀（なぎなた）を習っていた。かつての彼女は勝ち気なおてんばで、怜、辰之進、と互いを呼び捨てにして、追いかけっこをしたり、布を巻いた棒で剣術の試合の真似事をしたりした。

年を経るごとに、そうした遊びは親から禁じられ、彼女は行儀作法を厳しく母や祖母からしつけられて、いつしかおしとやかな武家の娘へと成長していた。

そして、異国の来航や藩の財政悪化で、行く末が見通せない世となった事を、青海、曾我部の両家とも懸念していた。つまらない縁組みを上役から申し入れられても不幸の元だと話し合い、勝手知ったる両家だから安心だとして、虎之助と怜の結婚を今年早々に決めた。

この縁を、怜がどう考えているか分からないが、城下一の真乙女を嫁にもらえる話を、兄が喜んでいるのは明らかだった。

辰之進は、怜を妹のように思ってきた。幼い頃一緒に遊び回った彼女が、兄の嫁になる事に実感が持てない。まして同じ家に住み、彼女を「姉上」と呼ぶのかと思うと、胸がざわついて落ち着かない。

二人の結婚の話を聞いてから、彼はずっと自分の気持ちを持て余していた。

だが……霊泉の前での出会い以来、さぎのやの娘ヒスイの事を思い出すと、なぜか気持ちが晴れやかになった。

ヒスイはたぶん怜と同い年くらいだろう。

あの日、急に怒ったように歩き去って行く彼女の真意が分からずに戸惑ったが、救吉という彼女の弟から、辰之進が不用意に発した言葉が、彼女を怒らせたのだと知らされた。

（まさか「男っぽい」という言葉が禁句だなどと思いもしなかったな……）

実際は師である大原観山が、ヒスイを捜すアテとして発した言葉なのであり、辰之進は誤解を解こうと努めた。だが武士に刃向かう彼女の姿を見て、男っぽいとか男気があると評された人物だ、と思い当たったのなら、

「それは誤解ではありません」

と、彼女は許してくれなかった。

温泉郷を見下ろす小高い道後山に向かい、彼女は足をゆるめることなく歩を進めた。

救吉が止めても、彼女は聞く様子がなく、辰之進も仕方なく彼女を追った。

「ヒスイ、止まりなよ。観山先生が待ってるなら、早く戻った方がいいよ」

道後山の上には、八幡造（はちまんづくり）と呼ばれる壮麗な様式を持つ神社が建っている。

古代、仲哀（ちゅうあい）天皇と神功（じんぐう）皇后が都から温泉に入りに来られた際、行宮（あんぐう）と言って行幸（ぎょうこう）の際の仮の宮居（みやい）を造ったあとに創建された神社だという。その地が伊佐爾波岡（いさにわのおか）と呼ばれていたので、伊佐爾波神社と名付けられたらしい。

ただし仲哀天皇は伝承上の人物で、伝説の英雄日本武尊（やまとたけるのみこと）の第二皇子というから、岡に建てた行宮も別の貴人のものかもしれない。

社殿は、天に至るかと思うほど急勾配の長い石段をのぼった先にある。のちに救吉に聞いた話では、石段は百三十五段もあるという。

石段の両側には、樹齢の古そうな幹の太いマツやクスノキが緑の葉を茂らせ、鬱蒼（うっそう）と石段の上を覆って、神社の姿を下界から隠し、神秘的な雰囲気を醸（かも）している。

ヒスイは、それまでの勢いをゆるめることなく、石段をのぼりはじめた。

「待ってよ、ヒスイ。どこまで行くの」

救吉が呼び止めても、彼女は止まらない。

（まさか、上までのぼるつもりか……）

辰之進は、天上まで至りそうな石段を見上げて、唖然とした。

（あの娘は、男っぽいと言われて、まだ怒っているのか。むしろほめているのに……）

幼い頃のおてんばな怜の方が、今の彼女よりずっと親しみが持てたように、正しいと思うなら武士や男にも堂々と意見を述べる娘の方が、より好ましい、と辰之進は思っていた。


とはいえ、主命を果たさずに、おめおめと帰るわけにもいかない。

（えい、町人の娘ごときに負けてなるか）

辰之進は、腰の刀が邪魔にならないよう柄を押さえて、石段をのぼりはじめた。

蒸れた緑が発する濃い自然の香りがする。

単調な石段の灰色から目を上げれば、木々の緑が鮮やかで、その間から飛び出してくる山桜の桃色が目をくらませる。鳥のさえずりが幾つも重なり、耳を楽しませてもくれる。

一方で、どれほどのぼっても果てがないと思うほど石段は途切れず、息が荒くなる。

剣術で鍛えてはいても、長く駆ける習慣はない。

だが、たぶん年下であろう娘や少年がどんどんのぼってゆくのに、武士が休み休みでは面目が立たないと思い、歯を食いしばって足を動かし、それでも限界かと思った矢先――両側から覆いかぶさっていた木々の葉群が消え、朱色が鮮やかな壮麗な社殿が現れた。

「よくのぼっておいででした」

目の前でヒスイがほほえんでいる。

薄い桃色の着物を着て、草履をはき、髪を後ろでまとめている。それまでと印象が異なり、娘っぽく見えるのに驚いた。

べつに着替えたわけではない。彼女の笑みが愛らしいほど晴れやかだったせいらしい。

「こちらにおいでください」

彼女が脇の方に誘う。何だろうと思いながら、ついていくと、

「振り返って、西の方角をご覧ください」

促されて、のぼってきた方を振り返る。

「お、あれは……」

さえぎる物が何もなく、まっすぐ視線を送った先に、白壁の伊予松山城が、春の陽光の下に輝いている。城を頂上にいただく勝山は、ところどころ艶(あで)やかな桜に彩られている。

「気持ちがよろしいでしょう？」

ヒスイの明るい声も耳に心地よい。「深く息をなさると、もっと気持ちよくなります」

彼女の言葉に素直に従い、深く息を吸って吐く。呼吸も整い、すがしい気持ちとなり、いっそう城と山の彩りが目に映える。

（これが我が城か……実に美しい……）

「いかがでございます？」

少女に問われて、彼は深くうなずいた。

「これは……よいものを見せてもらった」

心の底から答えた。「仕える城を、このような場所から見る事はなかった。実に誇らしく、守らねばと、心から思う」

「あら、いやだ」

ヒスイが、薄く笑いを含んだ声を発した。


「本当に見てほしかったのは、お城ではございません」

ヒスイは、もっと下を見るよう手で示し、「ご城下から、東の道後にかけ、また南側に流れる石手川にかけ、さらに川を越え、奥に流れる重信川（しげのぶがわ）沿いにも広がってますでしょう？」

いざなわれるまま辰之進が視線をやった先に、茶褐色の平野が広がっている。雑草が青々と伸びる土手やあぜ道で区切られている事により、人の手が入っているのが分かる。

「何か、お分かりですか」

「もしや……田か」

「はい。人の暮らしを支え、ひいてはお武家様方を、そして藩を支えている田んぼです。冬の間、乾いていた田に、これから鍬を入れて起こします。次に水を入れ、苗を植えていくのです。この田がなければ人は生きていけません。お城も守っていけないはずです。この一面の田を美しいと思われませんか。誇らしい、守らねばと、お思いになりませんか」

思いがけない言葉だった。

だが真実だと感じた。今まで、そのように考えた事はなかったし、これほどの高さから領内に広がる田を目にした経験もなかった。

我が暮らし、我が藩が、これらの田から収穫される米で支えられているのは、紛（まぎ）れもない事実だった。だが、辰之進の目には、いまだその茶褐色の広がりが、美しいとも、誇らしいとも感じられずにいる。その事に恥ずかしさのような感覚をおぼえ、

「美しくは、見えない、まだ……」

正直に答えた。「だが……これらを守らなければいけないのだな……我が城を、我が藩を守りたいのであれば」

「はい」

強く響く声が返ってくる。

「またここへ？」

「はい。水を張り、苗が植えられた景色であれば、きっと美しいとお思いになります。そして秋。稲穂が実り、一面が黄金色に輝くところを、ぜひご覧になってください。皐月の頃に、またここへ、ご一緒にのぼってきませんか」


辰之進の脳裏に、城山の下から一面に、黄金色の稲穂が揺れる情景が広がった。

「うん……たぶん美しいと感じるだろう……来よう。また、見に来よう」

すると、ハハハと背後で笑い声が響いた。

「ヒスイの機嫌がいつのまにか直ってるね」

救吉が、おかしそうに言ったのに対し、

「あら、もともと機嫌なんて悪くないもの」

ヒスイが意外そうに応えた。

「えー、だって、ぷりぷりして、どんどん歩いて行ったでしょ？　ねえ、辰之進様」

いきなり名前を呼ばれて驚いたが、いや、確かに、とうなずいて、

「大原先生が待たれていると申したのに、聞き入れず、逆の方へどんどん進んでいったからね」

辰之進が答え、救吉もうなずいた。

「そうだよ、絶対怒ってると思ったよ」

「あら、わたしがどうして怒るの？」

「だから、ほら、男っぽいとか、その辺の侍より男気があるとか、言われてさ」

今度はヒスイが陽気に声を上げて笑った。

「そんな事で怒ってたら、毎日怒ってなきゃいけない。もう言われ慣れてるもの」

「では、なぜ願いをいれて、大原先生の元へ戻ってくれなかったのだ？」

辰之進が不審に思い、尋ねると、

「それは、あの人たちがいるからです」

彼女の表情が硬く締まった。

「あ、そうか」

救吉が合点がいった様子で、「さっきの嫌な感じの侍たちも、さぎのやへ行って、ヒスイが助けたっていう、土佐のお侍の話を聞こうとしていたみたいだもんね」

確かに。彼らは、土佐の坂本龍馬が脱藩したか、土佐勤王党を抜けたのか、勤王の志を捨てたかと、気にしている様子だった。

表立って尊皇攘夷の運動をなす我が藩士の存在を、辰之進は知らない。だが、若い藩士の中には異国に対して弱腰の幕府に不満を抱いている者が少なくない、とは耳にする。

それゆえ彼らも、隣藩の動きには敏感となり、千葉道場の師範代も務めた坂本龍馬の身の処し方が気になったのかもしれない。

「あの方たちに、坂本様の事を話すのは嫌でした。ましてあんな騒動の後では、気まずいでしょう。それにわたしが、あの人たちの前に、辰之進様と一緒に現れたとしたら……」

「そうか。二人は、あの騒動のときも申し合わせていたのかと、疑われるかもしれないね」

救吉が得心した表情でうなずく。

「そして、坂本様の事を、観山先生には話してもいいけれど、あの方たちには話したくないと、目の前で断ったら？」

「また一悶着(ひともんちゃく)起きそうだし……うーん」

救吉が考え込み、「辰之進様のお立場も、悪くなるかもしれないね」

辰之進は驚いて、ヒスイを見つめた。

「それでは……拙者を守るために？」

「浅知恵ですけど、ひとまずわたしは戻らない方がいいと思ったんです。貴方様が連れ戻そうとしても、聞かずに逃げてしまったという事にして」

「うん。猿みたいに走って逃げたからと言えば、辰之進様が責められる事はないね」

「救ちゃん、猿は言い過ぎ」

「じゃあ、猪だ」

二人がどっと笑いだす。その姿を見つつ、辰之進は彼女の配慮に打たれ、頭(こうべ)を垂れた。

「かたじけない。さほどに気を遣ってくれていたとは、つゆ知らず……」

心の中で、彼女を責めるような考えを抱いた事を恥じた。

「いいんです。一番は、あの嫌なお侍に会いたくなかったからなので。それより今すぐ戻ると、まだあの人たちがいるかもしれませんから、お宮にお参りしていかれませんか」

ヒスイに促され、神社の方に足を向ける。

救吉は、観山先生に事情を話してくる、と言って、石段を駆け下りていった。

辰之進は、ヒスイの案内で神社にお参りし、堂内に飾られた貴人の人物画や古い時代の合戦図など、献納された絵馬を見学した。

彼女は明るく、よく笑い、蜘蛛や蛾や蛇などがいても少しも怖がらず、外の森から小鳥の声が聞こえてくると、メジロです、キクイタダキですよ、と教えてくれた。

彼女のような、活発で気丈で、よく笑い、自然を愛し、それでいて気遣いがこまやかな娘に、辰之進は会った事がない。彼女の一挙手一投足、言葉の一つ一つが新鮮だった。

やがて救吉が戻って、若い侍たちは帰り、観山先生は事情を理解して、さぎのやに残って二人を待っている、と告げた。

三人で山を下りる段になったとき、辰之進は名残惜しさを感じた。

（四）

天文十一（一五四二）年、三河国（現在の愛知県東部）の岡崎城主松平広忠と於大の方の長男として竹千代、のちの徳川家康が誕生する。今川氏や織田氏との政争の中、於大は広忠に離縁された後、兄の意向で久松俊勝と再婚、家康の異父弟となる三人の男子に恵まれる。末の男子が幼名長福丸、のちに定勝。

久松定勝は、生まれて間もなく、異父兄である家康（当時は松平元康）から、一門の証として松平の姓と、葵紋をたまわった。

松平定勝の結婚は、家康が決めたという。その妻たつとの間に生まれた次男定行は、家康の孫である第三代征夷大将軍家光の時代に、伊予松山藩の藩主となるように命じられる。

家康の血族が、中国四国地方の藩主となるのは、これが初めてだった。瀬戸内海に面した要衝の地を守り、周囲の外様大名に睨みをきかせる意図があったらしい。

これ以降、伊予松山藩は親藩となった。地方とはいえ、中心とのつながりは深い。

藩校（藩士の子弟が通う学校）明教館の剣術の稽古場に、竹刀を振る音と、硬い土間に大勢が裸足で踏み込む音、エイ、ヤア、と気合を発する声とが響いている。

「よし、正面。右。左。背後」

少年部師範代の曾我部惣一郎の掛け声に合わせて、十五歳から十七歳の少年たちが、からだの向きを変えて、竹刀を振り下ろす。

「ひと太刀ひと太刀をムダに振るな。目の前の相手を真剣で斬る気合いで振れ」

惣一郎の檄に応えて、少年たちの竹刀を振る勢いが増すと同時に、人によって動きに差が生じ、中には足をふらつかせる者も出る。

「内藤」

師範の座る上座の隣に、惣一郎の補佐役として、辰之進の兄虎之助が正座している。

「足が逆だ。辰之進、教えてやりなさい」

「はいっ」

辰之進は、ひょろりとして見るからに非力な印象の内藤助之進のそばに歩み寄り、列から外れて、足さばきについて教えた。

「ごめんよ、辰さん」

親友の助之進がささやく。

「大丈夫だ、助。元の型はできてるから、実戦の動きをからだによく覚えさせるんだ」

助之進は学問に秀で、同年代では一番の秀才だった。ただ武の道は苦手としている。


辰之進は、からだの向きを変えながら竹刀を打ち込むときの要領を、丁寧に教えた。

すると動きが次第によくなっていた助之進が急に動きを止め、一方に視線をやった。

どうかしたのかと辰之進が振り返ると――清楚で美麗な武家の娘が、稽古場の入り口近くに立ち、辰之進の方をじっと見ていた。

(怜……どうしてここに)

従妹は、数え年十四歳ながら、高貴な白磁の器のような肌の美しさと、整い過ぎとも思える顔立ち、そして相手の心まで見透かすような落ち着いた印象の目から、よく二つ三つ年上に見られた。

彼女と目が合い、相手がそっと目礼した。辰之進はどぎまぎして応えられなかった。

「おお、怜、どうした?」

彼女の兄惣一郎も気づいて声をかけた。

「大切な書物をお忘れなのを、部屋を片付けていた婆やが気づき、お持ちしました」

艶やかな澄んだ声で答えた彼女は、布で丁寧に包んだ書物を二冊胸に抱えている。

「父上から、藤野海南先生に拝借した書が、帰藩が延びそうなので、先にお返しするようにと送られて参りました。母上が、婆やでは失礼になろうから、二冊合わせてわたくしにと」

「そうか。それはご苦労であったな」

惣一郎が怜から一冊を受け取る。「さて、藤野先生はどこにいらっしゃるかな」

「私が案内しよう」

虎之助が立った。「怜さん、こちらへ」

婚礼が決まってから、虎之助は人前では怜を呼び捨てにしなくなった。

怜が静かにうなずき、虎之助の後ろからうやうやしくついていく。その後ろ姿を見送るうち、辰之進はまた胸のざわつきを感じた。冷静でいられない自分に嫌悪さえおぼえる。

「よし、これより立ち合いを行う」

惣一郎が言った。「呼ばれた者から順に防具をつけい。青海辰之進。辰之進？」

「あ、はい……」

辰之進は、立ち去る怜の後ろ姿に向けたままだった視線を、慌てて元に戻した。

「何をぼうっとしとる。立ち合いだ」

「はいっ」

辰之進は、屋根のある防具置き場に進み、手早く胴、面、籠手(こて)を着けた。彼の続いて呼ばれた者たちも、次々と防具を着けていく。

「勝ち抜き戦をやる。勝者はその場に残り、敗者は去って、次の者が出る。ええな」

「はい、承りました」

全員が応えを返し、まず辰之進が稽古場の中央に進んだ。

相手となる少年も向かいに立ち、互いに礼をして、竹刀を構える。

辰之進は、硬く冷たい土の感触を足の裏で確かめ、指先にぐっと力を入れる。

明教館の武芸稽古場は、剣術をはじめ、弓、槍、柔術、兵学があったが、師の座る場所以外は土間である。実戦を意識しての事らしい。

辰之進の脳裏に、ふと兄と去った怜の面影がよみがえってきた。頭を横に振る。

相手の竹刀が上段から落ちてきた。足の指先を開いて土を放すや、打ち込みが落ちる前に相手のふところに飛び込み、胴を抜いていた。

「よし、次」

辰之進の前に、新たな相手が立つ。竹刀の先を軽くふれ合わせる。相手の気後れを感じて、一瞬で間合いを詰め、面を打った。

次の相手は、助之進だった。手加減が必要なのに、怜と兄の姿がまた脳裏にちらつき、振り払うように相手の竹刀を叩き落とし、面を打った。助之進が膝から崩れ落ちた。

辰之進は、叔父宗二郎の元で幼い頃から剣術の稽古に励み、虎之助や惣一郎の動きを見よう見まねで覚え、敵わないのを承知で立ち合いを求め、倒れても立ち上がってはまた挑むうち――同い年はもちろん二つ年上でも、彼に立ち合いで勝てる者はなくなった。

「ごめん、本当にごめんよ、助」

稽古を終えて家への帰り道、辰之進は助之進に謝った。

あのあと友は、しばらくして意識を取り戻し、今は何ともないという。

「謝らなくてええよ。私が弱いだけだから」

助之進は優しく笑って、「でも辰さん、何かに怒ってるみたいじゃったね……」

辰之進は慌てて手を横に振った。

「怒ってないよ、助にも、誰にも」

「うーん、ほうかなあ」

助之進はからかうような表情で、「もしかして怜さんが関係しとるんじゃない?」

「え、何を言い出すんだよ」

辰之進は狼狽した。「意味が分からん」

「怜さんが見えてから、なんとなく辰さんの様子がおかしかったからね」

「怜はただの従妹で、何とも思ってない」

「ご城下一の真乙女が従妹だなんて、多くの連中が羨ましがってるよ」

「へえ……助もかい？」

「うーん、確かに美しいけれど、高嶺の花かな……実は気になってる人がいるんだ」

親友に気になる人がいるとは初耳だった。

「町娘なんじゃけど、やっぱりご城下随一の美人として、道後近辺では有名らしい」

「道後の町娘なのかい」

「さぎのやという、へんろ宿の娘なんだ」

えっ、と辰之進は息を呑んだ。

ヒスイはさほどに有名なのか……しかも助之進も見初めていた事実に困惑する。

「あれ、辰さんも知っているの？」

「あ、いや、大原先生のお供で、さぎのやへ出向いたことがあったから……」

「ほうか。美しいじゃろう、天莉さん」

え、誰……辰之進は目をしばたたいた。

「たぶん三つ四つ年は上じゃろう。楚々として美しいだけでなく……たまたま使いで療養所へ出向いたおりに見かけたけど、献身的に患者の世話をしておって、さらに気に入った」

「……さぎのやには、別に娘がいたよね？」

「ああ、ヒスイという男の子みたいな娘じゃろう。天莉さんは、その姉娘だよ」

辰之進は、ほっと安堵の息をついた。

「一度見てみるとええよ。しかし、そうか、辰さんは、怜さんに何の思いもないのか」

「ないさ、じき兄の嫁御となる人だぞ」

「ふうん。でもあのときの辰さんの迫力は、ちょっと似てたな、左之助さんに」

「左之助……こなくその原田左之助さん？」

辰之進は、「こなくそ」が口癖で、向こう見ずだという、顔立ちの整った青年を思い出した。といって直接話した事はなく、幾つもの勇ましい逸話を耳にして、関心を抱き、二、三度すれ違うようなかたちで顔を見ただけだった。

「江戸の中屋敷で暮らしてた頃、父の小使だった左之助さんは、よく遊んでくれたし、剣術も教わった。頭が良うて美男子じゃけど、一本気で怖いもの知らず。仲間や上の人とよくぶつかって……そんなおりに剣術を教わると、こなくそ、こなくそ、って怒りを吐き散らしながら竹刀を振るんで、恐ろしかったなぁ」

「松山に戻ってからは、助の伯父上、明教館の中島先生に若党として仕えてたろ」

「初めはよく勤めてたけどね。頭も剣術も周りよりできるのに、身分が下だからと差別されて、腹を立てたらしい。伯父上の持ってた蘭式の銃隊操練に使う太鼓を、ふんどし一つで叩きながら、お堀端を行進して、ひどく譴責を受けたよ」

「聞いた。そのあと上役の人に、切腹モノの乱行だが、足軽の子は切腹の作法も知るまいと笑われて、こなくそ、って本当に腹を切ったって話だった……よく助かったね」

「うん。父上が藩医の方々にお頼みして、どうにかかね。それで反省するかと思ったのに、まさか脱藩してしまうなんて……」

ちなみに、この内藤助之進は、のちに師克（もろかつ）、さらに素行（もとゆき）と名を改め、明治の世には文部省に勤め、近代教育制度の確立に携（たずさ）わる人物である。

俳号は鳴雪（めいせつ）。正岡子規の東京での学生生活を支援し、子規の才能をいち早く認めて、二十歳も年上ながら、あえて子規の弟子になるという柔軟な考えの持ち主だった。が、これはまたのちの話であり……幼い頃によく遊んでくれた従兄的な存在だった人物が脱藩したのは、身分の上下に原因があると考えていた。

「左之助さんが藩を飛び出したのは、何かにつけて足軽の子だからって、下に見られる身分の決まり事が我慢ならなかったんだと思うよ。土佐の坂本龍馬って剣術の使い手が脱藩したって聞いたとき、左之助さんを思い出した。確か坂本龍馬って人も下士で、国元では差別的な扱いを受けていたらしいからね」

「そういえば……」

辰之進は思い出し、「他の藩でも身分の低い武士が多く脱藩して、浪士として藩の枠を超えて集まり、攘夷の活動をしているらしい。兄上と従兄の惣一郎さんが、そう話していたよ」

「つまり、この国を変えようとする力は、異国だけでなく、身分の決まり事を覆（くつがえ）そうとする人たちからも、溢（あふ）れてきてるのかもしれないね」

辰之進は、親友の考えに驚いた。

「助、きみ、すごいな。そんな風に世の動きを見ているなんて」

とたんに、助之進は照れたように笑った。

「いや実は、ある人の受け売りなんだ。ちょっとその人の所に行ってみないか」

道後温泉郷から少し離れた、人家が集まった場所に、温泉郷内の宿屋やみやげ物屋で働く者たちが住まう地域がある。

その外れに建つ一軒の家の玄関先に、助之進が辰之進を伴って立った。

ごめん、と声を掛ける寸前、

「じゃあ、わたしは行きますね」

中から、うららかな若い女性の声がした。

「もうちょっと構わないだろ」

男の未練がましい声が聞こえる。

「無理を言わないで。誰か頼んでみます」

「おい、首からの提(さ)げ物が飛び出してるぜ」

「あら、いけない」

「きちんとしまってから行けよ」

「もう間に合わないから、歩きながらでも」

がらりと戸が開いて、地味な着物姿の、清らかで美しい女性が、胸元に目をやったまま飛び出してきた。助之進が避けるのが遅れて、あっと二人がぶつかった。

助之進は尻もちをつき、女性は怪我をしそうな勢いで前につんのめる。

「あぶないっ」

辰之進は慌てて踏み込み、腕を伸ばして、女性を抱き止めた。

思いのほか軽く、また柔らかい感触に、彼はどきりと胸を突かれた。

「大丈夫ですか」

声をかけると、女性はほっと息をつき、

「ありがとうございます」

辰之進の腕を借り、身を起こす。そのとき首から提げていた紐の先が、着物の合わせ目からこぼれ、きらりと辰之進の目に映えた。

「あら」

女性が狼狽して、すぐに紐をたぐり、先端の飾り物を、着物の合わせ目の奥に戻す。

一瞬だったが、辰之進の目の奥には美しい十字の形が確かに焼き付いた。

(あれは、異教のクルスでは……)

「おいおい、どうした、何の騒ぎだ」

屋内から若い町人の男が現れる。尻もちをついたままの助之進を見て、

「おや、内藤の坊っちゃん。どうしました、大丈夫ですか」

「ああ、勇志郎(ゆうしろう)さん。私の不注意だよ」

助之進が、男の手を借りて立ち上がる。

その間に、女性は身を隠すような姿勢で、胸元をかき合わせたまま、

「失礼致しました。どうかお許しくださいまし」

と、温泉郷の方へ小走りに去った。

「え……あの人、まさか、天莉さん」

助之進が顔を赤らめて、女性を見送る。

辰之進も驚いた。では今の女性が、さぎのやの姉娘か。確かに美しい人だった。

「おや、天莉を知ってるんですか。内藤の坊っちゃんも、隅に置けませんね」

「あ、どうしてあの人、勇志郎さんの所に……?」

助之進がこわごわと訊く。

勇志郎と呼ばれた男は、妙な顔で助之進を見て、急にハハと笑い出した。

「勘違いしちゃいけません、天莉は妹です。安倍(あべ)先生の療養所で働いてるのを、今日は無理を言って、彫りを手伝わせていたんです」

男は、辰之進の兄と同い年くらいに見えた。

「こちらの男前の坊っちゃんは、初めてですね」

彼が辰之進の顔を興味深そうに見つめる。

「親友の、青海辰之進だよ」

助之進が紹介し、辰之進は目礼した。

相手は、丁寧に頭を下げ、

「勇志郎と申します。人の世の消息をあれこれと扱って、糊口(ここう)をしのいでおります。青海様と仰(おっ)しゃるなら、失礼ですが、もしや青海虎之助様のご親族ではございませんか」

「え……弟だが、何ゆえそれを?」

勇志郎は、いえいえと明るく笑って、

「ご城下一の真乙女と評判の曾我部怜様を妻に迎えようという、実に羨ましいお方ですから、存じ上げている次第です。またそれが、私の飯の種でして。どうぞ、家の中へ」

屋内は、至る所に板を削った木屑と、黒く汚れた紙屑が散らばり、墨のにおいがした。

「勇志郎さんは瓦版屋なんだ。私は彼の刷った、ある瓦版を読んだとき——とある藩の財政が厳しく、人数扶持が始まるだろう、という内容が、当藩と同じだった事に興味を持ち、人づてにここを訪ねて、知り合いになったんだ」

助之進によれば、国を変えんとする力は、身分の決まり事を覆そうとする人々からも溢れているとの話は、勇志郎の瓦版で読んだものだという。

「私は、誰が誰を斬ったの、誰と誰がくっついたのって話は刷りません。扱うのは政や、もっと大きい世の中の動きです」

勇志郎が誇らしげに語った。「とある藩の人数扶持の件は、我が藩と書くと差し障りがございますので、別の藩の事として書きました。まごうかたなく当藩の事情を、先触れで刷ったものです」

「……どうしてその事を知ったのか？」

いぶかしむ辰之進に、勇志郎はほほえみ、

「筋道を立てて考えれば明らかです。江戸で火事だの地震だので金子が必要となれば、ご公儀からも藩邸からも多額の催促が来る。しかし百姓も町人もとっくに出せるものは出して、ぎりぎりです。あと切り詰めるところを考えれば、お武家の人数扶持に至りましょう」

「どうして、町人のそなたが、ご公儀や藩邸からの催促を知る立場にあるのだ？」

「町人の連絡の網を侮ってはいけません。江戸や大坂の商人は、ご公儀や各藩の動きに目と耳を凝らしています。動きの先手を打てば生き残れる、後手を踏んでは潰れてしまう。幕府や藩庁の重役に金子を献上し、いろいろと教えていただくのは常道。その消息を、別の商人相互で教え合う網を張り巡らせるのも当然の知恵……幾つもの網を伝っていくうちに外へ漏れるのも成り行きです。この土地は、湯治客やおへんろが多くの国元から集まるので、様々な消息がしぜんと知れます」

辰之進には、ただ驚くばかりの話だった。

「けれど知り得た事をそのまま刷っては芸がなく、下手すればお咎めを受けます。なので私の考えを加えた上で、場所や人物も奉行所の怒りにふれない程度にぼかします。実のところ、お武家様方も真実を知りたいのです。おのれの暮らし向きがどうなるか心配ですから。私の瓦版は、町人と同じくらい、お武家様に売れるんでございますよ」


話の切れ目を、助之進が待っていた様子で、

「ねえ、前に頼んでおいた左之助さんの消息は、何か分かった？」

「原田左之助様ですね。よいところに見えました」

勇志郎がほほえみ、「大坂の道場で、槍を学んで免許を得た、との話が入ってきたばかりです」

「へえ。槍の名人になったんだ」

「はい。元々剣術に優れたお方でしたからね」

勇志郎は、二人に向かって、「実は、この仕事を、私に勧めてくれたのは、脱藩する前の原田様なんですよ」

「左之助さんが？」と、助之進が聞き返す。

「ええ。道後の茶屋で、他の藩の侍が、盲のおへんろが肩にぶつかったと怒って、刀を抜いたところに居合わせた私が——生き仏だと勘違いして、御利益を求めてふれたのですよ、となだめたんですが……原田様がたまたま見ていて、機転がきく奴、町人にはもったいない、と言ってくださり、お近づきになったんです。原田様も、ご自分の身分には悩まれておいでしたから」

辰之進はうなずいて、続きを促した。

「あるとき原田様が、身分の差を超えて日の本を守るため、二つの道を思いついた、と教えてくださいました。一つは、藩を出て戦う道……もう一つは、外の世界の出来事や政について、広く民に知らせていく道だと。武士は、上に行くほど、おのれの席にあぐらをかき、尻に火がついても動かない。我が身と国とを守るには、世の流れや政など大切な事実を民に知らせて目を開かせ、行動を促す者が必要になる、とね。確かにそうだと思い、あの人が言葉通りに脱藩したので、私はこの仕事を始めたんです」

「……そうか。では原田さんは」

辰之進は吐息をつき、「ただ身分の差に怒って、藩を出たわけではなく、この日の本の国を守る決意を持って、出られたのだね」

「ええ。きっと土佐勤王党に署名していながら脱藩した坂本龍馬という方も、同じく日の本の国を守る志なのだと思いますよ」

「左之助さんと坂本さんが、京や江戸で会う機会もあるのかな……広いから難しいか」

助之進の無邪気な問いに、勇志郎が笑い、

「世間は意外に狭いですから、分かりませんよ」

伊予松山藩の足軽原田長次の子、左之助は、安政五（一八五八）年、数え年十九歳で脱藩した。紆余曲折ののち、江戸にて近藤勇と出会い、新選組創設時からの隊士として、沖田総司や斎藤一らと並んで副長助勤となる。槍の名手と謳われ、芹沢鴨暗殺や池田屋事件にも関わるのだが……後年、坂本龍馬とも浅からぬ因縁を持つ身となる。

「先ほど、兄の名を口にしていたが……」

辰之進は急に心配になった。兄より、怜の事だ。怜を瓦版に載せたくはない。

「婚礼について、瓦版に刷るつもりがあるのか」

勇志郎は苦笑を浮かべて、首を横に振った。

「ただ小耳に挟んで、羨ましく思っただけです。あなた様も羨ましいでしょう？」

辰之進は虚をつかれてうろたえた。

「いや、拙者は、そのような……」

「辰之進様、否定する方がかえって変ですよ」

勇志郎がまじめな顔で言った。「男としては当たり前の心持ちでございますから。あー、羨ましいなぁ、とお心を開いた方が楽になりましょう」

言われて、そういうものかと思ったが、

「むろん秘かに奪うおつもりなら、別ですが」

と言われて、また慌てて手を横に振った。

勇志郎と助之進が声を上げて笑った。

辰之進が、身の処し方に困っていると、

「失礼しました。お詫び代わりに、私が今、扱おうとしている事実をお話ししましょう」

勇志郎が秘密を打ち明ける口調で、「京の出来事です。薩摩藩島津の大殿が、朝廷と話し合うため京にのぼりました。尊皇攘夷派の志士たちは、薩摩が倒幕に動き出したと思い、京に集結して、気勢(きせい)を上げたのですが……島津の大殿に倒幕までの心はない。朝廷も、急進的な志士たちを自制させるよう、薩摩に求めたと言います。そこで、志士側と顔見知りの薩摩武士らが、寺田屋という宿に向かい説得したのですが、聞き入れられず、ついには同士討ちとなる斬り合いに発展して……双方に多大な犠牲が出たのち、志士側はひとまず恭順(きょうじゅん)の意を示したとの事です」

「その騒動を刷るのかい」と、辰之進が問う。

「いえ、本当に刷りたいのは別です。この一件で、尊皇攘夷派は出鼻を挫(くじ)かれました。それが我が藩の尊皇攘夷派にどう影響するかを刷りたいのです。けれど……その一派の名前を出すと、こちらの危険もあるので」

「え、親藩である当藩に、真っ向から尊皇攘夷を標榜(ひょうぼう)する一派があるのか」

辰之進の問いに、勇志郎は眉をひそめ、

「鷹林(たかばやし)、というお方をご存じですか?」

辰之進の背筋に寒気が走った。あの男の邪悪な笑みが、脳裏をよぎる。

そのとき、玄関戸ががらりと開き、

「勇(ゆう)兄さん、天莉姉さんに言われて、手伝いに来ました」

明るく言って、ヒスイが飛び込んできた。

「あ、そなたは……」

「辰之進様……どうしてここに?」

二人はあまりの驚きに続く言葉がなく、顔を見合わせたまま立ち尽くした。

（五）

家康の異父弟、松平正勝の次男・定行（家康の甥(おい)）が、伊予松山藩の藩主となった事――。

また、この定行が、原始的な文化が残っていた温泉郷（男湯女湯の別が曖昧で、内と外の厳密な仕切りもなかったらしい）を見かねてか、品位と節度に重きを置く改修整備に乗り出して、以後明治までの二百数十年、基本的な形は変わらない、観光と養生と宗教色のある場所を作り上げた事――は、先に述べた。

だが松平定行は、本来は西国の外様大名に対する、いわば重しとして配属された。軍事的に備える事が幾つもあったはずで、温泉郷の整備など、多くの費用と人手をかけて取りかかるべき事案だっただろうか。

一つの仮説が挙げられる。鍵は鷺である。

神代の頃、脚に傷を負った鷺が、岩場から湧く温かい泉に脚をつけたところ、たちどころに傷が癒えた。それが道後温泉郷の始まりとする説話が、古くから伝えられている。

いわば鷺は温泉郷の守り神、象徴である。

松平正勝には実は定吉という長男がいた。関ケ原の戦いのおりは、家康に従うなど信頼を得ていた。戦の二年後、定吉は家康に従っているときに、空を飛んでいる鳥を見つけて弓で射た。山鳥とでも思ったのか……だが落ちてきたのは、純白の鷺だった。

白鷺は吉兆、天からの使いとも言われる。

それを目の前で射殺されて家康は、大変不満だったらしい。定吉は自藩に戻ると、即座に自害した。そのため次男の定行が松平家を継ぎ、伊予松山藩の藩主となる。藩には何の因果か、兄の命を奪い、自分が当地に遣わされる結果となった、鷺を守り神とする温泉郷があった。

これを美しく整え、いにしえの天皇らが来浴されていた時代のように再興させる事で――神の使いである白鷺と、家康とにあらためてお詫びし、また兄の供養も兼ね、ひいては家の繁栄を願った、とは考えられないだろうか。

　さて、温泉からまっすぐ西に延びる大通りの両側に、温泉宿が軒を連ねている。ほとんどが湯治客を当て込んだ宿である。

　おへんろは金子（きんす）を持っていないので、一般の宿屋は敬遠していた。一方で、おへんろをもてなす事が道理にかない、功徳（くどく）にも通じるという、お接待の心を大事にする宿もあり、大通りの外れに散在している。中で最も歴史と風格があるのが、さぎのやだった。


　ヒスイは、さぎのやの女中着を着て、前垂れを着け、紐でたすき掛けにして、まかない処（どころ）で、食事の用意を手伝っていた。

　藩の財政悪化に伴い、年貢の取り立ては厳しさを増し、宿屋で出せる食事も限られる。

　それでも、さぎのやには藩政が始まる遥（はる）か以前の時代から、田と畑を持ち、その収穫物を神仏に捧げる代わりに、おへんろに供する事が許されてきた。

　石手寺や伊佐爾波（いさにわ）神社などの寺社、また明王院という温泉管理者との関係も深く、藩政が始まって以降も、霊泉とおへんろの文化を守る特例として宿専用の田畑の使用を、歴代の藩主に認められていた。

　加えて、野菜や果実や魚や猪の肉などを寄進してくれる農民や、山の民、海の民もいる。

　へんろ道を歩き通した疲れを癒やし、明日からの旅に元気に踏み出してもらうため、量は出せずとも滋養（じよう）がつきそうなものを、女将や、まかない方が工夫を凝らしている。

　だがヒスイは、料理や掃除が苦手で、いつも育ての母の女将から小言を食っている。

「滋養のつく食事と、清潔な部屋の提供は、へんろ宿の基本ですよ」

と女将は言う。「山道で難渋しているおへんろさんを助けても、貧しい食事や不潔な部屋では、元気を出していただけません」

だから、困っているおへんろを助けに山へ入らない日は、食材を無駄なく使って、おいしいものを作る料理を学ぶ事と、掃除や片付けに努める事とを、日々仕込まれている。

「ヒスイも、先々さぎのやを切り盛りしていく身であるのを忘れてはいけませんよ」

さぎのやは代々女系で、女将が宿の一切を取り仕切る。次の女将は、今の女将の実の娘である、ヒスイの姉、天莉とほぼ決まっている。

ヒスイは血はつながらないながら、さぎのやの娘として、天莉を助け、人々の救いや憩いの場であるへんろ宿を長く続け、次の世代へつないでいく責務を担っている。

ちなみに女将の夫（勇志郎と天莉の父）は、以前からずっと藩の用向きで江戸に詰めているという話で、ヒスイもまだ会った事はなかった。

ヒスイはふと、兄勇志郎の家で出会った辰之進を思い出した。友人に連れられて、瓦版を刷っている兄の家を訪ねたらしい。彼はあのあとすぐに帰ったが、再会の喜びに、彼女はしばらく気持ちが浮ついた。

続けてお会いするなんて、ご縁があるのかしら……。

つらつら考えながら、芋の皮を剝(む)いていると、つい皮が厚くなって、失敗したと思っていたところ――玄関の方から、何やら悲鳴らしき声が聞こえてきた。

宿に滞在していたおへんろたちは皆、今朝からお昼にかけて旅立ち、今は宿泊者はいない。新しくおへんろが宿を求めてくるのは夕暮れ以降で、一時(いっとき)（二時間）以上早い。

女性の高い悲鳴と、荒々しい男たちの怒声が、本来静かな宿屋の空間を揺さぶり乱す。

ヒスイはまかない処を出て、何事が起きているのかと、玄関の方をうかがった。

「ええい、出せと言ったら出さぬか」

「ここにおるに違いないのだ」

さぎのやの玄関先に、三人の若い侍が立って、声を荒らげている。玄関周りを掃除していたはずの宿の女中、フクとセキが応対に出て、相手を押しとどめている。

「何かのお間違いじゃと思います、お侍様。ここは、へんろ宿ですけん」

「そうぞなもし。ご霊所を巡るおへんろさんを、お泊めしているだけですがな」

だが若い侍たちは、納得した様子はなく、

「ここが古臭いへんろ宿なのは先刻承知だ。以前ここに参った事もある」

「宿の娘に、土佐の坂本龍馬殿について聞きに参ったのに、とんだ空振りだった」

（え、それって、まさか……）

ヒスイが、侍たちの顔をうかがい見ると、中の一人に見覚えがあった。

霊泉の前で刀を抜いて、ヒスイを斬ろうとした西原(さいばら)という侍だ。他の二人も、あのとき一緒にいた気がするが、鷹林という男の姿はない。

（またわたしを捜しにきたのかしら……）

こっそり下がろうとしたとき、

「よいか、瓦版屋の勇志郎の実家はここと、確かに聞いて参ったのだ」

（え、勇兄さんを捜してるの、どうして……？）

ヒスイは踏みとどまった。

「住まいの方は、もぬけの殻。身を隠すとしたら、実家に違いあるまい」

「さあ、瓦版屋の勇志郎を出せい。かくまうと、ただではおかんぞ」

「ええい、構わぬ、上がって家捜しじゃ」

土足のまま上がろうとする侍たちの前に、フクとセキが困った様子で応えるのに、

「お下がりください」

ヒスイは飛び出した。「由緒あるへんろ宿に無体な真似、お武家様でも許せません」

「何をっ」

侍たちは、一歩上がった所で止まり、ヒスイを見て、腰の刀に手を掛けた。

「小娘、手の刃物は、どういう了見だ」

「武士に刃を向け、ただで済むと思うてか」

ヒスイは、包丁を持ったままなのに気づいて、慌ててからだの後ろに手を回した。

「や、おまえは先日、霊泉の前で、我々を愚弄した小娘ではないか」

西原が気がついた。「この家の者であったのか。度重なる無礼、もはや捨て置けん。ここは霊泉前の庭ではない、古びた宿の内、気兼ねなく無礼打ちにしてくれる」

ずいっと彼が迫ってくるのに、

「お待ちください」

鋭く冴えた声が背後から届いた。

ヒスイの後ろから、姿勢良く背筋を伸ばした女将が、落ち着いた足さばきながら素早く侍たちの

前に進んで、正座をした。たすき掛けをしていた紐を解き、侍たちに一礼して、

「さぎのやの女将、希耶（きや）と申します。この家の事はすべてわたくしの責任でございます。御用の向き、承ります前に、刀から手を放し、足を土間へとお戻し願えますか」

「なにっ」

気色（けしき）ばむ西原たちに、

「ここは、弘法大師様と共に歩いて来られたおへんろが休まれる宿、すなわち弘法大師様が休まれる場所でございます。また歴代藩主が霊泉にお入りになる際、明王院様のお茶屋をご利用なさっておられますが、そのお茶屋が改修中などで使えませぬ場合は、このさぎのやが使われたときもございました。加えて、今の事として藩校明教館教授大原観山先生、藤野海南先生にも、ごひいきにあずかっております宿。刃傷沙汰はもちろん、土足で汚す事は、あってはならぬものと存じます」

侍たちは言葉を失い、仕方なく刀から手を放して、土間へと戻った。

「して、いかような御用向きでしょう」

「瓦版屋の勇志郎の実家と聞いて、参じた」

西原が言う。「問い質（ただ）すべき事がある」

「確かに勇志郎は、わたくしの子ではありますが、ここにはおりません。瓦版屋を始める際に、この家に迷惑をかけないようにと自分から出て以来、戻っておりません」

「ではどこにいる」

「存じません」

「嘘をつくな。さては申し合わせているな。奴はどこで藩内の事情を知り得た？」

「どういったご事情でしょう」

「しらを切るな」

そのとき、廊下の奥から、

「何を騒ぎよる。お祈りができんぞなもし」


宿の奥から、白と赤の巫女の装束を着けた小柄ながら威厳のある老女が現れた。

「あ、大女将……」

ヒスイは、彼女の側に身を寄せた。「勇兄さんに問い質すべき事があるから、呼べと」

「なるほど。であれば、この事じゃろ？」

大女将が袖の下に手を入れ、紙を出す。瓦版だった。ヒスイはそれを受け取り、開いてみると、大きく打たれた見出しが目に入る。

『伊予勤王党、結党前に頓挫か』

「京の寺田屋で、尊皇攘夷派の志士たちが、頼りにしていた島津の大殿様から逆に討たれる結果となり……勤王の志を持つ武士は、これから進む方向に迷うに違いない」

大女将が淡々とした口調で話す。「当藩でも、以前から秘かに進められていた伊予勤王党の結党が、危ぶまれる事情となった……と、まあ、そういう趣旨の話が刷ってある」

ヒスイは、侍たちの方を見た。彼らは表情が強ばり、目がぎらついている。

「しかし、これはありもせん、よもだ（いい加減）な作り話ぞな」

大女将が笑った。「勇志郎のホラ話よな」

「ええ、またいつものやつでしょうね」

女将の希耶が相槌を打ち、「小さい頃から戯れ言ばかりの子どもで。信じた者が、馬鹿を見る事が少なくありませんでした」

「伊予勤王党の話など信じる者はおるまい。おるとしたら、ホラがひょっくり真実に当たったと、その者たちが証明するようなもの」

大女将たちの言葉に、侍たちは言い返す言葉をぐっと呑む様子だった。

ヒスイの思い出すところでは、勇志郎は伊予勤王党について扱いたいが、扱うと何かしら問題が生じそうだから、と迷っていた。

でも結局刷ったのだ。すると西原たち、あの邪悪な鷹林の配下らしい侍たちが、血相を変えて勇志郎を捜しに来た。つまり彼の刷った話が、真実に近かったという事だろう。

西原らも、どうすべきか迷いの色が見える。

そのとき、外が突然騒がしくなった。開かれたままの玄関から、人がなだれ込んでくる。

「大変だ、大変だっ」

先頭にいた宿の男衆、伝蔵が大きく声を上げた。「猪だ。若者へんろの列に、でっかい猪が突っ込んだ」

続いて大八車が玄関前に止まる。白装束が血に染まっている若い男のおへんろが乗せられており、宿の男衆や近所の者たちによって、室内に運ばれてきた。

若者へんろとは、一種の成年式のようなもので、四国の霊場巡りを経験した若者は、一人前として結婚の資格も得られるとする、地域農民の風習であり——苗代の仕事が始まる五月の前に、十人前後の成人前の若者が連れ立って、へんろの旅に出るものだった。

温泉郷の北と東は、急な坂となってすぐに山とつながり、里に近い場所でも猪がよく現れる。本来は夜行性だが、暖かくなって活動的になったところで、たまたま通りかかった若者へんろと鉢合わせしたのか。あるいは若気の至りで、若者たちが見かけた猪に悪さを働いたのかもしれない。

希耶が、フクやセキに布団の用意を命じ、

「ヒスイ、安倍先生を呼んできて。天莉もいると思うから一緒に」

「はい」

彼女は応えて、居場所なく立ち尽くしている侍たちを、「邪魔ですっ」と突き飛ばすようにして駆け出していく。

大八車は、さらに続いて四台、五台とこちらに向かって連なってくる。

近所で療養所を開いている安倍医師と、看護の仕事を手伝っている姉の天莉を連れて、ヒスイがさぎのやに戻ったとき、玄関を入ってすぐの大広間は怪我人と世話をする人で埋まり、侍たちの姿はすでになかった。

怪我をした若者は九人。うち五人が牙で突かれたり、噛まれたりして血を流していた。突き飛ばされて脳震盪を起こした者が二人、あばら骨と腕を骨折した者が一人ずつ。

医師一人では、とても手が回らなかったところへ、

「ただいま成川先生が参ります」

近所からの知らせを受けた救吉が、奉公先の成川医師の先導役として駆けつけてきた。

さながら合戦中の陣屋のような様相であったが、さぎのやの者たちが医師たちの指示で、また自分たちの経験から適宜判断して、怪我人たちの世話をするうちに、幸い一人の死者も出ず、状態は落ち着いた。

誰もが、ほっと一息ついていたところへ、

「ただいまー、って、どうしたの大勢で？」

酒で頬を赤くした勇志郎が、幼なじみの芸者に肩を貸してもらって帰ってきた。

「いやー、俺の瓦版が不発だったのか、誰も何も言ってこないから、澄香の所でやけ酒を飲んでたんだけど……こんなに大勢いるなら、にぎやかに飲み直すか。何だ、ヒスイ、怖い顔して」

怪我人のそばに運んでいた瓶の中の水を、ヒスイは柄杓ですくって、兄の顔に掛けた。

「わ、こいつ、兄様に何をするっ」

「何も知らずに、のんきな事を言ってないで」

ヒスイは兄の前に仁王立ちして、「お侍が来て、瓦版屋の勇志郎を出せと、ずっと騒いでたのよ」

「へえ、そりゃ災難だったな」

勇志郎は、澄香の渡す白布で顔を拭き、「伊予勤王党の的が、ちっとは当たったか」

「危ない話は刷らないのよ、勇志郎」

母の希耶が注意する。

「いや、あの程度で騒ぐのは三下ですよ」

勇志郎が薄く笑って、「どうせ女将と大女将が軽くあしらったんでしょ。本当に怖い奴は、あの程度は見逃して、今に藩を本気で揺さぶる騒動を仕掛けてきますよ」

「女将さん、大女将、お邪魔しています」

澄香が艶っぽく挨拶する。近所の生まれ育ちで、ヒスイも幼い頃からよく知っている。

「澄香ねえさん、わざわざ勇兄さんを送ってくださり、ありがとうございます」

ヒスイが勇志郎を受け取ろうとするが、兄はその手を軽く払って、上がり框に腰掛け、

「飲み足りないな。ヒスイ、まかないから酒を持ってきてくれよ」

「お酒は、お怪我をした人たちの傷を洗うのに使いました。若者へんろの皆さんが猪に襲われて、大変だったんだから」

「へえ。それで安倍先生や成川先生まで、ここに。ご苦労様です。お、救吉もいるな」

「だいぶ酔ってるみたいだね、勇兄さん」

救吉が声をかける。

「はっ、酔おうとしてたんだがな……ある話で酔えなくなった。おまえにも関係がある」

「え、何の事」と、救吉が聞き返す。

「俺は別に酒好きじゃない、すべては仕事がらみだ。酒の席では、人は気持ちがほどけ、ふだん秘めている真実がつい口からこぼれる。今もたまたま新鮮なネタを耳にしたところだ」

だが勇志郎の表情に、自慢めいたところは微塵もなく、むしろ冴えない。

「救吉……可愛い弟よ」

「何ですか、勇兄さん」

「おまえ、兵になるかもしれんぞ。雑兵（足軽など身分の低い兵卒）だ」

えっ、と救吉もヒスイたちも驚いた。

「それから伝蔵、富松、丑彦」

と、さぎのやの男衆の名を呼び、「おまえたちも、兵として戦に出るかもしれん」

「どういうことぞな、勇志郎」

大女将が眉をひそめて孫に歩み寄った。

「実は、藩の中で秘かにですね……」

勇志郎が吐息をつき、「農民や町人からなる雑兵隊を作ろうって話が上がってるようです」

「農民や町人の雑兵隊？」

ヒスイはびっくりして聞き返した。

「だって、お侍の兵がいますでしょ」

天莉も困惑顔で兄に尋ねる。

「いるさ、藩兵はいるにはいるが……」

勇志郎が、澄香に手真似で水を求めつつ、「数が足りなくなりそうなんだな」

澄香は、ヒスイから水をくんだ柄杓を受け取り、勇志郎に渡した。

「お侍の兵が足りないというのは、異人たちが攻めてくるから？」

ヒスイが訊く。

「だけじゃなく、むしろ外より内だな」

彼が、柄杓の水を一口飲んで、「今回の瓦版で刷った通り、尊皇攘夷の運動はいったん抑えられたが、完全に消せるはずもない。異国の者がさらにやって来るに従い、また盛り上がり、幕府とぶつかって、両者の争いは激しくなるだろう。加えて中途半端な志しか持たない浪人や、もともと世間からはみ出してるヤクザ者が、世の乱れに乗じて、盗みや乱暴を働き、あちこちで治安が乱れているらしい。それを取り締まるには、侍の藩兵だけではとても足りない……すでに多くの藩で、農民や町人らによる、農兵と呼ばれる手勢（配下の軍兵）の隊が作られているって話はよく聞く」

「まさか、国の内側で戦が起きるの？」

天莉が泣きそうな声で訊く。両手を胸の前で合わせ、「そんなの絶対にいやです」

「いやでも何でも、世の流れはどんどん血なまぐさい方へと流れてるんだよ」

勇志郎が乾いた声で言う。「お大師様も神様も、世の流れには無力なもんだ」

室内の誰もが何も言わなかった。さぎのやの男衆だけでなく、若者へんろの皆も全員が農民であり、農兵にされるかもしれないという不安にだろう、身を固くしている。

「じゃあ、俺も、戦に出るの……？」

救吉が不意につぶやいた。怪我人を世話していた手には血がついている。その血を見つめる彼を、ヒスイはとっさに抱き寄せた。

「行かせない、救ちゃんを戦になんて、絶対に行かせない。その手は、人を救うための手なんだから。いいね、救ちゃん、戦になんて行っちゃやだめだからね」

救吉がヒスイの腕の中でうなずく。それでも不安で、彼女はさらに弟を抱きしめた。

（六）

伊予松山城が、兵庫県姫路市の姫路城、岡山県津山市の津山城と並んで、日本三大平山城（ひらやま）に挙げられている事は、すでに述べた。

平山城とは、険しい山や高地を利用して築かれた山城に対して、平野の中にある（ゆえにさほど高くない、百メートル前後の）山や丘に築かれた城である。

ふもとにはおおむね城下町が形成され、領民は生まれてから常に城を仰（あお）ぎ見る事になる。

武士の側からは権威・権力を日々目に見える形で領民に示し、一方領民側は、城主を天上の神にも近い（自分たちを守ってくれる崇敬（すうけい）の、あるいは不条理な命令を下す場合もある恐怖の）存在として、意識の底にすり込まれ、代々封建的な秩序を保つ効果を生んだと考えられる。

戦国時代の終わりとともに山城が減り、平山城が主流となった一つの要因だろう。

伊予松山城は、松山平野が広がる中にぽつんと盛り上がった標高百三十二メートルの、勝山の頂上にある。ふもとにはやはり城下町ができた。


ことに城の南から南東にかけて平野が広がっており、少し西に進めば三津（みつ）の港があって海運にも都合が良いため、多くの人々が暮らし、大きな経済圏ができあがった。城の東には道後の温泉郷もあり、新旧の繁華な地域を結ぶ街道沿いには、人家が建て込んでいる。

だが城の北側は、四国山地に連なる山が近くまで迫って、閑静な地域ゆえに、神社仏閣が多い一方、人家は少ない。


ことに北西に向かっては小高い丘陵地となって、人家も絶え、雑木林が続いている。

大きい川の支流と、山からの地下水が重なり、ところどころに小さな池や沼があり、実（み）をつける木も生い茂って、カラスが多く棲んでいる。昼でもじっとり湿り、カラスの鳴く声が響き渡って、気味の悪さが漂う丘陵地の一角に、藩の仕置場（しおきば）（刑場）があった。


死刑を執行された者は、刑次第で首がさらされたり、遺体が放置されたり、軽くても共同塚に浅く埋められる。だからか、夜になると仕置場には人魂（ひとだま）が飛ぶと恐れられた。

仕置場の一隅に、処刑や埋葬用の道具を置いた小屋が、古くから建っている。その脇に、新しく広めの小屋が建てられていた。

二十人程度が入れる小屋の中央に、腰の高さほどの寝台が置かれている。

救吉が、その寝台を拭き清めて、白布を広げて掛けた。

罪人は、商家に押し入り、奉公人を一人殺（あや）めた強盗だった。まだ三十歳で壮健であったため、からだの内側が医学の見本となり得るとの見立てから、対象に選ばれた。

ふだんよりやや遅い、日暮れ間際になっての処刑は、その後の行為を考慮しての意図だった。時間を置き過ぎると、悪臭が強まり、虫が涌（わ）き、ハエがたかる。

罪人は「死罪」を申し渡されたので、通常であれば、斬首（ざんしゅ）の後、新しく打った刀の斬れ具合を確かめる「試斬（ためしぎり）」に遺体が使われる。今回は、別の形の「試斬」に使われるという事で、役人たちは刑を執行したのち、ただちに仕置場を去った。

救吉は、「学究処（がっきゅうどころ）」と仮に名付けられた小屋を清めていた上、実際の処刑の場所からもやや離れていたので、処刑がいつ始まり終わったのかは知らなかった。

小屋の高所にある明かり取りの窓から見えていた、あかね色に染まった空が、紫色に変わり、小屋の中に明かりを灯（とも）す必要を感じた。

小屋の隅に置かれた棚から、火打ち石と綿屑（くず）と皿とを出し、火花を落として火を熾（お）こす。

同じ棚からろうそくを出し、燃えている綿屑から火をうつして、小屋の各柱に備え付けのろうそく立てに立てていく。

その途中で、小屋の玄関戸に、小石状の物が軽く当たった音がした。

事前に決めてあった合図だ。救吉が玄関戸を引き開く。

明王院の奥院で院主様に紹介された美音（みお）が立っていた。彼女の祖父ジンソとは、昨日すでに申し合わせを済ませている。

彼女は黙って立っている。この日のために水で清めたのか、今日はすがしい顔をしている。大きい瞳は、ろうそくの明かりを受け、暮れた空に上がったばかりの一番星のように輝いていた。

「もう小屋の中の用意ができたか、おじいちゃんに言われて、訊きにきたんだね？」

救吉が問うと、彼女は小さくうなずいた。

「うん。あと三本、ろうそくを立てれば用意は終わる。運んできてもらって、大丈夫だよ」

美音はそれを聞いて、無表情のまま、暗がりの奥へ駆け去った。

医療の発展のため、藩庁が黙認して行われる今回の腑分けは、幕府には申し出ず、藩も公式文書には残さない。秘密裏（ひみつり）の行為ゆえ、関係者は少数に限られている。

救吉は、藩の中枢に親族のいる成川医師のもとで働いている事と、明王院の推薦で、下働きを任されていた。


藩主の霊泉入浴の御世話係を承るなど、藩と良好な関係がある一方、ジンソたちの生活にも目を配っている明王院が、今回の腑分けの仲介役となっていた。

腑分けを見学する医師たちは、すでに仕置場に最寄りの農家に集まっている。

その農家は、明王院が修行の名目で借り受け、農家の家族は泊まりがけで温泉に招待されていた。宿泊先はさぎのやである。一方で、天莉とヒスイが、農家での医師たちの接待を担っている。

時が来れば、明王院の包源（ほうげん）が案内に立ち、医師たちを「学究処」まで連れてくる手はずだった。

救吉は小屋に戻って、ろうそくの用意を終えた。高い場所に設けられた神棚と、その向かいに吊（つ）り下げてある薬師如来像を描いた掛け軸に、丁寧に祈りを捧げる。

遠くから、かすかに澄んだ音色が聞こえてきた。救吉は小屋の外に出て、耳を澄ました。

日はあっという間に暮れ落ち、辺りは深い闇に包まれている。その闇の奥から、清らかな音色が聞こえるとともに、小さな灯（あかし）が揺れている様子が、罪人の人魂（ひとだま）と噂（うわさ）されている炎に見えた。

だが恐ろしくは感じない。笛より温かい心持ちがする音色のおかげだ。

灯が次第に大きくなる。音色も鮮明に聞こえ、提灯(ちょうちん)を手にした美音が歌いながら歩いてくる姿が、救吉の視線の先に浮かび上がってきた。

さらに美音の後ろから、彼女の祖父ジンソとその家族が、死者であろう布に包まれた荷を載せた大八車を引いてくる姿が見えた。

やがて救吉の前に、美音が立った。大八車は離れた所で止まっている。小屋の中からの明かりで、ジンソの顔ははっきり見えるが、他の者は闇の中に退(ひ)いている。

救吉は小さくうなずき、ジンソも応えてうなずいた。

「じゃあ行こうか」

美音にささやき、彼女を連れて、小屋の前から離れた。

今回の腑分けは、ジンソが行うが――彼の家族が遺体の運搬と、腑分け後の埋葬も行い、集落の仲間たちには一切何も知らせない事になっている。

救吉との接点もごく限られ、このあと彼らは、誰もいない小屋に進み、遺体を寝台の上に置く。そしてジンソだけを残して、他の者は小屋を出て、すべてが終わるまで離れた場所で待機する手はずだった。

救吉は、提灯を持った美音と並んで、医師たちが待機している農家の方へ歩いた。

薄ぼんやりと辺りが見えなくはないが、道のない林の間を抜けていくので、さすがに心細い。

「怖くないか、美音?」

救吉の問いに、美音はちらりと彼をうかがい、小さくうなずいた。歌以外で、救吉はまだ彼女の声を聞いたことがなかった。

林の中には、狸(たぬき)や蛇なども潜んでいるのだろう、二人が古い落ち葉や枯れ枝などを踏んで音が立つと、かさこそと草をかき分けて遠ざかってゆく者の気配がする。

きっと美音は怖いだろうと思い、

「美音は、年は幾つになるんぞな?」

お国言葉で話しかけてみた。

さぎのやには、おへんろや湯治客をはじめとした旅人たち、明王院や温泉郷の関係者、侍や医師や寺社の方々、お接待の品々を持ってくる農民、山と海の民たち……と、実に多くの人が訪ねてきて、いろいろな国の言葉が行き交う。彼の育ての母である女将は、誰にでも伝わる言葉で話すよう心がけており、しぜんと子どもたちもそれを学んでいた。

一方で、近所の友だちと遊ぶときなどは、親しみが増すお国言葉を使っている。

「俺は十三になるけど、十四かもしれん。実は捨て子やったんよ。知っとった?」

美音の方をうかがう。

彼女はそっと首を横に振った。

「赤ん坊の俺は、明王院様に拾われて、多くの人を救う者になるようにと、名前も救吉と付けてもろうて、さぎのやに預けられた。そこには赤ん坊のヒスイが先におった。じゃから、ヒスイが姉、俺が弟という事で、ヒスイが十四になるけん、一つ下にされた。まあ、ヒスイの方が背が高いしな、口げんかしても負かされるけん、しょうがない」

少し笑って言葉を切る。返事はない。

まあいいかと思い、そのまま歩き続ける。ふと彼女の方から何か聞こえた気がした。

「え、なんか言うた？」

少し間があり、

「……じゅういち」

と、蚊の鳴くような声が聞こえた。

「え、ああ、十一歳、ということか？」

美音が恥ずかしげにうなずく。

「ほうか……十一か。なら、妹じゃな」

美音は何も答えない。

だが、提灯の灯にほのかに浮かんだ彼女の横顔には、かすかに笑みが見られた。

ほどなく林が途切れ、視線の先に、林を切り開いて一軒だけ建っている農家の明かりが見えた。

フクロウが、ほほ、ほほぉ、と鳴いている。周囲が暗いので、農家の明かりは、地上の月のように皓々（こうこう）と明るかった。


「美音、歌うておくれ」

救吉は彼女に頼んだ。

美音がうなずいて、提灯を彼に渡し、腹の上に両手を重ねて、歌いはじめた。

救吉がふだん耳にする事のない、不思議な調べだった。

姉の天莉が、洗濯物をさぎのやの庭で干していたとき、誰もいないと思ってか、首から提げた十字の飾り物の辺りを着物の上からそっと押さえ、静かに口ずさむのを、たまたま庭の隅に寝転んでいた彼が聞いた事がある。そのときの歌の調べと似ている。

ゆったりとした流れで、高くなったかと思うと低くなり、聴いているうちに心が穏やかに落ち着いて……やがてふわふわと宙に浮かんでいるような心持ちがしてくる。

美音の歌声が届いたのだろう——農家の明かりのもとから、一つ、二つと、小さな灯が分かれるようにして、現れた。

計十の小さな明かりは、列をなして、こちらの方へ向かってくる。

ほどなく、ぼぼぉ、ぼぼぉ、と野太く、フクロウにしては猛々(たけだけ)しい声が、明かりの列の先頭辺りから聞こえてきた。用意が整ったという、こちらからの合図に対する、包源の返事だ。

「美音、ありがとう。もうええぞな」

救吉が言い、彼女が口を閉ざした。

「美音は、本当に歌が上手やね」

彼女がびっくりしたように救吉を見る。

「声がとてもきれいやし、聴いとって、こっちの心もきれいになっていく気がする」

美音が目を見開き、慌てて顔を伏せた。

「戻ろう」

彼女を誘って、先の小屋へと歩き出す。

来たときよりも闇が深く、救吉が持っている提灯の灯が届く範囲が狭くなっている。美音は、遠慮してか、少し離れて歩いている。

「美音、並んでお歩き。足下が暗くて見えんから、危ないやろう」

提灯で彼女の顔を照らすと、目を伏せて、小さくうなずく。

だが救吉が歩き出すと、さほど変わらず、二歩か三歩は離れている。

と思うと、彼女が木の根にでもつまずいたらしく、あっと声を発して、救吉の背中に手を突く形でぶつかった。

「ほら、だから言うたやろう」

並ぶように言っても、また離れるに違いなく、美音の小さな手を握った。

彼女はびっくりした様子だったが、抗いはしなかった。

「さあ、一緒においで」

救吉は彼女の手を引いて、共に歩いた。


小屋の前では、荷台が空の大八車が待っていた。引き手たちは手拭いで頬被りをして、顔は見えない。救吉は美音に提灯を渡した。

彼女はちょこんと彼に頭を下げ、足早に引き手たちの前に回ってゆく。

提灯の灯を頼りに、大八車はそのまま遠ざかっていった。

小屋の中に入ると——寝台の上には、白布を掛けられた死体らしき物が置かれていた。

ぶつぶつと声がするので、驚いて振り返る。

明王院に用意された修験道者の白い装束を着たジンソが、神棚に向かって祈りを上げていた。彼は薬師如来像の掛け軸にも祈りを捧げてから、頭巾をかぶり、目以外はすべて覆い隠した。

ほどなく包源を先頭に、医師たちが到着した。医師たちは無言で小屋に入り、包源はそのまま小屋の外に見張りに立つ。医師たちは誰もが口元を白い布で覆っていた。

救吉も口元を白い布で覆い、龕灯を手にした。釣り鐘形の銅製の外枠の内側に、どんな角度に向けてもろうそくが直立するような細工が施されており、前方だけを明るく照らすのに便利な（懐中電灯のような）道具だった。

ジンソが寝台のすぐ脇に立つ。隣に、龕灯内のろうそくに火を灯した救吉が立った。

ジンソが、救吉に向けて小声でささやく。

「では始めます」

救吉が、彼の言葉を医師たちに伝えた。

身分制度の壁があり、ジンソは直接医師たちに向けては話さない取り決めがなされていた。

ジンソが寝台の上に掛けられた布を取る。男の頭部と、切り離された首から下の全身があらわになる。血抜きが行われたのか、血が流れていないのを、救吉は認めた。

この仕事が決まった後、ジンソに頼んで、死んだ牛を処理するところを間近で見せてもらった。一度で慣れたとは、とても言えないが、覚悟はできた。また、そのとき食べた物を戻してしまった経験から、今日の昼以降は何も口にしていない。

「周囲にお集まりください」

ジンソの言葉を、救吉が伝える。医師たちが、ジンソの手元をのぞける場所に集まった。

ジンソが特別に磨いた刃物を手にする。

救吉は、死体の腹部を龕灯で照らした。

小屋の戸が三度途中で開かれた。気分が悪くなった若い医師らが、外へ出るためだ。

四度目に戸が開かれたとき、腑分けの作業は終わっていた。救吉は、途中で外に出る事なく、無事に務めを果たした。


仕置場に最寄りの農家の内で、ヒスイと天莉は、茶と酒の用意をして待っていた。

日暮れ時に医師たちが訪れたとき、二人は奥に引っ込み、彼らの姿を見ないようにと、包源に注意を受けていた。全員が室内に入ったのち、厨（台所）でお茶の用意をして、障子を閉めた部屋の前まで運び、包源を呼んだ。

それからしばらくして、遠くから高く澄んだ歌声が聞こえてきた。天莉がその歌に反応して、

「オラショ（キリシタン用語で祈りの意）の歌に似ているみたいだけど……」

とつぶやいた。

その歌をきっかけに、包源の声で、

「では参りましょう」

と聞こえ、ヒスイたちは奥で控え、医師たちが出かけるのを待った。

医師たちが戻ってくるのは、一時（二時間）ほどか、あるいはそれよりずっと先になるかもしれないらしい。医師たちは医術の学びを究めるために、ある場所に出かけるとだけ、彼女たちは聞かされていた。

戻られたときは疲れているだろうから、お茶を出し、中には酒を所望する人がいるやもしれぬから、用意をしておくように。帰りは、わしがさぎのやまで送っていくほどに……と包源に言われていた。

貧しい農家には何の用意もないので、お茶もお酒もおにぎりも、そして食器類も、すべてさぎのやから運んできた。明王院は、そうした準備に慣れている事も見込んで、さぎのやに医師たちの接待を任せたのだろう。

ヒスイは、天莉に繕い物のコツを教えてもらいながら、医師たちの戻りを待った。

けれど、ヒスイに針仕事は向いていない。針で何度も指を刺し、そのつど痛いと声を発して、血

を吸ってばかりいる。あまりにうまくいかないので嫌気が差し、板間の上に大の字になると、この家の子どもの仕業か、小石が四つ五つ散らばっているのが手にふれた。

　ヒスイは手頃な小石をつかみ、首を起こして、厠（便所）の脇の壁に張りついているヤモリを見つけた。小石を投げようとしたとき、

「ヒスイ、殺生はいけませんよ」

　天莉に優しい口調で止められた。

「はーい、じゃあ追い払うだけ」

　ヤモリの足にかする程度の場所に、小石を投げた。狙い通り、ヤモリを驚かせて追い払った。

　石つぶてには、幼い頃から自信がある。

「もう飽きたの？　さほど進んでないのに」

　天莉が目に笑みをたたえて言う。

「山歩きなら、天莉姉さんより上手なんだけどな」

「救ちゃんは、縫い物も上手よ」

　姉の言葉に、ヒスイは少しむくれ、

「あの子は、女子のたしなみ事を何でもよくできてしまうんだもの。わたしと男女が逆だったらよかったのに……ってよく言われるけど、わたしもそう思う」

「あら。わたしはそうは思わない」

　天莉が手を止めて、「男は男らしくとか、女は女らしくとか、それぞれを柵の内に押し込めるような、人のとらえ方が、もともと正しくないのよ。天の上から世の中を見てみれば、よく分かる。誰もが等しいと思えるはずよ」

「えー、天の上からなんて、見られないよ」

「目を閉じて、頭の中で天から見るのよ……男だとか、女だとか、お侍だとか、お百姓だとか、そんな違いは分からないでしょう。みんな等しくて、みんないとおしい」

ヒスイは、姉が目を閉じて語るのを見て、自分も目を閉じ、頭の中で天空に浮かんでみた。

「ああ、山の上から下を見るときと同じだ……あまりに遠過ぎて、男か女か、お侍かお百姓か分からない。確かに誰もが等しい。でも、誰もがいとおしいとは思えないな」

「いとおしいのよ」

天莉の応えを聞いて、ヒスイは目を開き、

「でも、世の中には盗人や、人を殺めたり苦しめたりしている人もいる。そんな人たちの事は、いとおしく思えないでしょう？」

「いいえ、いとおしいのよ」

天莉が姿勢をただして繰り返す。「いとおしく思う事で、人は等しくなれるの。こういう人はいとおしいけど、ああいう人は違う、と差をつけてしまう心が、すべての人別き（差別）の始まりなのよ」

「話は分かるけど……難しいよ。大切な人を殺めた人を、いとおしく思える？」

「祈りを捧げて、そのように努めるの……」

天莉が胸に手を当て、目を閉じた。何やら唱えているのか、美しい形をした唇が動く。

「それが……天莉姉さんの神様の教えなの？」

ヒスイの問いに、天莉が目を開けて、うっすらとほほえんだ。

「ただね、ヒスイ。今の話、人前では口にしないで。まだその時が訪れていないから」

「貴き御方が、人々を救ってくださる時……」

「その時、って？」


夜が深まり、外のフクロウの声はさらに大きく響いてくる。

その声がいきなり止んだ。と思うと、玄関戸が外から叩かれた。

「天莉、ヒスイ、中にいるか？」

ヒスイと天莉は、思わず腰を上げた。

包源の声ではない。身を固くしていると、

「天莉、ヒスイ。俺だ、勇志郎だ」

え、勇兄さん？　姉妹は顔を見合わせた。

「笙安様もご一緒だ、戸を開けてくれ」

笙安は、明王院で包源に次ぐ二番弟子だった。豪放磊落な兄弟子と逆に、知的で冷静な人柄であり、今日は医師たちをここまで運んできた駕籠かきたちを統率していた。

駕籠かきたちは皆、明王院の弟子筋で、口は堅い。

「早くしろ。剣呑（危険）な事が生じた」

ヒスイは、天莉がうなずくのを確かめ、心張り棒を外して、玄関戸を開けた。

勇志郎の汗びっしょりの顔が現れる。

「水をくれ」

彼が焦った表情で入ってきながら、「まだ、どなたも戻っておいでじゃないか」

「ええ。包源様もまだです」

ヒスイが水を汲みにいきつつ答えた。

「どうされました。さぎのやで何か？」

天莉が土間に下りてきて、尋ねる。

勇志郎は、入り口の方を振り返り、

「どうぞお入りください」

その声に応え、ほっそりとした長身の筌安が入ってきた。霊泉の実際的な差配も任されており、さぎのやの者とも顔見知りである。

「これは筌安様、ご苦労様でございます」

天莉が丁寧に礼をした。

ヒスイは、水を注いだ椀を兄に渡し、

「筌安様も、お水を？」

「ありがとう。私はいらない」

筌安は、柔らかい声音で答えて、「どうぞ。怪しい者はおらぬ様子です」

と、外の闇に向かって声をかけた。

「ご免」

と、一人の若い侍が入ってきた。二十歳を少し過ぎたくらいだろうか。四角張った顔で、目がきょろっと大きく、どことなく愛嬌がある面相だ。

さらに彼に続いて、

「ご免」

と、小屋の中に入ってきた人物を見て、ヒスイは目を見張った。

どうしてここへ、辰之進様……。

辰之進は、ヒスイを見ても表情を変えなかった。先に入った年長の侍の手前、顔見知りの態度を示すのが憚（はばか）られたのかもしれない。

ヒスイもどうにか声を出すのをこらえた。


「実は、澄香から俺に知らせが来た。若い侍四人が、座敷で話していたらしい」

勇志郎が息を整えて話した。「侍たちは、座敷で待ち合わせ、軽く一杯引っかけてから、出かけるつもりだったらしい。彼らの会話の中に『鷹林（たかばやし）』という名前が出たから、澄香は聞き耳を立てた。俺から剣呑な人物だと聞いていたからだ。侍たちは『鷹林殿は、今宵（こよい）本気でやるおつもりか、相手はハンイかもしれんぞ』『いや、医者どもの集まりからハンイは外し、マチイだけを何人か斬ればよい』と漏らした。それ以上は澄香たちがいるので口を閉ざし、『ではそろそろ参ろう』と店を出たという。そこで澄香は下働きの女童（めわらべ）を連れ、温泉に行くふりを装い、侍たちの後を追った。『ジョーイのためだ』と彼らは話したという。たとえ人に聞かれても、意味は分かるまいと油断したのか、『卑しいイジンの医学を学ぶなど言語道断。今宵、エセ医師を何人か地獄へ落とすは、世のため藩のためだ』と口にしたそうだ」

ヒスイと天莉は、驚きの声を発した。

「それってまさか、お侍たちが、今宵、お医者様方を斬る、というお話ですか」

ヒスイの声は震え、「でも、お医者様方がお集まりになる事を、どうして……？」

「今宵、藩医や町医が学び合う集まりがある事は、おおやけにされてはいないが、知る人は知っている。仕置を担当する役人から、その使いの者たちにも、ある程度は話が通じていたろうし……お医者の間でも、事情を伝えておく相手がいたに違いない。話はどこからでも漏れただろう」

と、勇志郎が答えを返した。

ヒスイは目の前に立っている見知らぬ侍を睨んだ。悪い人には思えないのだが、

「ではこのお侍様は、お医者様を斬ろうという方々の、お仲間なのですか」

つい声が険しくなる。どんな理由があれ、お医者様を斬るなんて許されない。

「ばか。そのお方には、助けを求めたんだ」

勇志郎が、お椀をヒスイに返し、「ともかく大原先生にご相談に上がったら、先生も困られてな。まことの話か分からないから、藩庁には報告できず、お医者方が本当に何人か斬られでもしたら……それこそ藩内は大騒ぎになる」

「藩内を混乱させよう、というのが、相手方の企みかもしれないのだよ」

笙安が思慮深そうな口調で告げた。

「どういう事です」と、ヒスイは訊いた。

「ヒスイが助けた坂本龍馬殿が脱藩して数日後、土佐藩で恐ろしい事件が起きたのだ」

諸国の事情に通じている笙安が語った。

「土佐勤王党が、吉田東洋なる土佐藩の重鎮を秘かに殺め、それをもって藩政を、彼らの意志に沿う形に変えようと企んだらしい。今回それと似た絵図を描いているのやもしれぬ」

「でも、藩のお侍と、お医者様では違います」

ヒスイはよく分からぬ表情で言い返した。

「土佐藩は外様ゆえの事情がある」

見知らぬ侍が口を開いた。武骨な印象の口ぶりで、「当藩はご親藩ゆえ、重鎮を斬れば、藩だけでなく、ご公儀に向けての謀反となる。お取り潰しのご沙汰もないとは申せん」

「だから、異国の医術を学ぶ、裏切り者の医者を何人か斬っただけだと訴えて、攘夷派の勢いを取り戻そうとの心算ではないかとな」

筌安が話を引き継いで応えた。

「お医者様方は、攘夷とは関係ございません」

ヒスイは悲鳴に近い声を上げた。「蘭方の医術で助かった命は、数多くございます」

「そんな事は言われなくても、分かってる」

勇志郎が妹を制して、「大原先生だって、実は異国嫌いだ。俺だって傲慢なふるまいをする異人には腹が立つ。けど学ぶべきところが多いのは事実だし、その技を取り入れてこそ、この国も発展する。お医者を斬るなんて、あり得ない話だ」

「では、どうするつもりですか」

ヒスイは焦れたように尋ねた。「救ちゃんも、お医者様の手伝いに行ってるんです」

「ヒスイ、落ち着いて」と、天莉がなだめる。

「大原先生のお考えだが」

勇志郎が応えて、「伊予勤王党の結党を秘かにもくろむ頭目が、鷹林雄吾って人だと、先生も知っておられる。俺が知ってるくらいだ……たぶん鷹林って人が、わざと漏らしているんだろう、仲間を増やすためにさ。たとえ上に知られても、おおやけに処分はできないと見透かしてもいるんだろうな。だから今回の企みに対しては、年の近い藩士を立て、説得に当たらせるのがよいとお考えになられた。そして腕の立つ、けれど穏健な考えの人物として、この方をご紹介くださったのだ。

書状では間に合わないと、わざわざお屋敷までお連れくださって」

「曾我部惣一郎だ」

武骨な印象の侍が名乗った。

「あ、お名前は明かさなくても」

勇志郎が止めようとするが、

「いや。さぎのやと明王院の者は、藩や民のためにならぬ事を、軽々しく口にする者たちではないと、大原先生が請け合われた」

と彼はうなずいて「後ろに控えるは、青海辰之進。聞けば、さぎのやの者とは顔見知りという。大原先生が勇志郎を連れて当家に参られたとき、たまたま来ていたのだ」

「事情を伺い、ご同行を願い出た」

辰之進がわずかにうなずく姿を、ヒスイは少し離れた横合いから見つめた。

のちに、辰之進が曾我部家を訪れていた理由は、兄の虎之助についての相談だったと聞いた。虎之助が近頃、家を空ける事が続き、どうやら鷹林の集まりに誘われているらしい。

今日も日が暮れてから屋敷を出ようとするので、心配する母や祖母の願いもあって、辰之進が止めようとしたが、構うなと言い捨て、虎之助は外出した。そこで従兄弟である惣一郎に、相談に上がったらしい。

「さて、これから、どうするか」

惣一郎が表情を曇らせる。「説得しようにも、相手がどこで現れるか分からない」

「お医者様は、藩医五名、町医十三名です」

笙安が告げる。「つまり、帰る先は十八」

「よろしいでしょうか」

辰之進が申し出た。「御藩医を斬れば、我が殿に刀を向けたも同然です。切腹は免れますまい。よもやそれはないかと」

確かに、と惣一郎と笙安がうなずく。

「藩医を外して、町医だけを何人か斬ればよいと、話してたようですからね」

勇志郎もうなずき、「とすれば、帰る先は十三です」

「町医たちの家がそれぞれ十三の行き先に別れるとしても……ご城下の南である勝山側、また東にある道後側というようには、分けられませんか」

辰之進が笙安に尋ねる。

「仰しゃる通り、大別すれば二つに」

「道後側は、人けのないご城下の北側の道をとるでしょう。その辺の地理に詳しい方は？」

彼の問いに、勇志郎がヒスイを振り向き、

「その辺はヒスイが詳しいだろう。へんろ道に迷ったおへんろを、よく助けに行ってる」

「であれば……」

辰之進がヒスイを見つめた。彼女が思わず顔を伏せたとき、彼の声が凛（りん）と響いた。

「ヒスイさん、そなたが必要だ」

（七）

将軍はじめ大名や重臣、及びその奥方など、身分が高い人物が乗る、乗り口に引き戸があり、外側も内側も美しい装飾が施された高級な駕籠は「乗物」と呼ばれた。

一般に言われる駕籠は、より簡素な造りで「町駕籠・辻駕籠」と呼ばれ、幾つかの種類があった。宝仙寺駕籠は、中でも最も高級で、やや身分の低い大名や富裕な商人や医師らが乗る場合が多い。今回、仕置場を出て、待ち合わせの農家に戻ってきた医師たちの中で、藩医たちは宝仙寺駕籠に乗り、自宅へ帰る手はずとなった。

藩が召し抱える医師であるため、大原観山も動きやすかったのだろう——駕籠が農家の前から広い街道に出た所で、それぞれの駕籠の脇に二人ずつ、夜盗に対する用心と称して、警固の侍を付ける事ができた。それもあってか、誰もが無事に自宅に帰り着いた。

一般庶民がよく使うのは、「四手駕籠」と呼ばれ、四本の竹を柱として、割竹で簡単に編み、前後左右をゴザで覆いをかけただけの粗末な造りである。

町医たちは、用意されたこの駕籠で自宅へ戻る支度をした。

その際、医師それぞれの住んでいる場所によって、勝山方面七軒と、道後方面六軒の二組に分かれた。先に勝山方面の町医たちが帰宅する段取りとなり、道後方面の町医たちは農家で待機した。

一時（二時間）ほどで、勝山方面の医師は全員無事に自宅に帰り着き、続いて道後方面の医師たちの出発となった。町医たちを乗せた駕籠は、一つの集団として固まり、先頭を惣一郎と包源、しんがりを辰之進と筆安が守り、他に白装束の修験者七、八人が警固に付いた。さぎのやの者も、この一行に加わった。

勝山方面へは、城の北西部から繁華に開けた南側へ出て、人家も多い大通りを進むため、比較的安心していられた。

一方、道後方面は、寺社が多くて人家が少ない北の道を通る。温泉郷に至るまでの道は暗く、狙われるなら、たぶんこちらだろうと、誰もが不安を抱えていた。

だが何事もなく道のりを進み、温泉郷の明るい光が前方にぼんやり見えてきた。

多くの者が、ほっと安堵の息をついたとき、

「その駕籠、待ていっ」

険しい声が、皆のからだを震わせた。


進む方向に向かって右手の林から、七つから八つの影が現れ出て、道をふさいだ。

「何者っ」

先頭の惣一郎が、手の提灯をやや上方に掲げ、相手を確かめるように見て、問い質す。

包源も、金剛杖をどんと地面について、

「くせ者じゃ」

と提灯を掲げ、後方にも響く声を発する。

やはり来たか……と、最後方にいた辰之進は、念のために自分の後方を確認した。

彼の後ろにはただ闇が広がり、誰もいる気配はない。敵は前方にいるだけ……と、同じく後方を確かめていた笙安とうなずき合い、

「ヒスイさん」

すぐ前にいる彼女にささやきかけた。「あとをお願いする、気をつけて」

辰之進が、先に農家でヒスイに向け、「そなたが必要だ」と申し出たのは――土佐と伊予をつなぐ山道で、坂本龍馬を助け、川舟へと乗せた勇気と機転……さらに、この辺りの地理に詳しい点を買っての事だった。

ヒスイは、提灯を手にうなずき、

「お任せください。ね、救ちゃん」

と、隣の弟に声をかけた。

「辰之進様も、どうぞお気をつけくださいい」

救吉が緊張した表情で言う。

辰之進はうなずき、二人の後方にいる勇志郎と天莉にも目礼をして、列の前方に進み出た。ちょうど惣一郎が、

「無礼者、何用だっ」

と、影たちに言い放つのと同時だった。

「分からぬか、このうつけ者がっ」

影が言い返した。「夷狄（野蛮な異民族）の卑しい手管をわざわざ学ぶため、罪人といえど、同じ国元に暮らした同胞のからだを斬り刻むとは、悪鬼と変わらぬ所業ぞ」

惣一郎の隣に並んだ辰之進には、声の主が西原らしく思えた。相手は続けて、

「夷狄にかぶれた町医など、藩にとって百害あって一利なし。ここに成敗して、その首を町なかにさらし、蛮族に染まった者の末路を知らしめてくれる。加えて、藩を挙げて攘夷の志を掲げ、ご公儀のご政道を正しき道へと復していただくための、烽火と成さん」

影たちは道幅いっぱいに広がり、駕籠の列の逃げ場をなくし、それぞれが刀を抜いた。

「拙者は、曾我部惣一郎。名乗られい」

「拙者は、青海辰之進。名乗られよ」

二人の名乗りに、「えっ」と、影の列の端にいた一人が、驚きの声を発した。


「名乗る必要はない」

影の列の背後から、低い声が響いた。「我々はいわばこの神の国の志(こころざし)、神意である。それぞれの名前など捨てている」

その声に、辰之進は聞き覚えがあった。胸が凍えるような冷たい声は、鷹林に違いない。

「修験者や駕籠かき、町娘もいる。それを斬るのも、神意と申すのか」

惣一郎の言葉に、

「こざかしい」

西原らしき声が吐き捨てた。「修験者や町人、むろん駕籠かきたちにも用はない。駕籠だけを残して、早々に立ち去るがよいわ」

笙安が、駕籠かきや修験者たちを後方に下がらせる。修験者たちは、手に提げていた提灯を、すべて駕籠の担ぎ棒の先に垂らす形で残した。六丁の駕籠とその周囲が明るく浮かぶ。

提灯を持つさぎのやの者たちが先導して、修験者や駕籠かきたちが揃って、左側の真っ暗な土手の方へと走り去った。

「そちらこそ立ち去られよ」

惣一郎が影たちに言った。「人の目の届かぬ、かような暗き所で待ち伏せとは、卑怯であろう。

武士とは到底思われぬ」

「痴れ者めが」

西原らしき声が応えた。「武士を相手ではない、夷狄に汚れた町医を成敗するのだ」

「聞こえませせぬ」

辰之進が言い返した。「これらの町医たちは、民草のために日夜、病を癒やし、怪我を治し、生きる力を与えてきたのです。蘭学を学ぶのも、多くの民を助けたいと願う清廉な志ゆえ。あなた方が攘夷の志を持っているとしても、蘭学を学ぶ医師を責めるのは、まさにお門違いでございます」

「違うかどうかは、首をさらしたのちに分かる」

鷹林らしき声が含み笑いに震える。

「どうしても立ち去られぬ、と申すなら」

惣一郎が、火が点いたままの提灯を地面に置き、刀の柄に手を掛け、鯉口を切った。

辰之進もならって、鯉口を切る。

「わしもおるぞ」

包源も、提灯を地面に置き、杖を構える。

「よせっ」

惣一郎と辰之進が先に名乗った際、驚きの声を発した影が止めた。「狙いは夷狄かぶれの町医のみ。おまえたちは疾く疾く去れ」

頭巾越しで、声も低くして話しているが、兄の虎之助に違いないと、辰之進は悟った。

「そちらこそ無用な殺生、引かれませ」

辰之進は、兄の名を出さず、相手に告げた。「辻斬りなど、似合わぬ振る舞いでしょう」

「黙れ。少し目を閉じておれば済む事をっ」

西原らしき影が焦れたように言う。「そのためにわざわざ瓦版屋と昵懇である女の座敷で、町医を斬るという餌をまいたのだ」

「なに。あれは、わざとであったのか」

惣一郎が驚きの声を発する。

西原らしき声が高く笑って、

「こうなると見込んでよ。それぞれに帰る町医を襲うのは面倒。ひとかたまりになってくれれば、一気に片がつけられる」

「たばかられたか（あざむかれたか）」

包源が奥歯を噛みしめる。

「さあ、長々と話すのも飽きた。駕籠の後ろに控えておれ……おい、さっさと動かぬか」

強く求められても、惣一郎、辰之進、包源が、余裕の態度で下がらないのを見てか、

「いや、待て。妙だ……」

いぶかしむ声を発したのは、鷹林らしい。「駕籠の中から声もなく、逃げる者もいない」

鷹林らしき影が突然列から飛び出し、氷の上を滑るように惣一郎や辰之進たちとの間を詰めてきた。惣一郎が慌てて刀を抜く。その刀を、相手は一閃、払いのけた。

地面の提灯に、惣一郎の足が当たって転がり、火が移った。提灯が燃え上がる。影がさらに間合いを詰め、惣一郎は飛びすさった。

辰之進はというと——相手の動きの鋭さに、情けないが刀を抜く間もなかった。

鷹林らしき影は、先頭に置かれた駕籠の、乗り口に垂らされたゴザをはね上げた。

「や、これは……」

駕籠の中に、人の姿はなかった。

他の影たちが、残る五つの駕籠の中をすべてあらためてゆく。どれも無人である。

「もしや……先の修験者たちが町医であったか……」

鷹林らしき影が、さぎのやの者たちと共に修験者たちが走り去った方を見やり、「そなたらが長々と話したは、町医が逃げる間を稼ぐためか」

ハハハ、と包源が太い笑い声を響かせた。

「明王院で厳しい修行を重ねた修験者が、あんなにひょろりとしているものか。お医者なればこそ、ゆるゆる歩きもしたものを。見抜けぬとは、まさに抜け侍よ」

「ええい、早く追いかけよう」

西原らしき影が走り出そうとするのを、

「よせ。もう間に合わぬ」

鷹林らしき影が冷静に止めた。「この辺りの地理に詳しい者もおるに違いない」

地面に転がった提灯は、まだ燃え残って、朱色の炎を揺らめかせている。

鷹林らしき影が、いまいましげにその炎を蹴り飛ばした。火の粉が舞う中、彼は頭巾の間に光る目を、辰之進にかっと向けた。

「かような策、武骨な侍や修験者が考えつくとも思えぬ。その方か……」

辰之進が身構えたまま黙っていると、

「策士、策に溺れるとはよう言うたわい」

包源がおかしそうに語った。「このお若い方は、おまえたちの愚策を見抜いたぞ」

「聞こう。どう見抜いた」

鷹林らしき影が、話の先を促した。

包源は鼻先で笑い、

「今回の策を企んだ者たちは、今日の医師たちの集まりに関し、よう調べたに違いない。農家の者から、家を貸した事情を聞き出したであろうし、さぎのやの息子である瓦版屋に、なじみの芸者がいるのも調べ済みのはず。その芸者の座敷で話した事は、さぎのやや明王院に通じると考えての策であろうが。しかし、医師を斬るなどの大事を前にする者が、座敷などで漏らすかどうか……相手の狙いは、町医たちが用心し、固まって帰ろうとする事ではないか。そこを待ち伏せれば、ひと網で企みが叶(かな)うでの。であれば、固まるふりをして、相手をおびき寄せればよい。怖いのは、どこで現れるか見えぬ敵。目の前に現れれば、逃げ道は開ける——と、このお若い方が見抜いた上での、我らが策よ」

「かような事をお考えになるのは、どのような方かと、足らぬ頭を働かせました」

辰之進は乾いた唇を開いた。「きっと大望がおありの、秀(ひい)でた方でしょう。とすれば、秘密を容易に漏らすはずがなく……漏らしたとすれば、策。つまり貴方様に敬意を払うがゆえに、気がついたのでございます。どうぞこのままお引き揚げください。誰も傷つかねば、すべては一夜の夢として、皆が皆、早々に忘れてしまいましょう」

「ハッ、なんと若輩(じゃくはい)の身で、我らの事まで気づこうてくれるか……。驕(おご)るでないぞっ」

鷹林らしき影の声は怒りに猛(たけ)った。

「いえ、驕るなどとめっそうもない」

「よい……抜け」

鷹林らしき影は、辰之進に向かい合い、刀を正眼（中段）に構えた。

「いや、それはお待ちを……」

兄の虎之助とおぼしき影が狼狽して、止めに入ろうとした。「町医がいないのであれば、望みは果たせません。このまま引き揚げましょう」

虎之助とおぼしき影の留め立てを、

「たばかられたままで、引き下がれるか」

鷹林らしき影は押しのけて、「こざかしい知恵者は、剣はいかほど使えるのか」

ぐいと辰之進に向かって間合いを詰めた。


相手の殺気が、辰之進の身を震わせる。

「抜けっ」

厳しく言われ、辰之進は刀を抜いた。剣術に自信がなくはない。だからこそ、相手の力量も分かる。兄や惣一郎よりも強い。

「ならば、拙者がお相手申す。参るっ」

惣一郎が横から、すっと間合いを詰めた。

鷹林らしき影はゆらりと体勢を変え、惣一郎と向かい合う。やはり腕に差がある。

惣一郎も、時をかけては不利と察してか、いきなり気合いを発して上段から打ち込んだ。

鷹林らしき影は、焦りも見せずに正面で受けると、そのまま力で相手を押し返し、生まれた空間を生かして刀を横に払った。

鋭く風が鳴る。続いて鋼の音が響く。

惣一郎は、相手の必殺の剣をかろうじて受けていた。だが影の妖しき太刀筋は、止まる事なく続いて二手、三手と目にも止まらぬ速さで襲いかかる。

惣一郎は受けるので精一杯となり、後退するばかり。とても攻撃に転ずる間もない。相手の上段の打ち込みが浅かったため、また身を引いたとたん、相手の気合いが変化した。

いけないっ。

刀を正眼に構えたまま見守っていた辰之進は、総毛立つ思いがした。

鷹林らしき影の、下から斬り上げる太刀筋が一瞬早く見えた。

次の瞬間、下から石火のごとく飛んだ刃の光が、惣一郎の慌てて引く手を捉えた。

あっと声が漏れ、血しぶきが飛ぶ。惣一郎の刀が地に落ち、彼は左手を押さえてうずくまった。

左手の甲から血が滴っている。

相手は、うずくまったままの惣一郎の白い首に、血で濡れた刃先をすうっと当て、

「今、おぬしは死んだ」

と冷たく笑い、辰之進の方へ戻ってくる。

「待てっ……」

惣一郎が声を発するが、頭巾をかぶった二つの影が彼の前に立ちはだかり、刀を拾う事も許さない。

「年少の者に、どうするつもりじゃ」

怒声を発して包源が出ようとするところ、やはり頭巾をかぶった四つの影が刀を構えて取り囲ん

だ。金剛杖を振っても、死角から斬りつけられるに違いないと、包源を金縛りにする。

「さあ、邪魔は入らん。参れ」

鷹林らしき影が、辰之進に悠然と迫る。

「おやめくだされ……」

孤立してぽつんと立っている虎之助とおぼしき影が訴えた。「敵(かな)うわけがござらん」

兄であろう人の、その言葉が、辰之進をかえって奮(ふる)い立たせた。

刀を構え直し、妖しき影に向かい合う。

「ほう。少しはできるらしいな」

鷹林らしき影が感心したように言う。だが言葉の底に、からかいの響きがあった。

辰之進は、怒りを感じる一方で、どうにも相手に隙(すき)がなく、踏み込めずにいた。

「どうした。隙がなくて打てぬか」

相手が鼻で笑う。見透かされている。

「これならどうだ」

目の前の刀がだらりと下げられた。打ってこいとばかりに、相手が身をさらしている。そのくせ殺気はより強く感じ、足が出ない。

「隙がなければ、作るほかはないだろう」

相手の刀がいきなり振り上げられ、間合いをひとっ飛びに詰めて、上段から打ち込んできた。辰之進は危うく刀を上げて、受けた。

鋭い鋼の音が耳に届く。刀がはじけ合う勢いを利用して、相手が中段を薙(な)いでくる。受けるのは間に合わず、辰之進は飛びすさる。

びゅっと風が鳴り、からだが横に持っていかれる感覚があった。

斬られた。

着物の一部が裂かれ、端切れが散った。

だが痛みはない。確かめると、裸の腹が見えてはいるが、刃先は届いていなかった。

ほっとする間もなく、相手がすり足で間合いを詰めてくる。上段から刀が振り下ろされる。間合いが詰め切れておらず、辰之進は後ろに下がってかわすことができた。

だがそれは誘いだった。

総毛立つ感覚がよみがえる。

相手の足が音もなく間合いを詰めると同時に、振り下ろされた刀が、下から刃先を上にして振り上げられてくるのを感じた。

惣一郎が手の甲を斬られた太刀筋だ。

刀では払えない。考えるより先に、左手を柄から離し、両手を一瞬早く横に開いて、小手を取られるのを防いだ。

鼻先を、鋭い刃の輝きが過ぎてゆく。

その輝きの奥で、駕籠の担ぎ棒に吊された提灯の灯を受け、頭巾の間の目が残忍に光った。

しまった……辰之進は瞬時に悟った。

今の太刀も、また誘いだったのだ。

辰之進の頭上で、チャッと音を立てて、相手の刀身が峰を上、刃を下と、逆になった。

斬られる。いや、殺される。

頭上から落ちてきた刀が、辰之進の頭から顔を二つに割って、胸までずんっと一気に斬り下ろされる太刀筋が、鮮明に見えた。

その恐怖の奔流に呑み込まれ、腰が思わず落ちた。

立ったままだったら斬られていた。身が低くなった分、太刀を受ける時間が生まれた。

無意識に刀の柄を両手で握り、落ちてくる刃に向けて振り上げていた。

白い火花が辰之進の目の上で散った。鋼をぶつけ合った音が、耳の内側でこだまする。

危ういところで相手の刀が止まっていた。

相手の刀はまっすぐ縦に、辰之進の刀はそれと垂直に接して、十字を造っている。

間近に相手の息づかいと体温とを感じる。

目を上げれば、頭巾の間から光る目に、驚きに続いて、憎しみの色が浮かんできた。

「こしゃくな……」

相手がぐぐっと力任せに刀を押さえつけてくる。下から懸命に押し返すが、次第に刃が頭に近づいてくる。

提灯の灯を受けて、相手の刀身が赤々と燃え立つように輝いている。

辰之進の荒い息づかいで、おのれの白い刀身が曇った。

「おやめくだされっ」

虎之助らしい影が悲鳴に近い声で叫んだ。

「やめろっ」「やめぬかっ」

惣一郎と包源が同時に叫び、

「動くなっ」「動けば斬る」

二人をさえぎる影たちも叫んだ。

辰之進の頭に向けて刀を押し込む力が、さらに強まる。

「おぬしの腕では、この乱世は生き抜けん」

暗くささやく声が、辰之進の耳に届いた。「長く生きれば、それだけつらい思いをするばかりだ。楽になれ。力を抜いて楽になれ」

周りには聞こえていないだろう。辰之進にだけ、魔が死の誘いをかけてくるようだった。

辰之進の刀の峰が、彼の前髪にふれた。

苦しい、つらい……確かに自分程度の者が乱世を生き抜くのは難しいのかもしれない。力を抜いて、楽になった方がいいのか……。

そのとき、風が鳴った。

うむっ、と鷹林らしき影がうなって、刀を上げる。柄に何かが当たったか、鈍い音がして、辰之進の眼前の地面に小石が落ちた。

また風が鳴った。

鷹林らしき影が、はっと鋭い息を吐いて、身を引きつつ刀を振るう。また辰之進の前の地面に、小石が落ちた。

「お侍とは、かくも愚かなのですかっ」

闇を貫いて、張り詰めた声が響いた。「同じお侍同士ではありませんか。いえ、同じ人と人ではありませんか。なぜ殺そうとするのですか。なぜ戦うのですか。共に天より頂いた、貴い命のはず。なぜそれを人が奪うのです。貴い光を消すのです」

声は、闇の虚空に高くのぼってゆく。

「そして、殺せばきっと恨みが生じましょう。その仇を討てば、また新たな仇が生じ、限りがございません。累々と命が果てるまで、命の奪い合いを続けるおつもりですか」

「……ヒスイ」

辰之進の震える唇から、思わず声が漏れた。

「ヒスイ？」

鷹林らしき影がつぶやく。「と申すは、坂本龍馬と話したという、さぎのやの娘か」

「戦いの道を避け、互いが少しずつ我慢をしながらでも、共に生きる道をなぜ求めないのです」

ヒスイが訴え続ける。声に涙が混じっているように聞こえた。「たとえ相譲れない事情があるとしても、命の取り合いになってしまっては取り返しがつきません。少しずつ譲り合えば、解きほぐせたはずのいさかい事も……命を一度奪ってしまえば、始まりが何だったのかも忘れてしまうほどに、収まりがつかなくなりましょう」

辰之進は、頭の上で防御のために構えた刀を、まだ下ろすことができずにいた。鷹林らしき影の刀は、すでに離れている。なのに全身が恐怖で強ばって動かない。

ヒスイ……助けてくれ。言葉が唇から漏れそうになり、奥歯を噛みしめてこらえた。

「鷹林殿っ」

兄の虎之助らしき影が、ヒスイの声で金縛りが解けたかのように進み出て、身を強ばらせている辰之進の前に身を入れた。

「お控えくださいませ。どうぞ、この通り、お願い申し上げる」

と、頭巾をかぶった頭を下げた。

「……ばかめ、名を呼びおって」

鷹林らしき影……いや、まさに呼ばれた通り、鷹林が舌打ちして、酔いが覚めたかのように、ぶっきらぼうな声を発した。

兄とおぼしい影が退き、辰之進がびりびり感じていた殺気もまた、すうっと引いた。


鷹林は、懐紙を出して、刀についた惣一郎の血を拭い取った。

「娘、いや、ヒスイとやら」

と闇に向かって呼びかける。「そなたの申した事、誰に教わった。まだ年少のはず。おのれでつかみとった物言いとは思えぬ」

彼が刀を鞘に収め、闇を見据えた。

「それは……」

闇からの声は、考えるような間が空いて、

「きっと、おへんろの方々です」

「……へんろ？」

「はい。わたしは、ものごころつく頃より、数え切れないほどのおへんろと出会ってまいりました。多くのおへんろが、父や母や祖父母、兄弟姉妹、我が子、親族や友人ら、親しい者を亡くしています……ときに病で。ときに飢えで。ときに生きてゆく苦しさに耐えかね、みずから命を絶って。また、土地や食べ物のささいな争い事から始まった命の取り合いで、亡くなった人もいます。盗賊に襲われた人。お侍のお手討ちにあった人。飢饉と年貢の苦しみから、起こさざるを得なかった一揆によって命を落とした人もいると聞きました……。それら、おへんろの語る、大勢の、大切な方々の死を聞きながら、わたしは育ったのです。親しい者たちの死がもたらす悲しみ、つらさ、苦しみが……命の貴さと、命を奪う愚かさを、わたしに教えてくれたのだと思います」

「……なるほど」

鷹林は冷たく鼻で笑い、「だからか」

と、あざける口調で言い捨てた。

「おのおの、参ろう」

と、仲間たちに声をかけて歩き出す。

辰之進は、力なく伏せていた顔を、妙な胸苦しさをおぼえて、ゆっくりと起こした。仲間を連れて引き揚げて行く鷹林の背中が見える。

「……お待ちください」

喉の奥からしぼり出す。「攘夷の志で、刀も帯びぬ町医を斬ろうとなされた方っ」

「あなた様に、お聞きしとうございます」

辰之進の声に、鷹林が足を止めた。

辰之進の腕がようやく動きだす。頭の上に掲げたままだった刀を下ろし、

「今、娘の申した事に対し、だからか、とお応えになられました。少し笑われたようにも見えました。どういうお心でしょうか」

「さて、何の言いがかりだ？」

「言いがかりではございません」

辰之進は刀を鞘に収め、「娘が申した事、一つの道理があるとおぼえました」

辰之進は静かに立ち上がり、妖しく振り返った影と正面から対峙した。

「おへんろが、親しい者たちの死を悼みながら旅する中で、つい漏らした言葉や涙を受け止めて……虐げられ続ける民草の立っている場から、この現世を見渡したとき——純粋な胸の内に、霊泉の湯のごとく湧いてきた事理（真理）は、聞く者の心に留め置く価値はあれど……短い言葉で吐き捨てて、笑うべきものでは、決してないかと存じます」

鷹林は、くつくつとおかしそうに笑い、

「何かと思えば……若輩者とは申せ、おぬしも武士の端くれではないのか」

「武士なればこそ、命の取り合いになれば果てがなく、その始まりとなったささやかな争い事すら忘れられ、収まりがつかなくなるという話は、胸に落ちてまいりました」

「であれば、そなたが武士ではなく、ただの負け犬でしかないという証よ」

「それは……聞き捨てなりません」

「娘が申した事は、力なき者が、なんとか生き延びたいがために、しぼり出した甲斐なき知恵だ。果報に恵まれなかった事実を、おのれの弱さや愚かさを棚に上げ、人や世のせいにする負け犬の、うじうじ語る嘆き節よ」

言い返そうとする辰之進を、

「聞けっ」

鷹林は強い声でねじ伏せ、「殺せば恨みが生じ、その仇を討てば新たな恨みが生じて果てがない？笑止千万。仇など討たさず、返り討ちにすればよいだけだ。武の道は、主の命ならば敵はもちろん、おのれに害をなさぬ者でも、斬らねばならぬ。ゆえに、行く道のどこかで恨みを抱く者も現れよう。たとえ仇と狙われようと、おのが信念を貫き、返り討ちにする強さを磨く事が、武士の道。強さを磨き続ければ、ついには仇を討とうなどという者は姿を消す。よいか。勝ち続ければ、戦はしぜんと無うなるのだ。そうであろう、修験者殿」

鷹林が包源を睨みつけた。「修験者たちが巡る津々浦々に、戦に勝利した武将を祭った社は数え切れまい。人を殺め続けて勝ち抜けた戦の将こそが、神として崇められている。敗者や、敵を前にして戦わなんだ者が祭られた話など、とんと聞かぬわ。この国がまだ形を成さぬ頃、神々が降臨したまい、鬼や蛮人らを戦いの末に屈伏させて平定し、国の形を成したとの謂れがある。それゆえ国生みの神々は、ひときわ尊く奉られているのだ。のう、神々の元で修行を積む者よ？」

包源は、問われて、短く息を詰め、すぐには言葉が出ない様子だった。

「遠き世、源頼朝はあまたの戦に勝利した。平家はもちろん、多くの者が殺められ、野に散り、海に沈んだ。恨みに思う者は少なくなかったはず。だが、その末に鎌倉の地に幕府が開かれ、戦もしばし絶えた。その後また世が乱れかけたとき、北条は話し合いで世に平安をもたらしたか。否、力で押さえ込んだ。同じ清和源氏の流れをくむ足利尊氏も、あまたの戦に勝利し続けた末、天下を治め、戦を終える事を成した。反対する者は、流れる血で黙らせたのだ。そうであろうが、曾我部惣一郎とやら。貴様はなぜ刀を抜いた？　斬りかかってくる相手に対するには、刀を抜くしかなかったからだろう。貴様は今後、刀を捨てるか。いや、捨てはしまい。武士ならば二度と不覚を取らぬよう、自らを厳しく鍛え直すはずだ」

惣一郎は傷ついた手を押さえて、いまだ膝を突いたまま立てず、応えられなかった。

「織田信長を知るや。多くの骸を足下に踏みしだいて、天下人にあと一歩のところまで近づいた。

天下人になれば、おのが力で戦をすべて終わらせられると信じたのかもしれぬ。だがそれまでに流された血や命を、誰が贖う。決して贖われる事はなかろう。だが信長に憧れる者は、泰平の世でも多い。彼の人を継いだのが、太閤秀吉だ。多くの者の命を血の海にうち捨てた末に、天下を一つに治めた。太閤は朝鮮に出陣し、彼の地の兵ばかりか民草も殺め、耳まで削いだ。この太閤に憧れ、尊ぶのは誰だ。そして太閤の後を継がれたのが、東照大権現様（徳川家康）よ。東照大権現様が、戦などせず、誰も殺めず、世を平定したと思うてか。青海辰之進、どうだ」

辰之進も返事ができなかった。

「異国の鬼畜らが、この国を領土にしようと攻めてきたら、貴様はどうする。家族が異人になぶり者にされんとするとき、刀を抜かぬか」

もし母や祖母や妹、また曾我部怜が異人に限らず誰かに襲われそうになれば、辰之進はたとえ敵いそうになくとも刀を抜くだろう。なぜなら、愛する者を守るための他の方法を知らないからだ……他の道を学んだ事がなかったとも言える。

「ヒスイとやら、我が問いに答えてみよ」

鷹林が闇に向かって言い放った。「人が人を殺める事が愚かしいなら、なぜ先に挙げた戦の将たちは、英雄と憧れられ、神として祭られるのか。なぜ彼らの起こした戦で命を失った下々の者たちは、大切に顧みられないのか」

ヒスイがいるはずの闇からは声が返ってこない。

「合戦を元にした芝居や語り物、読み物の類いは、あまたある」

鷹林が話を続けた。「戦の勝者にも、また敗者にさえも、人は心を揺さぶられ、喝采を送っている。よいか、合戦の勇者たちの物語に憧れ、次なる戦の勇者は生まれるのだ。ときには勇猛に戦った敗者も美化され、涙を誘う。おのずと人々は、戦う事を肯うようになる。戦を愚かと申すならば――ヒスイよ、愚かしいのは、侍に限った話なのか。戦を嫌うならば、なぜ人は合戦の将たちの芝居を作るのだ。なぜ、それを観に集まり、喜ぶのだ。赤穂の浪人たちの仇討ちを喜んだ当時の者たちばかりでなく、今なお彼らに喝采を送る民草の心情はなんとする。そなたの愚かという言葉は、誰に向けたものとなるか、心してみよ」

彼が言葉を切ると、誰も応えず、提灯の灯に明暗が揺れる虚空に、沈黙が流れた。

「じき戦が起きる……きっと起きる」

鷹林が不気味に響く声で告げた。「力で異論を封じてきたご公儀が、異国の武威に腰を抜かし、今や薩摩をはじめとした雄藩に押されている。これもまた力よ。異国との戦か……ご公儀と各藩との戦か……ともかく戦は起きずには済まぬ。そのとき分かる。戦を避けた者たちに、この神々の国の先行きが委ねられるのか……これまで通り、より多くの戦に赴き、より多くの者を殺めて屈伏させた者たちが、この国の今後の舵取りを任されるのか……目をよく開いて見ておけ」

声の主は、暗い笑いを闇に響かせ、仲間の誰かが拾い上げた包源の提灯を先導にして、悠然と去っていく。まるでこの世の陰闇に潜む魔物が、多くの欠点を抱える人という生き物を、あざ笑っているように聞こえた。

しばらくして声が聞こえなくなったところで、包源が深々とため息をつき、身も心も疲れた様子で地面にどっかと座り込んだ。

辰之進も言い知れぬ敗北感で肩を落とし、動く事ができなかった。そのとき、

「皆さん、お怪我はありませんかー」

闇の奥から、吊された提灯の明かりの中に走り込んできたのは、救吉だった。「包源様、辰之進様、よかった、ご無事ですね」

彼の明るさが、今は救いに思える。

「いや、曾我部殿がお怪我を……」

包源が、うずくまったままの彼を指差して教え、救吉が駆け寄っていった。

「なんの、これしき。どれほどでもない」

惣一郎が強がるが、彼の傷を見た救吉は、

「これはいけない。血が流れ続けています」

惣一郎の足下の地面が、流れ落ちる血によってどす黒く色が変わっている。救吉は、自分が走り出てきた方を振り返って、

「天莉姉さーん、勇兄さーん」

と呼びかけた。

「はーい」「ほーい」

と応えがあって、提灯が振られる。

その灯の中に、土手の上にぼうっと立ったままのヒスイと、彼女をはさんで提灯を掲げた天莉と勇志郎の姿が浮かんだ。

「ヒスイ、どうしたの、行きましょう」

天莉がヒスイの手を引き、土手を下りる。

「ヒスイ、物狂いの侍の物言いなんぞ、まともに受け取るんじゃないぞ」

勇志郎が、元気のない妹に励ましの声をかけながら、無人の駕籠が並んでいる辺りまで、共に駆

けてくる。

「町医たちはどうした」と、包源が訊いた。

「無事です」

勇志郎がうなずき、「林を抜けた所は、申し合わせよりやや離れていましたが、提灯を振ると、気がついた駕籠がわらわらと駆け寄ってきて、町医たちを乗せ、それぞれのお宅へ向かいました。笙安様は、最も遠いお宅まで付き添っていかれるそうです」

「そりゃ上首尾じゃ」

惣一郎の手の怪我を診ていた救吉が、

「天莉姉さん、針仕事用の針と糸でいいから貸してください。勇兄さん、お医者様に出すつもりだったお酒を運んでるでしょ。一番強いお酒を出してください」

「おまえが飲むのか。いいのがあるぜ」

「救ちゃんが飲むわけないでしょ」と、天莉が注意する。

「戯れ言だよ。傷を洗うんだろ」

「はい。針と糸、俺の手も洗います。あと、きれいな布があればお願いします」

救吉が姉と兄に頼んでから、惣一郎の方に向き直り、「これからお侍様の傷口を、針と糸とで縫い合わせて、ふさぎます」

「なんだと、針と糸で縫い合わす?」

惣一郎が驚いた声を発した。

「はい。布を縫い合わせるのと同じで、皮と皮をくっつければ、血も止まりましょう」

「拙者のからだを、布きれと一緒にするな」

「失礼しました。ですが血が流れ続けると、命を失うと申します。また傷口が開いたままですと、ほこりや悪疫のタネが入り、肉を腐らせ、手を失えばよい方で、命まで失う事もございます。早急な手当てこそ大事かと」


「だが、おぬしは医者ではなかろう。しかもまだ幼いではないか」

惣一郎が心配そうに口にする。

「成川様の療養所で働いております、さぎのやの救吉と申します」

先に仕置場近くの農家から出発するときには、互いに名乗り合う余裕はなかった。

「名は明かせませんが、腑分けの道に長けた師より、人の皮の縫い方も学んでおります。つい先ほども、腑分けした後の人の皮を縫い合わせる術を試したばかりでございます。師たちのようには参りませんが、命を賭して努めます。いかがでしょうか」

救吉が真剣にうかがいを立てる。

「俺のために命を賭す？　なぜだ」

「人を救う事が、私の持って生まれた使命だと、明王院の院主様に申し渡されています。また、医の道は常に我が命を賭したものと、成川様より教わっております」

救吉の真摯さに打たれたのか、

「分かった、任せよう……曾我部惣一郎だ」

「では曾我部様、仰向けになってください」

「頭の下には、この半纏をどうぞ」

と天莉が、着ていたさぎのやの半纏を脱いで、惣一郎の髷が汚れない位置に敷いた。

「傷口を酒で洗います。勇兄さん、曾我部様の手を押さえていてください」

「いや、押さえる必要はない」

惣一郎が強がって言う。

救吉は、承知しましたと応え、勇志郎に渡された五合徳利の栓を取り、少し自分の手に受けて、匂いや澄み具合を確かめてから、

「では傷を洗います」

惣一郎の左手の傷に酒を注いだ。惣一郎は息を詰め、腕を引きかけたが、武士の面目を思ってか、歯を食いしばってこらえた。

「曾我部様。これから傷ついた皮に針を刺します。ずいぶんと痛むはずです」

「……任せると申したろう」

惣一郎が苦しげに応える。

「舌を噛(か)んではいけません。これを口に」

救吉が、天莉から渡された清潔な布を惣一郎の歯と歯の間に差し入れ、「曾我部様は武士の鑑(かがみ)のような方だと存じます。ですが心とからだはときに逆の働きをします。痛むあまりに、手足が動けば、針がどこを刺すか、危のうございますので、万が一のため、皆で曾我部様の手足を押さえさせてください」

惣一郎がうなずき、救吉の合図で、包源が惣一郎の左腕を、勇志郎が右腕を押さえた。

「ヒスイと辰之進様は足をお願いします。天莉姉さんは提灯で、縫う所をよく照らしてください
……ヒスイ？　辰之進様？」

鷹林が先ほど口にした言葉を、今なお引きずっていた辰之進とヒスイは、ああと気づいて、惣一郎の足を押さえるために膝を突いた。

不意に、辰之進は何やら耳にしたと思った。

「それでも、わたしは……です」

ヒスイが首を横に振ってつぶやく。

「ヒスイさん、何か申されたか」

辰之進は尋ねた。

「……それでもわたしは、戦(いくさ)は、いやです」

ヒスイが顔を起こし、毅然(きぜん)とした口調で告げた。「戦をしてはなりません。戦に加わってはなりません。戦は避けねばならぬものです。戦をする者を、たとえ勝ったとしても、わたしは英雄や神などと崇(あが)めません。わたしは、わたしの申す事は、間違うていますか」

彼女の真剣な目が、提灯の灯を照り返す。

涙がにじんでいるらしく、美しく輝いている瞳を、辰之進は誠実に見つめ返した。

「……ヒスイさんは、それでよい」

「え……」

「ヒスイさんは、その思いを貫けばよい」

辰之進は大きく一つ息をつき、「拙者は武士だ。ゆえに忠義がある。藩命で戦に向かえと求められれば、戦に出ねばならん身だ。だから、ヒスイさんの言葉に同ずるのは難しい。しかし……そなたの思いは、確かに我が胸を打った。強くしみ入ってきた。ヒスイさんは、それでよいのだ。戦は愚かだ、戦はするなと、その思いを貫き続ければよい」

辰之進が言い切ると、

「うん……それがヒスイだからね」

救吉が明るい声で応えた。

そうじゃ、そうだ、そうよと、包源、勇志郎、天莉も賛成する。

ヒスイがほっとした様子でほほえみ、手のひらで涙を拭った。うん、と大きく一つうなずいて、
惣一郎の左足を押さえ込んだ。

とたんに、惣一郎が噛みしめていた布の奥から、うおー、と何やら訴える。

「ヒスイ、押さえ過ぎて足が痛いそうだ」

勇志郎が通訳する。

「我慢、我慢。お侍でしょ」

ヒスイは応えて、辰之進にチロッと悪戯っぽく舌を見せ、

「さあ、こっちの用意はいいよ、救ちゃん」

「よし。では、始めます」

救吉が、糸を通した針を傷口に近づけた。

（八）

城を囲んだ深い堀の周辺を、ツツジの花が白、また赤く彩りはじめた旧暦四月。

伊予松山藩は、海の防衛に配置する藩兵の不足と今後の藩内の備えとして、ついに郷足軽を募る策を打った。城下の村々から、百姓を足軽に、つまり武士の末端に取り立てるというもので、一般

に農兵とも称される。

なお百姓とは、農業に従事する農民とは限らない。漁業や山の仕事、染め物や養蚕など、村の中でいろいろな仕事に携わる民が、総じて百姓と呼ばれていた。

これを、末端とはいえ武士に取り立てる事は、身分制度の厳しかった世においては、異例である。長年保たれてきた武士の権威が失墜しかねず、上下の秩序が乱れる懸念もあるとして、藩内保守派の反対は強かった。

だが現実に、異国の船が次々と来航している。清国がイギリスに戦で敗れて蹂躙されているとの悲報や、昨年ロシアの軍艦が対馬を占領したとの知らせも、藩に入っている。

さかのぼって十二年余り前の嘉永二（一八四九）年十二月、幕府は海防を強化するよう諸藩に命じた。加えて、そのための人員として農兵を採用するかどうかは、各藩に任せるとした。

つまり、幕府がまず、異国の脅威を前に、身分制度に固執していられなくなった。

ただし、幕府が許可したからといって一番乗りを試みる勇猛心は、伊予松山藩には乏しい。温暖な気候と穏やかな内海の恵みに育まれ、元来がおっとりとした気質である。先行する周囲を見て、問題がなさそうと分かってからでも遅くない……と考えるクセのようなものがあった。加えて、親藩であるゆえに、外様のように先駆けて手を打たなければ生き残れない、という恐れもなかった。

ところが、次第に農兵を採用する藩が現れ、土佐藩でも民兵を海岸線に配備したという。すると今度は、いざというときに兵が足りないのでは親藩としての面目が立たぬ、との心配が保守派を動かし、ようよう郷足軽の募集に至った。

人員の目当ては、ひとまず六百名。各村へ御触れが回り、さあ千人来るか二千人かと藩庁の担当者が待ったが、応募はまったくなかった。

「ああ、侍になれる機会じゃったのにぃ」

温泉郷の牛馬湯で、太助が牛の体を湯に浸したワラで拭きながら、愚痴っぽく言った。

「侍がそんなにええもんかなぁ？」

救吉が応えた。「面倒じゃろう」

勤めている療養所が、今日は医師たちの寄合があり、昼の八ツ（午後二時）で閉まった。そのため彼は、牛馬湯での仕事を手伝う事にして、今は大原観山の愛馬の世話をしていた。

「救吉は、お医者になろうと、いろいろ学びよるくせに、肝心の話を知らんな」

太助が諭す口調になって、「ええか、侍になったら苗字がもらえる。刀も持てる。それに十年、郷足軽を続けたら、死ぬまで苗字も刀も、与えられたままになるんぞな」

「苗字って、太助は太助でええやろう？」

「いや、俺は立派な苗字をつけたい。もう決めとるぞな。松平じゃ。松平太助」

「え、殿様と同じじゃ。怒られるぞ」

「いや、どうせなら一番ええ苗字をつけたい。ちょっと、苗字を付けて呼んでみて」

「え……松平、太助、どの？」

「おー、ええ響きじゃなぁ」

太助は満足そうに笑って、「救吉は？」

「今のままでええよ。さぎのやの救吉で」

救吉は、労っている馬の首を軽く叩いて、

「ホクトもそう思うやろ？　人を斬るつもりはないから刀も、苗字と同じでいらんよな」

馬が、ぶるると息づかいで返事をする。

「救吉もホクトも分かっとらんな。苗字や刀よりええ事がある。侍になったら、もう年貢を納めんでもええんぞな」

太助は、牛を洗う手を止め、「爺ちゃんも婆ちゃんも、父ちゃんも母ちゃんも、今は兄ちゃんたちも、働きづめに働き通して、妹のユキは飢えて死んでしもうたけど、根を詰めて年貢を納めてきた。やのにお侍は、少ない足りん、もっともっとと怒るんじゃ」

「そんなお侍に、ならんでもええやろ」

「お侍方が口に入れなさる米や野菜を懸命に作りよるのに、頭を下げさせられて、下げ方が悪いと殴られたり、手討ちじゃと脅されたり、悔し泣きしたんは数え切れんぞな」

「だから、侍になんてならんでよかろ?」

太助はシラミの湧く髪を掻きむしり、

「ほいでも、郷足軽になったらもう侍じゃ。年貢で苦しめられる事もない、馬鹿にもされん。なりたいに決まっとろうが」

救吉は、うーんと考え込み、

「けど、太助、ヒスイは嫌うと思うよ」

「え、俺を?」

「ヒスイは戦が嫌いじゃけん……戦をするための郷足軽になったら、嫌うはずじゃ」

「けどヒスイちゃん、この頃、前髪の残るお侍と仲良うしとる。あれはええんか?」

救吉は、誰の事か思い当たって、

「辰之進様じゃろ。あの人は優しいし、頭がええし、お侍だからと威張ったりせんから」

太助は、困惑顔で牛の体をまた洗いだし、

「お嫁に取られてしまわんかな?」

救吉は、思いがけない言葉に驚いて、

「まさか、あり得んよぉ」

笑い飛ばして、「お侍じゃもの。お侍の家から、お嫁さんをもらうに決まっとろう」

「けど、百姓が侍に取り立てられる世の中になったんぞな。あり得ん事が、起き出しとる」

そう言われて、救吉も少し不安になった。

「確かに、明王院の院主様も、いつまでも身分の決まりに縛られとったら、松山の地ばかりか、この国が滅ぶと仰しゃられとった……」

「ほれみい。だからヒスイちゃんも、お侍の嫁さんになる縁やって、あるかもしれんやろ」

救吉の胸の内側に、ざわっと波が立ったような気がした。

太助がヒスイを嫁にほしい、と口にしたときは何も感じなかったのに……ヒスイが辰之進様のお嫁に、と考えると、急に気持ちが落ち着かなくなった。

それがなぜかは分からないから、不安で、いっそう胸の内がざわざわしてくる。

「じゃけん、俺が侍になっても、ヒスイちゃんと祝言(しゅうげん)は挙げられる、というわけじゃ」

太助の言葉に、救吉は頭をぶるっと振り、ヒスイと辰之進の事を頭の中から払って、

「だったら、なんで郷足軽にならんの?」

「まだ年がいってない子どもじゃからな。けど、お兄(にい)は子どもじゃなくても、無理じゃ」

「なんで?」

「お米がいるからよ、すごくいっぱいな」

「藩のお偉方は、百姓が分かってませんね」

勇志郎が苦笑まじりに言って、記事を彫った板に、墨を伸ばしていく。

「どう、分かっていないの？」

内藤助之進が尋ねた。「百姓たちの中には、侍になりたい者が大勢いると思うけど」

勇志郎が、その板を横にずらす。

療養所がやはり寄合のために昼の八ツで休みとなった天莉が、その板の上に紙を載せ、むらのないよう丁寧に刷っていく。

「いるでしょうけど、とてもじゃないが無理ですよ。天莉、刷ったら、坊っちゃんに」

勇志郎が妹を促し、彼女が刷り上がったばかりの瓦版を、助之進に手渡した。

『ある藩の農兵募集　なりたければ一人三十俵を上納せよと　虫が良過ぎる申し付け』

勇志郎が、墨を板に伸ばす手を止めて、

「お城の上の方にいる方々は、百姓が米を三十俵も持ってると、本気で思ってるんですかね」

助之進は困った顔をして、

「いや、本当の米でなくても、株の形でいいし、三年の分割でもいいはずだけど……」

言いかけたところで、天莉がくすりと笑った。彼女は、助之進の視線に気づき、

「ごめんくださいませ」

と、慌てて頭を下げる。

助之進は、的外れな事を言ったと気づいてか、顔を赤くした。

勇志郎は、また板に墨を伸ばしはじめ、

「つまり三年で三十俵、一年十俵の借金です。どこの百姓にそんな余裕があるんでしょう。米はすべて年貢に差し出し、日雇い仕事に出たり、草鞋を編んだり、ヨモギの葉を乾かしてモグサを作ったり。さらには子どもを奉公に出したりと、いろいろして、ようやく日々をしのいでるんです」

「……では、どうすればよかったのだろう」

「異国から伊予の地を守り、さらにこの神州を守るための郷足軽でしょう。本来は、藩の方から金子（きんす）を出して、雇うべきものだと思います」

「その金子がないのだ。ご公儀への上納金に、神奈川の警備や砲台の築造も、我が藩の負担になっている。勇志郎さんも知ってるだろ？」

「では、株米の上納だけでも取り下げられては。次男三男を出せば、食い扶持が減って家が助かりますし、本人は苗字帯刀（たいとう）が許され、晴れて侍になれるなら嬉しがる者もいるでしょう」

「なるほど……父上に申してみるよ」

「天莉、内藤の坊っちゃんのお父上は、藩の政にも加わりなさる、お偉い方なんだ」

「あら、ではこんな場所に来られては……」

天莉が恐縮した態度を見せるのに、

「いや、私が二人に会いたくて、勝手に押しかけているのだから」

「おや、会いたいのは、二人にですか？」

勇志郎がにやにやと助之進を見る。

やめて、黙ってて、と助之進が手を振る。

「では、ヒスイにも会いにこられたのですか」

天莉が無邪気に問いかける。

「いや、そういうわけでは……」

助之進が額に浮かんだ汗を拭く。

「でも今日は、ヒスイがいない方がよかったのかもしれませんね」

天莉がやや表情を曇らせ、「ここにいたら、勇兄さんが出した案に反対したでしょう」

「え、なぜです」

助之進が意外そうに尋ねた。

「誰にも郷足軽になってほしくないのです」

天莉が応えた。「ヒスイは誰にも戦に行ってほしくないから……郷足軽に申し出る人がいなかったと聞いて、ほっとしてました」

「しかし、いざ異国が攻めてきたときに、ご公儀から兵を出すよう命ぜられても、それができなくては、我が藩は忠義を果たせず……この日の本の国もきっと立ちゆかなくなる」

「でも、異国が攻めてくる、その前に――」

天莉はきれいな形の眉を寄せ、「異国と話し合って、揉め事にならぬようにするのが、ご公儀の、またご公儀を支えるそれぞれの藩の、おつとめではないのでしょうか」

「いや、それは……」

「相手が攻めてくるかもしれないからと、金子が足りないのに、なお兵を集めよう、銃や刀を買い揃えようとする前に……どうすればお互いが穏やかに暮らしていけるのかを話し合い、そのための知恵をしぼり合う事にこそ、力を注ぐべきではないでしょうか。わたしたち下々の者は、戦のためではなく、戦を避けて過ごせるためにこそ、たとえ苦しくても、年貢や税を上納し続けて、藩やご公儀に政をお任せしているように思うのですけれど」

天莉の声は、静かではあったが信念に貫かれて、強く響くものがあった。

助之進が力なく顔を伏せているので、

「天莉、お困りだぞ」と、勇志郎が制した。

天莉は、あっと口を押さえて、平伏し、

「出過ぎた事を。どうぞお許しください」

「いや、天莉さんが申された事はもっともだ」

助之進が穏やかに言った。「武士の力が足りぬところを、民に押しつけるのは本来ではない。株米上納を取り下げて、改めて郷足軽を募れば、という勇志郎さんの案、父上には申しませぬ」

「坊っちゃんが仰しゃらずとも、藩内には頭の回る御仁もいる。今回は頭の古い連中に押し切られたんでしょう。きっと考えてきますよ」

「だとしても、私からは申しません」

助之進は、天莉を正面から見つめて言った。

「助之進様は、よい方ですのね」

天莉が柔らかくほほえんだ。助之進はえっと驚き、赤くなった顔を慌てて伏せた。

勇志郎が、声を出して明るく笑い、

「それにしても天莉、まるでヒスイが乗り移ったような物言いだったぞ」

「ほんと。あの子の影が映ったみたい」

「ところで今日は、なんでヒスイは来ない？」

「あら、言いませんでした？　ヒスイは今、辰之進様に水を張った田をお見せするため、一緒に道後山にのぼっています」

　青空が、天と地それぞれに広がっている。

　白い雲がゆっくりと天を流れ、また合わせ鏡のように、地を流れていく。

　この二つの空にはさまれた中に、人の世がある。

　人家が並び、老若男女が動いている。緑の山が遠く連なり、鳥の舞う姿がある。間近な山の上には、白壁の城が輝いている。

「……美しい」

　山の上に建つ神社の前から、領内の水を張った田を眺め、辰之進はため息をついた。「かような景色、見たためしがなかった」

「辰之進様だけじゃありません」

　ヒスイは彼の隣に立ち、「お役人様が田の検分を年に何度か行いますけど、下の道から見るばかり。たまには高い所から、ご領内の田畑の有りようを平らな心で眺めるのも、大事だと思います」

「確かにそうだね」

　辰之進はうなずき、「どのような田畑を、どのくらい有しているのか……かほどに広い田を耕し、水を入れ、稲を育てるのには、いかほどの人の苦労が要るものか……高所より眺める方が、言葉にせずとも伝わってくる。これを大事に守り抜いていくべきだという志も、しぜんと湧いてくる」

　ふふ、とヒスイが低く笑った。

「何かおかしい事を申したかな?」

　辰之進が少し頬を染めて言う。

「いいえ。ご立派です。ただ、初めてここにのぼって田を眺めたときは、まだ美しくは見えないと、仰しゃっていましたから」

「ああ……田起こしもまだの、荒れた土地が広がるばかりの景色だったからね。それでも秋に、領内一面に実った黄金色の稲穂を目にすれば、きっと美しいだろうと思ったが……ただ水を張っただけでも、青い空と白い雲を見事に映して、実に美しくある」

彼はヒスイを振り返り、「田に水を張れば、次は田植えだと聞いたけど……もう明日あたりから苗を植えていくのかい」

無邪気な問いを、ヒスイは優しく笑い、

「稲作について、何もご存じないんですね」

辰之進は戸惑い、首の辺りを掻いた。

「家でも藩校でも、習わないからね。おかしく思われても仕方ないが……」

「いいえ。おかしくなんて思いません」

ヒスイは真剣な表情で首を横に振り、「尋ねてくださって嬉しく思っているのです。田では、これから代掻きをします」

「シロカキ……おいしそうだね」

まあ、とヒスイは目を丸くした。

「代掻きは食べ物ではありません」

「え、干し柿、のような物かと思ったのだが」

「いいえ、食べられません」

ヒスイは笑いをこらえて、「まず、田起こしのあと、水入れの前に、用水路が遠くの田まで水をちゃんと運んでくれるかを調べます。詰まってる箇所があれば直します。また冬の間に崩れてしまったあぜから水が漏れないように、これも手分けして直します。わたしも、さぎのやの田んぼの崩れたあぜを直しました」

辰之進は、えっと驚いて、

「ヒスイさんも百姓の真似事を？」

「真似事ではなく、さぎのやの田畑で、しっかり作物を育て、収穫する事は、家や地域の大事なつとめなのです」

「これは失敬した」

辰之進はわずかに頭を下げ、「では、おいしくないシロカキの話を続けてくれるかい」

「お米がおいしくなるシロカキのお話です」

ヒスイは、田の話ができるのが嬉しく、明るい口調で、「あぜも用水路も直してから、水を張ったのですけど……これより田に、牛や馬も入れ、鋤(すき)や鍬で水の下の土を均(なら)し、柔らかくしていきます。それが代掻きです」

「何のために、わざわざそのような事を……すぐに苗を植えては、だめなのかい」

ヒスイは、手を波のように上下させ、

「水の下の土は、粗く起こしたままなので、でこぼこしています。もし苗を植えた所が、山のように高かったり、谷のように低かったりすれば、苗が育ってゆくおりに、日当たりが一定ではなくなりますし、稲穂に育ったときの刈り取りにも難儀します。水の多い少ないも、ばらつきが出て、ちょうど良い水かさを保つのに困ります。それから土がまだ、硬い所が多いんです。放っておくと、苗がちゃんと植わりませんし、無理に植えたとしても根が張っていきません」

辰之進は、やっと納得した表情でうなずき、

「なるほど。だから土に水を含ませ、柔らかくしてから、平らに均したり、硬い所を崩したりするわけか……理に適(かな)っているね」

「均していくときには、ワラを鋤(す)き込んでいきます。肥料として土の中に混ぜるんです」

「へえ、そんな工夫もしているんだ」

「農民に限らず百姓たちは、年貢やおのれの暮らし向きのために、より良い方法を代々工夫し、次に続く者に伝えてきたのです」

「そうか……知らぬ事が実に多いなぁ」


辰之進は無知であるおのれを自覚した。

だがそれを恥じるべきか否(いな)か、迷いもあった。

民百姓が年貢で苦労しているのは、話として耳に届いている。ただ具体的にどういった事に困り、それに対してどんな工夫を凝らして、米や、他の作物を作っているのかとなると、何も知らない。知らない以前に、知ろうと思った事がなかった。

武士として、剣術と漢学などの学問を修め、藩から——とは、つまり上役となる人から、命ぜられた仕事を忠実に行うことが、藩と藩主を支える忠義と心得てきた。

世襲(せしゅう)制という仕組みが、その心得を守るのに益(やく)のある役割を果たしていた。

年長者の申しつけを守り、親や親族の受け継いできた仕事や地位を、すなわち家名を、しっかりと守ればよい。他の身分の者の仕事に無知である事は、規範(きはん)となる枠を越えないためにか、「さような下々の事は知らぬでよい」と、暗に勧められてもきた。

考えるに、百姓の苦労や工夫を知らずにいれば、冷然と年貢や税を要求できる面がある。

実は藩も、幕府から冷然と参勤交代や労役や上納金を要求され、要求に応えなければ叱責を食う仕組みになっていた。

だが、異国が武力で脅すようにして開国を求め、天下存亡の危機が迫る事態となっては、上役の決めた事に漫然と賛成し、先代から受け継いだ仕事や地位にしがみつくだけでは、藩も幕府も立ちゆかなくなるだろう。

枠を越える時機が来ている。

土佐の坂本龍馬や、当藩の原田左之助のように、脱藩は一つの道だ。だが元服前の辰之進が脱藩して何がなせるだろう。むしろ今は、他の身分の者の仕事をよく知る事が、新しい世に備える道とはならないか……。

「どうされました、難しいお顔をされて」

ヒスイの声に、辰之進は我に返り、

「問うは一旦の恥、問わぬは末代の恥とか。田作りの話、さらに聞かせてほしい」

「まあ、本当にお知りになりたいんですか」

「知りたい。見聞はまず足下から広げるべきものかもしれない、と思うゆえだ」

「そんなお武家様は、初めてです」

ヒスイが少し頬を染めて言う。

「そんな事もないだろうけれど……」

辰之進は照れ隠しで、田の方に目をやり、「先の代掻きの話……水の下で、土を柔らかくして、でこぼこを等しく均し、幼い苗が植わらない硬い場所は崩していく……これは新しい世を作るのにも大切な手立てに思えた。水とは今の場合、異国から寄せてきた波だ」

面白い事を仰しゃる方……ヒスイは笑みがこぼれるのを抑えられなかった。

なんとなく以前にも、近い感情をおぼえた気がして……あっと、思い出した。

坂本龍馬様だ。坂本様も、この日の本を、身分の差もなく、皆が誇れる国にするつもりだと話された。

二人の顔や姿は似ていないが、胸の内に燃え立つ志は似ているのかもしれない。

坂本様はお元気だろうか。揉め事が起きても、できるだけ戦は避け、話し合いで解決するとのお約束を、お忘れではないかしら……。

辰之進の横顔を見ているうち、先日の鷹林たちに襲われた夜の事が思い出された。

戦は愚かだ、戦はするなという、わたしの思いを貫けばよいと認めてくださったけれど……ご自身は、武士ゆえに藩命で求められれば、戦に出ねばならないと仰しゃった。でも辰之進様にも、戦には出てほしくない……。

「無礼を承知で申しますけど、お城におられるお偉い方々にも、ここへのぼり、ご領内の田畑の事をもっと知ってほしゅうございます。米や野菜の育て方、山仕事や海の仕事における、難儀や工夫……そして多くの者の力が欠ける事なく、常に必要であるのだと知ってくださった上で、いろいろな定めを決めてくだされば、民も報われますし、皆がより幸いな暮らしを送れましょう」

「その通りだと思う。思いはするが……お城からも領内の様子は見えるはず。ヒスイさんに教わり、私はいろいろと思うところがあった。漫然と眺めるのではなく、誰と見て、何を教わるかが大事なのだろうが……」

辰之進の口調に、ヒスイの考えを理解はしても、叶える事は難しいというあきらめがにじんだ。

ヒスイは焦れるような想いで、

「ですから、郷足軽の件も、もうやめにしていただきとうございます」

つい強く出た言葉に、辰之進が彼女の方を振り向き、

「それは……郷足軽になりたければ、株米三十俵を上納するようにと申し渡しがあったため、誰も集まらなかった事を申してるのかい？」

「郷足軽になろうとする人がいなかった事を喜んでいます」

「しかし……郷足軽を求めなければ、海防や戦の際の兵が足りないのは明らかなのだ」

「ですからです。郷足軽のなり手がいなければ、別の道を求めざるを得ませんでしょう。それは戦を避ける道です」


理方（理屈）では分かる。しかし……と、辰之進は困惑をおぼえた。

「事は、そう簡易ではないのだ」

「どうしてでございます」

「こちらが戦を厭うても、相手が厭わず、好んで向かってきた場合はいかがする」

「相手にせねばよろしいでしょう」

「相手にせねば、船から大砲を撃ってくる」

「逃げればよろしいでしょう」

「逃げれば、その地を奪われよう。国が、城が、田畑が相手のものになるのだ」

「新しい地で暮らすのではいけませんか」

「先祖代々のふるさとを、皆が苦労して開いた田畑を、相手に渡して悲しくないのか」

「悲しいですが、命の方が大事でしょう」

「新しい地が見つかるとも限らない。皆でまた幸いに暮らせるとも限らない」

「戦うて、死んだり深い傷を負うたりすれば、それこそ幸いには暮らせませぬ」

ああ言えば、こう応えると、果てがない。

彼女の思いを貫けばよいと口にはしたが、現実は易しくない、と苛立ちがつのってくる。

「たとえ死んでも、大切な家族や、我がふるさとを守ろうと思うのは、人としてしぜんな心の持ち方ではあるまいか」

するとヒスイがくすりと笑った。

「なんだ、何かおかしい事を申したか」

「だって、死んでしまっては、大切な家族もふるさとも守れませんもの」

「いやしかし、母や祖母や妹が襲われたら、たとえ敵わずとも刀を抜くは当然」

「襲われる前に、共にお逃げなさいませ」

ヒスイは真顔で、「もし無理に命を投げ出されても、悪しき者たちが残ってしまえば、やはりご家族は難に遭われましょう」

辰之進は歯がみする思いだった。ああ、なぜ分からないのだ。簡易ではない、易しくはない。思い出したくない事ではあったが、

「先日の、町医が狙われた夜」

つい話し出していた。「私や従兄の惣一郎さんは、相手が策は失敗に終わったと悟ったからには、事を荒立てずに退散してほしかった。だが相手は納得せず、刀を抜いた。やむなく惣一郎さんが抜

き、不運にも傷を負われた……次いで、刀は私に向けられ、私も抜かざるを得なかった。避けたり、かわしたりする間がない場合もあるのだ」

「でも、壁もない道の上です、逃げようと思えば逃げられたかと」

「否(いな)っ。刀を抜いたのに背を向けられるか」

「でも命が助かりますならば」

「命が助かっても、武士ではなくなるっ」


彼はほとんど悲鳴に近い声で叫んでいた。

「武士の魂を失って、生きていけるものか」

「でも……」

ヒスイはあくまで冷静で、「先に辰之進様が申された通り、異国の波という水の下で均されれば、皆が同じになるのでしょう？　皆が同じという新しい世となれば、武士であろうとなかろうと、生きていけるという事ではございませんか」

自分の言葉が徒(あだ)となったようで、

「さほどに易しい話ではないっ」

辰之進は思わず言葉を荒らげた。「そなたは武家の者ではないゆえ、分からぬのだ」

「なれど……」

ヒスイは言いにくいのか顔を伏せ、「あの夜に亡くなっておられたら、今こうして話す事さえできませぬ」

辰之進は痛いところを突かれた想いで、

「もうよいっ」

かっとして、その場を離れ、以前は恐る恐る下った石段を、飛ぶ勢いで駆け下りた。

あの夜の事は本当は話したくなかった。

ヒスイが石つぶてを投げなければ、命を失っていたかもしれない……それを認めるのは、元服前でも、武士としてつらかった。

(いくら気立てがよい娘でも、やはり武家でなければ、分からぬ事があるのだ……)

そうして頭に浮かんだのは、曾我部怜のたおやかな面影だった。

(怜ならば、敵を前にして、逃げろ、などとは申さず、戦えと申すはず。しかし……)

怜の隣に座るのは、自分ではない。

兄の虎之助とは、あの日以来、まともに顔を合わせていなかった。鷹林の一党とどのような付き合いをしているのか、今も続いているのか、怖くて聞く事ができずにいる。

従兄の惣一郎も今後どう出るのか――怜と虎之助との婚儀をこのまま素直に認めるのか否か。いや、辰之進自身が二人の婚儀を認められるのか……。

まだ見えぬ戦よりも、まず家の中に差し迫った心配事があった。


新緑の葉陰(はかげ)が障子の上で揺れている。

「気持ちの良い風が入ってくる」

曾我部惣一郎は心地よく息をついた。

妹の怜は、兄の左手の包帯を解きつつ、

「痛みはいかがでございますか」

「もう大丈夫だ。町医の成川殿の所に勤めている救吉と申す小僧のおかげだ。後日診てくださった藩医も、よく処置ができていると驚かれていた」

怜は、兄の傷口が閉じているのを見て、

「ほんに良うございました」

と、ほほえんだのち、「ですが、剣術の稽古に真剣を使うなど、あまりに恐ろしい事でございます。辰之進様もどうかしてます」

「いや、ちょっとした遊びだったのだ。辰之進に落ち度はない。奴の構えた刀の方に、わしの方からつい手を振ってしまった」

「でもあの夜は、大原先生と町人の方がおいでになって、兄上を訪ねてこられていた辰之進様と、慌てて出かけられました。どうすれば、このような怪我をする仕儀に?」

「さて……なんでそうなったのか」

惣一郎はとぼけるしかなかった。

「しかも、救吉という医師の見習いのような子が、たまたまその場にいるなんて」

「うーむ、世の中はよう分からんな」

ハハハ、と惣一郎は声に出して笑った。

「そうしてごまかしておいでになればいい」

怜は新しい布を傷口に当てつつ、「大切なお手を怪我なされて、父上にたんと叱られればよいのです」

「なんと、父上に知らせたのか」

「母上が書状をしたためました」

「いや、まいったな……」

惣一郎は右手で頭を掻き、いや……と急に考え込む顔になって、「父上と書状でも話を交わせるなら、いっそよい機会かもしれぬなぁ」

「何か父上にお話がおありなのですか」

「うん？」

惣一郎は少し言いよどんだ後、「そなたの婚儀についてさ」

「わたくしの？」

「そなた……本当に虎之助でよいのか」

え、っと怜は美しく整った顔を上げた。

「虎之助様でよいのか、とは……？」

惣一郎もどう話せばいいのか、考えがまとまらない。いや、正直に話せばどうだろう……。

(虎之助は、尊皇攘夷を標榜する伊予勤王党の結党を目指す鷹林雄吾の一派に加わっているようだ。攘夷の志を藩内に示さんと、蘭学を学んだ町医たちを殺める事を企んだのだ)

惣一郎は妹の顔を直視できなかった。

(虎之助との婚儀を、一時は俺も喜んだ。しかし奴は、鷹林から強い影響を受けたらしく、変わってしまった。たとえそれが天下のためになると考えたにせよ、医師を斬るなど、武士の道に適うとは思えぬ。さらに危うく辰之進を死なせるところでもあった。さような危うい道を往かんとする虎之助に嫁いで、安穏な幸いが得られるとは思えんのだ……)

そう話せば、妹も父もさすがに婚儀をためらうだろう。だが……と、彼は目を閉じた。

虎之助があの場にいたという確証はない。虎之助に違いないと、惣一郎も、また辰之進も認めたが、顔は見ていない。

鷹林たちにしても、町医を襲おうとした企みを素直に認めるとは思えない。「鷹林殿」と虎之助とおぼしい影が呼びはしたものの、聞き違いだとシラを切られればそれまで。鷹林は、惣一郎より家柄も藩での役も上である。

大原観山も、今回の件を騒ぎにするのは、かえって相手に名を上げる機会を与え、藩の論調を二分しかねないと、不問にふす態度でいる。

「いかがなされました、兄上」

怜が声をかけてきた。「痛みますか」

惣一郎は目を開けた。

妹が、新しい包帯を巻いてくれる途中で、心配そうに彼の顔をうかがっている。

「いや、大事ない。続けてくれ」

怜は、あらためて包帯を巻きながら、

「わたくしは武家の娘にございます」

静かな声で語った。「婚儀は、父上の決めた通りに従うが定め（運命）。誰がよいかなど、口にできる身ではありません」

端然と座り、落ち着いて傷の手当てをする妹の姿を、惣一郎は見直した。

なるほど武家の娘としてのたしなみをしつけられ、長刀の使い手でもあり、きりりと引き締まった品がある。なればこそ……今の虎之助ではいけない、と思う。

「それはそうだが、そなた、辰之進とは随分と仲が良かったではないか」

怜の手が一瞬止まった。が、すぐにまた包帯を巻く手が動きだし、

「男女の隔てもない、幼い頃の話です」

「今は語り合わぬか。よい若者になったぞ」

「語り合うおりなど、ございませぬゆえ」

「作ってやろうか、その語り合うおりを」

また怜の手が止まる。と思うと身を屈め、布の端に糸切り歯を当てて切り口をつけ、そのまま手でツーと布を二つに裂いた。

一枚の布が二つに裂けたさまを目のあたりにして、怜は一瞬胸のざわつきを感じた。

このざわつきは何だろう。突き詰めるのが妙に不安で、すぐに惣一郎の傷に巻いた包帯を留める形で、布の両端を結んだ。

「辰之進様が、よい若者になられたのであれば喜ばしく存じます。兄上や虎之助様に稽古をつけていただいたおかげでしょう」

「頭も良いのだ、俺などよりずっとな」

「女子なら、お嫁に貰えましたでしょうに」

「ハハ、確かにな」

「さほどに優れているなら、青海家のご次男ですもの、わが父上のように、きっと家格の高い他家にご養子として迎えられましょう」

「……おまえは、それで良いのか」

怜は、兄の憐れむような視線を感じた。

彼女の胸の内がかっと灼ける。

「良いも何も、兄上も虎之助様との御縁を、喜んでおいでではありませんか」

「うむ。奴とは従兄弟というより竹馬の友、さらに深い絆を結ぶのを喜んでいた……」

「では今さら何を」

うーんと唸る兄の横顔に苦渋が浮かぶ。

「そうだ、時期だ。時期が悪いのだ」

惣一郎は思いついたかのような調子で、「異国に対する備えで、父上はしばらく神奈川を離れられまい。この伊予松山でも、藩兵が足らぬため、郷足軽を募っておる」

「集まらなかったそうではありませんか」

「集める。集めてすぐに調練せねば、いざというとき間に合わぬ。その、いざというときが迫っておる。婚儀はしばらく先に延ばすが良いと、父上とは話すつもりだ」

「お好きに」

怜は古い包帯を木桶に入れ、「ともかく婚儀は、私事ではなく、家と家との事ゆえ、父上にお任せしております」

「とはいえ、そなたとて、父上が仰しゃる事すべてに従うわけではあるまい」

「父上の仰せ付けが、この家の名誉や存続に関わります事ならば、従います」

怜が部屋を出ようとする。

「家のために死ね、と仰せ付けられれば死ぬのか？」

怜は敷居際で足を止め、

「……死にます」

背中を向けたまま答え、廊下に出た。

庭先からの薫風が頬を撫でる。風に誘われ、庭に視線をやる。

幼い頃、怜、辰之進、と呼び合いつつ、駆けたり、剣術の真似事をして遊んだりした姿を思い出した。

目を閉じれば、あの頃の二人のあどけない姿が、薫風の香りと共によみがえる。

辰之進は弱い、わたしに負けたぞ。

負けたのではない、手加減したのだ。

ずるい。では、手加減をせずに勝負せよ。

よし。勝てば、怜は何をくれる。

わたしが負ければ、辰之進の嫁御になって仕えてやる。

では、わしが負ければ、怜の下男として生涯仕えてやろう。

そうした賭けをしての剣術遊びの勝負は、いつも辰之進の勝ちだった。賭けをしないときは、怜がよく勝った。だからまた、手加減せずに勝負せよ、と、怜が求める。

もう幾度も怜は負けたではないか、幾度わしの嫁御になるつもりだ。

幾度でも、幾度でもなるから勝負せよ。

そんなたわいもない話をしながら遊んでいる事が、下女から母や祖母に伝わったらしい。ほどなく怜は、辰之進との遊びを止められ、武家の娘としてのたしなみ事を厳しくしつけられた。

死ぬ、とは、命の事だけではあるまい。

死ぬ、とは、思いを断ち切る事でもあると、怜は心していた。

辰之進の兄は、惣一郎と同い年の八つ上ゆえ、遊んだ記憶はない。父に稽古をつけてもらっていた姿と、兄とふざけていたり、辰之進と竹刀で打ち合ったりしていた姿を覚えているが、言葉を交わす事も稀だった。

虎之助への感情は、無いに等しい。

それでもよいと、婚儀の話を聞かされたときに思った。年を経るほどに——曾我部家は兄の惣一郎が他家より嫁を貰い、辰之進は他家に養子に入るだろうと、先の道が見えてきた。家で厄介者となる怜は、辰之進を迎えられず、彼のもとへも嫁げない。であれば青海家に嫁に入るのは、まだしもだと思った。

目を開き、無人の庭を見据えて、

「死にまする」

きっぱりと言い切った。

堀端の紫陽花がぽつぽつと色づき始めた頃——伊予松山藩は、先の郷足軽を求める際の御触れを改め、一人三十俵の株米の上納を撤回した。また六百人という目当ての数も半分以下に減らして、それぞれの郡に、一定の郷足軽を出すように割り当てた。

結果、二百五十六人からなる、初の郷足軽隊が発足し、城下に新たに設けられた西洋砲術場で、洋式銃を扱う教練が始まった。

（九）

徳川家康により伊予松山城の築城が許された加藤嘉明は、元は豊臣秀吉の家臣であった。

彼の父親は、三河国（みかわのくに）で家康に仕えていたから、家康から秀吉、また家康にと、うつろった形だが、戦国時代では珍しい事ではない。

嘉明は豪胆で、戦上手の武将だったと言われる。二十歳そこそこで明智光秀を討つ戦に加わり、秀吉に重用される。朝鮮出兵では水軍を率い、幾度も海戦で勝利するも、秀吉の死により帰国する。豊臣家においては石田三成の一派と対立し、結果として徳川軍につく事になったのが、運命の分かれ道だった。

彼は、大坂夏の陣で二代将軍徳川秀忠に従い、恩のある豊臣家を滅ぼす務めを果たす。

それもあってか、徳川家光が初めて鎧（よろい）具足を身に着ける儀式の際には、介添（かいぞ）え役を任されるほど、徳川家からの信任を厚くした。

会津藩主の蒲生（がもう）氏が、嫡子（ちゃくし）が無く、国替えとなる際に、伊予にいた嘉明が交代で、会津藩主に招かれる。徳川家としては、仙台藩をはじめ奥羽列強と江戸との間に、信頼できる歴戦の強者（つわもの）を配置したかったらしい。

だが、そのとき嘉明はすでに六十代半ば――温暖な伊予の地で、霊泉につかる恩恵にも浴し、悠々と過ごしていたものが……寒さにしばれる東北の地に赴くのは、大幅に石高（こくだか）を加増されても、幸いとは思えなかったという。

結局四年後、彼は帰らぬ人となる。

嘉明が主（あるじ）となった伊予松山藩と会津藩、それぞれ親藩として地位が安定するものの……徳川の世が終わる幕末には、親藩であった事が徒（あだ）となり、共に悲劇に見舞われるのは、因果な話である。

さて嘉明がたびたび入浴したという霊泉の、心身に及ぼす実際の効能はいかなるものか……旅で訪れた高名な蘭方医がいる。

緒方洪庵。江戸後期の代表的な蘭学者であり医学者。大阪大学医学部の前身となる適塾を開き、福澤諭吉や大村益次郎（近代軍隊制度の創始者）、高松凌雲（日本での赤十字運動の先駆者）、佐野常民（日本赤十字社の創設者）らを育てた。

彼が道後温泉郷を訪れたのは、日記によれば、文久二（一八六二）年、五月十五日より二十二日にかけてである。

ちなみに、三年後に道後温泉郷を訪れる長州の高杉晋作は、この時期、上海を旅していた。英国の文明を目の当たりにして、単純な攘夷では、もはや日本を守れない事を理解したという。

「あつっ」

洪庵は、湯に足をつけたとたん、声を上げて、慌てて足を引いた。周囲にいた下級の、また隠居した侍たちが笑った。

「このくらいを熱いと思うんなら、帰った方がよいぞ」

侍の内の誰かが言って、数人がざんぶりとつかり、湯桁（湯船）の外まで湯が溢れた。

あつあつっと、洪庵は後ずさり、

「ええい……もうよい」

一の湯（士族・僧侶用の男湯）に入る手前で、脱衣場へ出ようとした。そこへ、

「先生、桶をお持ちしました」

ふんどし一つの恰好になった救吉が、洪庵の前に木桶を二つ持って現れた。

「お熱いでしょう」

洪庵の様子から、救吉はほほえみかけて、「道後の湯は、初めて入る方には、少し熱く感じるの

でございます。入り方がございますので、どうぞこちらに」

迷っている洪庵を、湯桁のそばまで改めて案内し、桶の一つをひっくり返して椅子にする。その上に厚めの手拭いをたたんで敷き、

「こちらにお座りください」と勧めた。

洪庵は今回、適塾のある大坂を出たのち、兵庫、姫路、実母の暮らす足守という岡山の倉敷に間近い地へ――。さらに山陽地方の笠岡、尾道、広島、宮島、岩国と回って、伊予松山の三津港から道後へ至った。

すでに齢五十を過ぎ、もともと病弱な身でありながら、あえて長旅に出た背景には、彼の名声が江戸に届き、推挙もあって、将軍と大奥の診療を担う「奥医師」に召される吉事が内々に決まった事がある。

蘭学を修めた医師が、当時の医師としてのいわば頂点である奥医師になるというのは、少し前であれば考えられない事だった。

アメリカ、イギリス、フランス、ロシアと、異国が次々と日本に来航した事でもたらされた変化は、攘夷という志だけでは、もう止めようがないところまで来た一つの証だろう。

だが当の洪庵は、さほど奥医師の就任に気乗りではなかったという。老齢に至って、たびたび体調を崩し、患者を診る仕事も休む日が増えている。住み慣れた大坂を離れ、江戸城内の窮屈な場での診療となれば、心労も重なり、それこそ命を縮めかねない。

といって、異国の進んだ医療が今後この国には必要だと、権力をもつ人たちに理解してもらうためには、洪庵が将軍の医師になるのが一番であった。

洪庵は、西洋医学所という幕府直轄の西洋医学を学ぶための施設の頭取（統括責任者）になる事も、合わせて求められている。

つまり今回の旅は、ずっと行きたいのに行けなかった場所を、江戸の不自由な暮らしに入る前に訪ね、老母をはじめ、親類・知人や恩人など、会っておくべき人に会って、秘かに別れを告げるという目的があった。

道後を訪れ、湯神社、伊佐爾波神社と参り、松山城も間近に眺めて、城下町も散策した。だが名高い霊泉には、数日過ぎても入っていなかった。大坂では、日常的に熱い湯に入る習慣はなく、慣れない湯によって、かえってからだの調子を崩してしまう事を恐れていた。

明王院の院主が、それを知り、庶民男子用の三の湯では失礼になろうから、一の湯に入れるよう特別に計らい、

「ぜひお入りなさいませ」

と洪庵に直接会って勧めた。「その昔、代々の天皇や聖徳太子も気に入られたという霊泉、きっとおからだのためになりましょう」

熱心な言葉に、洪庵も心を動かされた。

だが、共に旅した伴連れは、荷物を持ちながら洪庵の世話もあったので、疲れが溜まってか寝込んでしまい、結局洪庵一人が入る事になった。そのため彼の御世話を、院主の命により、霊泉についてよく知る救吉が任された。

「まず、ゆるゆるお湯をお掛けいたします。では失礼いたします」

救吉は、湯桁の内より、桶で湯を汲み、自分の手を湯で温めて、その手で洪庵の足を洗うように撫でさする。慣れてきたところで、次にいったん手に受けた湯を、洪庵の足に掛け流し、また手で

彼の足を撫でさする。

洪庵は、熱そうではあっても、じっとしている。両足をそうして湯になじませてから、今度は湯を直接足に掛けてゆく。

「いかがですか」

救吉が問う。

湯の温度に慣れてきた洪庵は、

「大事ない」

と、うなずく。

「では足を伸ばして、直接湯桁の中の湯に、おつけくださいまし」

洪庵は、救吉の言葉に従い、足をそっと湯につけてみた。最初のときのように、足を引く必要もなく、ほうっと、ため息をつく。

「お熱くはございませんか」

「いや。熱くはあるが……むしろ心地よい」

救吉も、ほっとため息をついた。

「しばらくそのまま足をおつけくださいますと、おからだのいたる所が、ぽっぽっと温まり、湯の中にお入りになる用意ができます」

救吉の言葉に、

「なるほど」

洪庵が感心してうなずく。すると、

「何をのらくらと申しておるのだ」

洪庵に先ほど荒っぽい言葉をかけた若い侍が、鼻で笑って、「霊験あらたかな道後の湯ぞ。肩まで一気にざっぷり入り、千まで数えてこそ、御利益もあるのだ。ほれ」

と、湯桁の中央で、ざっぷり肩までつかって、せせら笑うように洪庵を睨む。

「悪い方ではなく、照れ屋なのです」

救吉は、洪庵にささやいた。「霊泉の保全のために遣わされている方で、自ら朝夕入るほど好きなものですから。よそから来た人にも良さを伝えたいのに、つい口が悪くなるのです」

「そうか……そなたはまだ年若いのに」

洪庵は、救吉をあらためて見つめ、「人をよく見ておるのだね。感心な事だ」

救吉は、洪庵が多くの蘭方医の先生だという話は、以前に聞いて、心に留めていた。

洪庵を師と仰ぐ藩医も複数おり、成川医師をはじめ町医たちも教えを請おうと宿を訪ねている。そんな偉い先生のお世話をするとは思いもよらず、ましてほめられるなどかえって恥ずかしく、頬が赤くなるのをおぼえた。

「もったいないお言葉です」

救吉は深く礼をして、「明王院の院主様から、ともかく人を、うわべの物言いや行いで、あんな人だこんな人だと、決めつけてはいけないと教えられております。物言いや行いの根っこにあるものが何かを、ようく見極める事こそが大切なのだよと」

「うむ……さすがは霊泉の差配を長きにわたって受け継いでこられた、明王院の当主殿だな」

「また、お仕えしている医師の成川様は、医術の元となる第一は、患者をよく見る事だと教えてくださいました」

「その通りだ。そなたは、良き師を二人も持っているのだね」

「いえ、師は他にも」

「おるのか」

「はい。出会う人、一人一人が師となると、教わっております」

ハハハ、と面白そうに洪庵は笑い、

「ならば、私はもう、そなたの師だな」

救吉は、嬉しくなって表情がほころび、

「はい、よろしくお願い申し上げます」

「まあ、お待ち。しかしながらだ」

洪庵はほほえみ、「出会う一人一人が師となるなら、そなたは私の師でもある」

「まさか、めっそうもない」

救吉は慌てて顔の前で手を横に振った。

「さて、我が師よ、この先の湯の入り方を、ご教示くだされ」

洪庵ににこやかに求められ、

「恐れ入ります」

救吉は頭を下げ、「では、もう足はお湯になじみましたか」

「うむ。からだの内の方より温まってきたのが、よう分かる。もう熱くはない」

「では、立ち上がっていただき、ゆっくりと湯桁の中へお入りください」

救吉は、洪庵に手を貸して、一緒に湯桁の中へと入り、

「ゆるゆるしゃがんで、お座りください。息を止めず、吐きつつ……お願いします」

ふううと、息を吐きつつ洪庵が湯桁の中に座る。低く唸り、眉を寄せて顔をしかめる。

「熱うございますか、一度立たれますか」

救吉が手を貸そうとするのを、

「いや」

洪庵は断り、見る見る眉が明るく開き、「これは、えも言われぬ心地よさだ。さらさらとした湯が、身の内へとすうっと入ってくるかのようだな」

「それはようございました」

救吉もしぜんと表情がゆるんだ。

洪庵は、身をほぐすように肩を上下させ、

「道後の霊泉を見いだしたと言い伝えられる少彦名命（すくなひこなのみこと）は、医薬や健（すこ）やかさの神と言われる。さもあろう……百薬の長は、酒より湯かの」

「ありがとうございます。ただ、お酒も同じでしょうが、湯も、過ぎたるは……」

と救吉が言いかけたところで、わっと湯桁の別の場所で声が上がった。

「越智（おち）が溺れとるぞっ」

「上げてやらねば、早よう早よう」

「おい、寛太郎（かんたろう）、起きろ、こら起きろ」

救吉は騒ぎの場所へすぐに進んだ。

洪庵に向けて荒っぽい言葉を吐いて、肩までつかって千を数えると言っていた侍が、ぐったりとして人々に抱きかかえられている。顔も全身も真っ赤である。

「これはいけない。みんなで湯桁の外へ運んでください。無理に起こさないで」

「どうしたのだね」と、洪庵が訊く。

「あたったのでございます」


男たちが、意識を失ったがっちりした体格の若い侍を、湯桁の外に運ぶ。

「こちらにそっと寝かせてください」

救吉が、外の風が入ってくる板間を指し示し、手拭いを数枚たたんで横になった侍の頭の下に敷いた。

「あたったとは、何にかね」

洪庵が湯桁から上がって、尋ねる。

「湯にあたったのでございます」

救吉が答えた。「長くお湯につかっていると、かえってからだの具合が悪くなるのです」

「ふうむ。どうして、そうなると思うね」

手拭いを水瓶に貯めた水に浸している救吉に、洪庵が問いかける。

「身の内を巡っている血が、長く湯で温められ、ふだんよりずっと熱くなったために調子を崩すのかと。頭の中も、高熱を発したおりと似た有様になるのではないかと思いなします」

「なるほど……で、どうするね」

「熱くなった越智様の血を、早急に冷やしてあげたいと存じます。これを寛太郎様に」

救吉が、同輩らしい侍に、水をぎゅっと絞った手拭いを渡した。彼が、横になった寛太郎という侍の額に手拭いを広げて置く。

「あ、そこではございません」

救吉は、他の手拭いも次々絞って、寛太郎のそばに膝をつき、額に置かれた手拭いを首の右側に、別の手拭いを首の左側に当てる。

次に、寛太郎の腕を軽く持ち上げ、両方の腋(わき)の下に一つずつ濡れた手拭いを当てる。さらに、内股の左右にも濡れ手拭いを当てた。

「おい救吉よ、高い熱が出たおりは、額に濡れ手拭いを当てるものだろう」

「変な所を冷やして、大丈夫なのか」

周りの侍たちが心配そうに尋ねるのに、

「からだの中を冷やすには、濡れ手拭いは首の両側と、腋の下、内股の所に置くと、より効用があるのでございます」

救吉の言葉を、侍たちがほおと感心して聞いている。

手当ての方法はもちろん、武士が町人の子を信用している様子にも驚き、

「どこでその方法を習ったのだね」

洪庵は、利発なその少年に尋ねた。

救吉は、周囲に人の目があるため、

「はあ……人は身の内のあらゆる所に血が流れておりますが、その中で特に大きい血の管が、先に申した辺りを通っていると……」

腑分けの師であるジンソから教わり、実際に目にもした。だが、この場では口に出せず、

「療養所で、耳にしたものですから……」

「ほう、腑分けを、あの子が」

翌日朝からの雨が、午後に上がった。

洪庵の宿を、伊予松山藩の侍医(じい)松田隆教(まつだたかのり)が訪れていた。

藩における医師たちの動向や、洪庵の教えを受けた者たちの活躍など、積もる話の後――洪庵は、救吉について尋ね、松田は腑分けにおける彼の仕事ぶりを話した。

「明王院の院主が可愛がっているだけあり、肝の据(す)わった小僧です。さらについ先日も、また腑分けを行ったのですが、そのおりにジンソという手慣れた者の指導で、救吉が実際に喉の下から下腹まで刃を入れました」

「なんと……それで手際(てぎわ)は」

「見事でございました。背丈がまだ低い分、一気には難しいかと思いきや、膝を巧みに曲げて姿勢をなめらかに移し、真一文字に線はまっすぐ、深さも臓腑を一切傷つけず、あぶら身の所まで切っておりました」

ふうむ、と洪庵が感心して唸る。

「腑分けの後の、皮を縫い合わせる後処理も、修業という事で、ジンソの手を煩(わずら)わせず、おのれ一人でこなしたとか」

「多くの師を持っているという話をしておったが、そういう子細がのぉ」

「われわれ藩医が、身分の則(のり)もあり、なかなか手を出せぬ所も、軽々と乗り越え、多くの知識や技を吸収しており、年配の医師でも敵わぬ面があるのが、正直なところです」

「なるほど……いや、私も直接話したが、実に良い資質を有している」

「ほう、先生の目にも留まりましたか」

「うむ。手元に置いて育ててみたいが、いかんせん旅を終えれば、江戸に出て、城勤めとなる身だからの」

「ご公儀の奥医師、加えて西洋医学所の頭取へのご就任、誠におめでとうございます」

「いや、もうこの年になれば、ただのありがた迷惑。そっとしておいてほしかった。伊予松山城を築かれた加藤嘉明公も、確か似たような話がござったとか？」

洪庵の問いかけに、松田は苦笑を浮かべ、

「ええ。南国の当地で、霊泉につかりつつ、のんびり過ごされていたのに、いきなり北国へと呼ばれ、難儀をされたと伝わっております」

「霊泉の良さは、救吉の案内で、身に染みて得心した。毎日とは申さぬが、三日に一度でも入り続ければ、病弱な我が身も健やかになり、今しばらくは生を長らえ、医術の道をさらに究める事も叶おうほどになぁ……」

洪庵はやりきれぬ思いで首を横に振った。

松田は困って、手でさえぎる仕草をして、

「霊泉をおほめいただき有り難いのですが、おからだについて心細い事を仰しゃいまするな」

「いや、加藤嘉明公も、老齢な身を霊泉で労るべきところを、心をきんと張っておかねばならない地へ移られたばかりに……」

「とはいえ、先生には医術発展のため、なおしばらく後進を導いていただかねばなりません」

「もう福澤（諭吉）はじめ多くの者が育っておるよ。ところで一つ気になる事がある」

「はあ、なんでしょうか」

洪庵は部屋の窓辺に身を傾け、

「若い侍が二人、交代で一人の場合もあるようだが、私を見張っている様子。当藩で問題でも起こさぬかと、用心されておるのかな」

松田は窓辺に寄り、斜め向かいの宿の陰から、こちらをうかがう二つの影を認めて、

「これは申し訳ございません。お気を悪うなさいましたか。すべて当方の落ち度です」

困惑顔の洪庵に、松田は頭を下げ、「ただいま、あの者たちをこちらに。決して怪しい者たちではございません」


使いに出された宿の者に呼ばれ、洪庵の前に正座をしたのは、惣一郎と辰之進だった。

「両名は、先生の警固にあたっております」

松田の説明に、洪庵は驚いた。

「警固とは、また穏やかではないが」

「いえ、あくまで用心のためでして」

松田は、額に浮かぶ汗を拭い、「何かと物騒な世情。先生のこの先のお仕事を鑑みれば、藩内でお怪我でもなされれば、ご公儀への不忠ともなりかねません」

「しかし、此度は私事の旅。しかも……」

洪庵は首を横に振り、「私はただの一介の医師。藩士が護衛など、もったいない話」

松田が、言いよどむところを、

「それがし、名は申しませぬ」

惣一郎が頭も下げず、ややぶっきらぼうに、「と申すも、藩の命では動いておりませぬ。おのれの志から、勤めの合間に、好きでしておる事です」

「それがし、見ての通りの若輩者です」

続けて、辰之進が丁寧な口調で、「松田様は、警固と申されましたが、さような大層なものなれば、どうして私が選ばれましょう。ただこの地は湯治客が多く、羽目を外して騒ぐ者も出ます。静養でお越しになられた名医の誉れ高き御方が、ご不快な目に遭われては、温泉郷の恥。迷惑者を見つければ、声をかけて宿へ戻すという……いわば転ばぬ先の杖の心算でございます」

本当のところは、鷹林率いる一派が高名な蘭学の医師を狙いはせぬか、という懸念が拭いきれなかったためだ。

幕府の奥医師と内々に決まっている洪庵に手出しをすれば、ご親藩としていかなる責めを負うか……それをわきまえない鷹林ではないだろう。

だが、その下にいる西原など、はねっかえりたちが、蘭方医の大先生を切って攘夷の烽火となさん、などと思いかねず、藩医や観山、明王院らが話し合い、結論として——一般の湯治客に紛れて修験者たちが、そして鷹林たちと対峙した経験のある惣一郎と辰之進が、万一の用心のため、見張りに立つ事になった。

「なるほど、転ばぬ先の杖ですか……得心致しました。お心遣い、感謝申し上げます」

洪庵が素直に頭を下げた。

松田がほっとして、惣一郎に、

「そうだ。あなたの傷の療治の痕を、洪庵先生に見せてはいただけまいか」

「手の傷ですか……よろしいですが」

松田の求めに応じ、惣一郎が左手の甲を、洪庵の前に差し出した。

「この傷の手当てをしたのが、救吉でして」

松田が洪庵に語る。「実は、あの少年の先行きについて、藩医の間で少し考えている事があり、洪庵先生の推薦があれば、なおさら話を進めやすいと思っているところなのです」

「ほう、これは……」

惣一郎の傷痕は、ひきつれもなく、きれいに閉じている。まだ糸が残っていて、盛り上がっているが、洪庵がふれても、惣一郎は痛みは少しもないと答えた。

「これは絹糸のようだが、救吉は絹糸が縫合に良いと分かって選んだのですか」

「さあ、そこまでは」

惣一郎はそれどころではなかった。そばで療治を見ていた辰之進も首を傾げ、

「姉から差し出された複数の糸を、無言のままさわって、一つを選んでいたようではありましたが、詳しくはそれがしも存じません」

「五十年余り前、華岡青洲が縫合に用いた糸が絹糸であったとの事。以来、我が国では絹糸を用いる場合が多い。とっさの手ざわりでそれと選んだのであれば、やはり才覚か……」

それを聞いて松田はうなずき、

「であれば、先生から救吉を推薦いたす旨のお言葉をいただけませんでしょうか」

「どういった事に、あの子を推薦せよと」

「戦の場における、医師でございます」

「え、なんと申されました」

思わず辰之進が声を発した。「救吉を戦の場にとは、どこの戦でございます。藩が今、戦に関わっている話はないはずです」

「ああ、いやいや」

松田は、辰之進の勢いに苦笑し、「もちろん今すぐではない。救吉も、いくら医師の資質がある

とは申せ、まだ年少。つまり戦も、救吉も、これから先を見通しての事」

「救吉を、戦で傷を負った兵を療治する医師に育てよう、との心づもりですかな」

洪庵が尋ねた。

「仰しゃる通りでございます」

松田がうなずいた。「異国の船が来航してからの世の動きはあまりに急。ご親藩としておっとり構えていたのが仇となり、戦に向けた兵制の改革が立ち後れておるのですが……あわせて行う必要のある医療制度の改革は、さらに遅れております。兵の不足から郷足軽を募りましたが、いざ戦となれば、医師も必要なのは当然なれど……藩医たちがそれを申し上げても、政事を司るお歴々は、いまだそこまで算が進まぬご様子。いざとなれば藩医の誰かしら、あるいは町医から募ればよかろうと、考えておられるようでございます」

「しかし、畳の上で苦しむ平時の患者と、戦で傷ついた兵とでは、療治の仕方がまったく異なる」

洪庵がため息をつく。

「まさにまさに。それゆえ、戦に適した医師を育てる事が肝要かと」

「それで救吉を……」

惣一郎がおのれの傷を見て、「しかし、まだあまりに若いのではござるまいか」

「いや、戦もすぐには始まりますまい。救吉の成長と技術の習得のため、今から始めた方がよいと考えての事です。そのうちに彼に続く人材も生まれましょう。藩医は皆、それぞれ藩での勤めがあり、町医らもまた、町人や百姓の療治で忙しい日々。新たに兵を診る医師を求めたくとも、郷足軽のように誰でもよいとはいかぬので……」

だとしても、救吉を戦の場に、という話に、辰之進の胸はふさがる。

戦になって兵が出陣すれば、確かに同行する医師は必要だろう。郷足軽とて傷を受ければ、療治をせねばならない。勇気もあり技もある救吉を、そうした戦における医師に育てたいという意図は、理解できる一方で……。

「姉が許さないのではないでしょうか」

辰之進は、洪庵や松田に告げた。「救吉の姉が、きっとそれは許しますまい」

（十）

ヒスイは、さぎのや一階奥の自分の部屋にこもった。母である女将と、姉の天莉と同じ部屋だが、女将も姉も今は大広間にいる。

ふだんは女将と姉だけが使い、彼女は見る事さえほとんどない鏡台の前に座る。

鏡に映っている姿を見つめ、後ろで髪をまとめている紐を解いた。

髪が肩の上に流れてくる。

しばらくじっと自分を見つめた。

幼い頃から、男の子に間違えられる事が多かった。でもこうして髪を下ろすと、さすがに女の子にしか見えない。年齢を重ねて、頬から顎にかけての線が柔らかい印象になり、唇も少しふっくらしてきた気がする。

きりっと太い眉の下の眼をとがらせ、鏡の中の自分を睨みつける。

「そなたは、誰だ」

低くつぶやく。

「わたしは」

と言いかけて、首をぶるっと横に振り、「わしは……ヒスイ。ヒスイと申す」

鏡台の引き出しを開き、ハサミを見つけて、右手に握る。左手で自分の髪をつかむ。

「そなたは……女子(おなご)か」

と、みずからに問う。

右手を肩の上に回し、左手でつかんだ髪の根元にハサミを当てる。

「いや、男じゃ」

ざくっ、と髪を切った。鏡に、片側だけ髪が短くなった、女子とも男ともつかない顔がある。手に残った髪を屑籠(くずかご)に捨て、

「わしは、男ぞな」

また左手で髪をつかんで、ざくっ、とハサミで切った。それからは手を止めず、短くなった箇所もさらに短く、ざくっ、ざくっ、と髪を切り続けた。

やがて鏡の中に、不格好な短髪の少年とおぼしき顔が現れた。ハサミを引き出しに戻し、畳の上に散った髪を集め、屑籠に捨てる。

女中着を着ていたから、押し入れから農作業で用いる山袴(やまばかま)を出して、穿(は)く。鏡の前に立つと、さらに少年らしく見える気がした。

「ヒスイ、ヒスイ、皆さん、お待ちよ」

襖(ふすま)の向こうから姉の心配そうな声がする。

「何をしているの？　開けるわよ」

襖が開いて、天莉がこちらを見た。あっと息を呑んで、目を見開く。

ヒスイは、姉の脇をすり抜けて、廊下を渡り、人が集まっている大広間に進んだ。

それより少し時をさかのぼる――。

さぎのやを、大原観山、明王院の笙安、藩の侍医である松田、救吉が働いている療養所の成川医師が訪ねてきた。

彼らはそのまま大広間に通された。

おへんろたちは皆、出立して、宿泊者が誰もいない午後だった。

上座に座った彼らと向かい合う場所に、大女将と女将と救吉が並んだ。そしてその後方に、天莉とヒスイが控えた。宿で働いている者たちは、まかない処や庭に遠ざけられた。

松田が、四人を代表して話を進めようとしたが、藩の置かれている事情を長々語って、肝心の要点に届かない。

「まだその話は続くんじゃろうか？」

大女将が彼の話をさえぎった。

宿の裏手に、温泉郷の守り神である白鷺を祭った小さなお社が建立されている。その管理者である彼女は、白衣に紫色の袴という神職の装束を身に着けていた。

「そろそろおへんろさんを迎える準備もせんといかんし、お社のお務めもあるんぞなもし」

「あ、いや、そうですな。そろそろ本題に入らないといけませんな」

松田は、事前に辰之進から、姉が強く反対する事情を聞いていたため、どうしても話を進めづらく、つい観山の方に助け船を求める視線を送った。

これより五年後に生まれる正岡子規――その祖父となる大原観山は、本名有恒、通称武右衛門。

西洋文明の高さは認めつつも、異人たちの無礼な振る舞いを嫌い、明治八年に逝くまで髷を落とさず、写真も嫌ってか残っていない。

生前に描かれ、彼自身も気に入っていたらしい肖像画を見ると――面長で、眉は濃くて長い。鼻は大きく、鷲鼻に近い一方、唇は小さい。また、耳は顔の半分以上の長さがある。目は切れ長で、瞳には気迫がこもっており、目の前で睨まれたら、それだけで震え上がりそうな異相であった。

「では、私から申そう」

絵の彼は、大柄で首も太いから、声は重みを持って遠くまで通ったと想像できる。

「要は、さぎのやの救吉の力を、我々に貸してほしいという事じゃ」

救吉とヒスイが共に、えっと声を発し、

「救ちゃんの力をですか」

ヒスイが思わず訊いた。「ここにいらっしゃる皆様に、お貸しするんですか？」

「いいや。伊予松山藩にじゃ」


観山が続けて語った話の内容に、当の救吉はもちろん、家族たちも驚いた。

ふだんどっしり落ち着いている大女将でさえ、低く何度か唸り……女将と天莉は、驚きの声を何度か漏らし、口元に手をやったり、救吉の方をうかがったりした。

救吉自身は、初めのうちこそ熱心に聞いていたが、次第に口をぽかんと半開きにして、誰の事を話しているのか、というように首を傾げたり、庭の方に視線をやったりした。

そしてヒスイはというと……正座のまま身じろぎ一つせず、ため息や驚きの声も漏らさず、観山の話を集中して聞いていた。

「だからじゃ、救吉を先々、郷足軽たちが戦に出る際に同行する医師――戦国の世には金創医と申したそうだが――兵が怪我をしたおりに、療治にあたる医師になってもらいたいのだ。むろん今はまだ若年。技量も未熟な点があまたある。一方、戦も今すぐ起きるというわけではない。であるから、郷足軽たちの調練に、医師見習いの立場で、救吉を参加させ、戦における医師の技術を学ばせたい、というのが、我々の考えと申すか、願いなのだ」

彼が言い終えたらしく、うんと一つ大きくうなずいた。松田をはじめ、さぎのやを訪れた者たちも、ほっと息をついた。とたんに、

「いやですっ。断固、不承知ですっ」

ヒスイが叫んで、立ち上がった。「救ちゃんを戦になんて行かせません。観山先生も皆様も、どうして救ちゃんを、さような危ない目に遭わせようとなさるのですか」

「いや、だから大原先生が仰しゃられた通りで、いきなり戦に、というわけではないのだ」

松田が慌てて言い訳をした。「まずは調練に励む郷足軽たちが、怪我をする場合もあろうから、そのおりの療治を頼みたいのだ」

「観山先生は、その先も仰しゃいました。郷足軽が戦に出る際に同行して、兵が怪我をしたおりに療治をする医師になってもらいたいのだと」

観山は、うむと唸って目を閉じる。

松田が困った表情で、

「いや、大原先生が仰しゃられたのは、救吉が調練に加わり、長年修練を積んで、医師としての技術が磨かれ、上達し……また苦楽を共にする郷足軽たちとも打ち解け、かつ恐怖に打ちかつ胆力もあると、差配役や藩医たちが認めたれば、の事であって……」

「戦場での医師に向いていると判断されれば、戦に連れて行かれるのでしょう？」

ヒスイが大人たちを相手に一歩も引かぬため、心配になった天莉が、

「ヒスイ、皆様がお困りよ」

と、袖を引いて、止めようとするが、

「困っているのは、わたしです」

ヒスイは泣きそうになるのをこらえて言い返した。「天莉姉さんはお困りではないのですか。女将も大女将も……」

と、血のつながりこそないが母と祖母にあたる人を見た。人前では――へんろ宿という仕事柄、ほとんど人前となるが――大女将、女将と呼ぶように言い習わされてきた。

「お困りではありませんか。救ちゃんが、戦に連れて行かれるかもしれないのですよ」

「でも松田様が、医師見習いとしての修練を長年積んだ結果を、差配役や藩医の方々が認めたのちの事と仰しゃったでしょう。必ずしも戦に行くとは決まってないはずよ」

天莉がなおも止めようとするのを、

「あれは方便です」

ヒスイはぴしゃりと言った。「松田様はじめ皆様方は、救ちゃんがすでに才覚も胆力も備わっていると判断されているはず。であればこそ、こうして揃って来られたのです」

「ヒスイ」

女将の希耶がたしなめる口調で、「失礼ですよ。言葉を慎みなさい」

と注意した。だが、ヒスイの言葉が真実をついていると知ってか、語気は弱い。

「申し訳ございません」

ヒスイは形だけ頭を下げ、「ですが緒方洪庵様という大先生が、救ちゃんをほめ、すぐれた資質を有しているのをお認めになられたと、観山先生は仰しゃいました。つまり調練への参加は、救ちゃんが戦場での医師に向いているかどうかを判断するためではなく、はなから戦場での医師になるために必要な事を学び、技術を磨くためでございましょう？」

大人たちが気まずさのあまり、誰もが口をつぐんだところで、

「その通りだ」

玄関から声がした。勇志郎が立っている。

「救吉は、郷足軽たちと共に行動する事で、戦がどのように行われ、どのような怪我を負うかを学ぶのだろうさ。また互いに顔見知りなら、怪我を負った際、信用を置かれ、すぐに療治に移れるだろうし……誰がどのようななからだの状態にあるかを知っていれば、救吉もいざというときに療治しやすいはず、ってところさ」

彼は、上がり框（かまち）にでんと腰を下ろした。

「勇兄さん」

ヒスイは呼びかけ、「救ちゃんのような子どもが呼ばれなければいけないほど、戦は近づいているのですか」

勇志郎は、ふっと苦い笑みを浮かべ、

「救吉をただの子どもとは言えまいよ。曾我部様の手の傷を縫うのを目の当たりにして、俺も驚いた。こいつは立派な医師になる。とはいえ、本来は戦の場ではなく、畳の上で患者を診る医者になるべきだろう」

「だったら……」

「しかし世の流れが、それを許さないのさ」

勇志郎が、ふところから扇子を出した。瓦版を売るときに、口上の調子を取るのに、よく使っている扇子で、いきなりトンと床を打ち、

「さてさて、薩摩の大殿島津久光様が八百の兵を連れて、江戸へとのぼり、異国に弱腰の幕府にもの申し――掃部頭井伊直弼様のおかげで冷や飯を食わされていた、一橋慶喜公や前の越前藩主松平春嶽公らが復権したという。幕府は薩摩に揺さぶられて、屈服したも同じ。もはや江戸だけでは政が立ちゆかなくなった証でござ候ふ」

彼がトントンと扇子で拍子を取る。「長州では、激しく異国の排斥を求める久坂玄瑞らが藩を動かし、公武合体策を進めていた御家老長井雅楽殿を追い落としたとか。幕府は薩摩に骨を抜かれ、長州は激しい攘夷に舵を切った――となれば、とうていこの先、戦抜きではすまされまい。戦はむろん、兵が必要なれど、兵が傷を負ったら誰が診る。お医者様でござ候ふ」

扇がトントンと勢いよく鳴って、「侍による藩兵の組には、藩から医師が派遣されている。だが郷足軽とは、元は百姓。百姓を藩医が診るのは、これまでの身分の違いから、どうにも都合が悪かろう。さりとて町医は忙しく、妻子もあれば家もある。わざわざ戦になど行きたくないのが本音でござ候ふ――なればこそ、縛りの少ない年少の、才覚有る者に白羽の矢が立った……てところでしょうか、皆様方？」

観山や松田たちが応える前に、

「勇志郎」

大女将がいさめる口調で、「過ぎるぞな」

「いや、大女将。これはさぎのやにも関わってくる話なんですよ」

「さぎのやにも？」と、女将も問う。

「郷足軽はつい先頃、二百五十六名、集まったが、真に戦となれば、それでは足りない。すでに藩では、また新たに足軽を募る準備を進めていると聞きます。その数、五百……」


「五百も？」

天莉がびっくりして声を上げた。

「そうとも。これは俺の戯れ言でも、よもだ（いい加減）な話でもなく、藩がそれだけの銃を用意しようとしていると、すでに商人らの間で騒ぎになってる。何しろ藩には金子がなく、商人たちから借りるほかないからね」

観山が不意に大きく咳払いをした。さすがに喋り過ぎだと注意したのだろう。

勇志郎は、肩をすくめて黙ろうとしたが、

「勇兄さん、ではさらに兵が増えるのですか」

ヒスイが訊いたため、

「そうなるだろうな」

と話を続けた。「さぎのやで働いている男衆は、今回の郷足軽には入らなかったろ？」

「ええ。わたし、止めたもの。伝蔵さん、富松さん、丑彦さんに、入っちゃやだめよって」

「あいつら、ヒスイが好きだからな」

勇志郎は薄く笑って、「だが次は、田畑の担い手から集めるのは石高を維持するためにも難しくなる。となれば町で働いている者から集めざるを得なくなる。伝蔵か富松か丑彦か、一人はたぶん加わるだろう」

「まさか、そんな……」

「ヒスイ。たとえ三人を止めても、誰かは兵になるんだ。寄せ集めの兵たちは、戦はもちろん調練にだって慣れてない。きっと怪我をする。しかもだ、彼らが戦で怪我を負うとしたら、今後は銃で撃たれた傷が多くなるだろう。銃による傷は、すでに医師である方々だって、ほとんど診た経験はないはずだ。ねえ？」

勇志郎に問われて、ずっと黙っていた成川医師が、困った顔でようやく口を開いた。

「年少の救吉を、戦の場での医師に、というお話を伺ったおりは、私も驚いたし、はじめは反対もした。救吉の医師の才は、疑う余地はない。私の所であと一年、さらに優れた蘭方医を、緒方先生か松田様にご紹介いただき、五年、十年と修業を積めば、きっとすぐれた医師となろう。だが世の流れがあまりに悪い」

成川は、深くため息をつき、「お話をさらに伺い、考えるほどに藩のため、救吉本人の先々のためにも、藩にお預けするが一番、と結論致した。銃で撃たれた傷の手当ては、勇志郎の申す通り、私たちとて初めての事。身の内に入った鉛の弾をどう処理するか……からだに空いた穴はどうふさぐか……手探りで学ばねばならぬが、療養所を開きながらでは時間が取れぬ。頭の柔らかい若者が一つ一つ学び取れば、これから先、最も必要とされる医師になろう」

「だからって、戦の場になどあまりに危険過ぎます。当人が怪我をしたらどうするのです」

ヒスイはほとんど叫ぶように言って、救吉の脇に立ち、「救ちゃん、もう行こう」

「え、どこへ……」

救吉は、ようやく我に返った表情で、姉を見上げた。

「ここを出て、牛馬湯の手伝いに行こうよ。牛や馬たちの世話を、太助ちゃんと笑いながらしている方が、救ちゃんには合ってるもの」

救吉が分からないながら立とうとすると、

「これ、まだ終わっとらん」

大女将が、救吉の尻をぽんと打って、ふたたび座らせた。

「筌安殿」

彼女が、じっと話を聞いていた明王院の二番弟子に尋ねた。「院主様は、救吉についてのこの話を、当然ご存じであろうの？」

「はい」

筌安は静かにうなずいた。「大原先生からも、松田様からも、話を伺いました。すでに道後を発たれた緒方洪庵様からも、救吉を推薦する旨の話を承っておられます」

「で、院主様は、救吉はどのような道を選べばよいと、お考えであろうか？」

「は。院主様は、救吉がどのような道を選ぶがよいかは――救吉自身にすでに伝えてあると、仰しゃっておられました」

「救吉に……？」

全員の目が少年の上に集まった。


「……あっ、そうか」

救吉が、自分の額をぽんと打って、立ち上がった。「院主様につねづね言われてます。人助けは、私が生まれながらに背負っている業だと。救わなければ、私ばかりか、多くの者が地獄に落ちるから、励みなさいと」

するとと彼は、観山たちの前に正座し直し、「観山先生、成川先生、松田様、笙安様。私は力足らずの未熟者ですが、郷足軽の組に、医師の見習いとして入らせていただきます」

「待って、救ちゃん。どうしてよっ」

ヒスイが悲鳴に近い声を発した。

救吉は姉の方にからだを向け、

「ヒスイ。誰かが怪我をして困ってたのに、助ける人がいなかったと耳にしたら……その人だけでなく、俺たちだって、つらいだろ。だからこそ、ヒスイは山に入り、困ってるおへんろを助けてるんじゃないか。坂本龍馬ってお侍を助けた際には、追っ手に命を取られるかもしれなかったんだろ。でも助けただろ?」

「だけど救ちゃん、戦は違うよ」

ヒスイは焦れるような想いで、「人の命を奪い合うのが戦だよ。自分の命が奪われるかもしれないだけじゃなく、恨みもない人の命を奪う事を求められるのが戦だよ。救ちゃんの手は、人の命を奪うためじゃなく、救うためにあるんでしょ?」

「ヒスイ、俺は傷ついた人を、助けるだけだよ。どんな事があっても、銃も刀も手にしないって、天地神明に誓う」

救吉は目を閉じ、胸に手を当てた。また目を開いて、「今度の郷足軽には、太助の兄ちゃんが入ってる。他にも茂平さんとか、何人か顔なじみのお百姓が入ってる。勇兄さんが申した通りなら、伝蔵さんや富松さんや丑彦さんも、いずれ入ってくるのかもしれない。彼らが怪我をしたおりに、誰も助ける人がいないんじゃや、みんな困るし、俺もつらいよ。少しでも役に立ちたい、できるだけ多くの人を救いたいんだ。ヒスイ、分かってよ」

言葉を失って立ち尽くす娘に、

「ヒスイ」

希耶がほほえみかけた。「救吉が自分で選んだのだから、認めてあげましょう。そして無事を祈ってあげましょう」

「いや、無事を祈る前に」

大女将がうなずいて、「まずは戦がないように祈る事ぞな」

「そうよ、ヒスイ。戦がなければ、救ちゃんは医術だけを学んで、戻ってくるもの」

天莉が優しく言うのを、

「いいえ、戦は――」

ヒスイは厳しい声音で、「戦は起きます。そう勇兄さんは申されました。鷹林という恐ろしいお侍も申してました。ここにいる皆様方も、起きると思ってらっしゃる。それでも救ちゃんが行くと言うなら……言うなら……分かりました。わたしも参ります」

「えっ……」

と、救吉だけでなく、全員が驚きの声を上げて、ヒスイを見た。

「わたしも、郷足軽の調練に、救ちゃんと一緒に加わります。そして戦になれば、共に戦の場に参ります」

「何を言ってるの、ヒスイ？」

救吉は、姉の言葉の意味がまだ分からず、目をしばたたいた。

「だって医師には、お手伝いが必要でしょう。救ちゃんも天莉姉さんも、療養所で、傷の消毒をしたり、包帯を巻いたりしているでしょ」

「だってそれは、療養所での事だから」

救吉が言う。天莉もうなずき、

「そうよ。野天(のてん)(屋外)ではないもの」

「だからこそでしょ。療養所のような、屋根のある落ち着いた場所でさえ、医師のお手伝いは大変だと、二人から聞いていました。ましてや、薬や道具を十分に用意できない野天なら、いっそうお手伝いは必要なはず」

「いや、しかしヒスイ……」

勇志郎も驚いて立ち上がり、「いくらなんでもそいつは……大体、女子(おなご)は郷足軽の調練には加われないんじゃないですかね？」

彼が観山や松田たちに問いかける。

松田が困惑しながら、二三度うなずき、

「ああ、そうだとも。郷足軽はすでに百姓ではなく、侍の扱い。藩における侍の調練であれば、女子は加われぬ。ですのう？」

と、観山に同意を求める。

「いかにも」

観山は重々しくうなずき、「弟を思うヒスイの心持ち、分からぬではない。だが、郷足軽とは申せ、侍たちの厳しい調練だ。戦に向かうための男子の務めである」

「わたくしとて、野を走り山を越える事、並の男たちより優っております」

ヒスイが言い返すが、

「藩のしきたり、武士のしきたりがある。さらには、郷足軽たちはまだ武士としての覚悟が足りぬ。これより厳しく鍛えて、藩に仕える者としての心得を学ばねばならぬ。たとえ医師手伝いの者としてであっても、その場に女子がいては、気も抜けよう。あきらめよ」

「ヒスイ。ご迷惑ですよ」

と、希耶も声をかける。

「……分かりました」

ヒスイは、観山はじめ大人たちを睨むように見回して、「女子は調練には加われないのですね」

「さよう」と、観山がうなずく。

「わたしが女子ゆえに、あきらめよと申されるのですね」

「さようだ、仕方のない事なのだ」

観山が目を閉じ、他の大人たちも目を伏せたり、深くうなずいたりする。

「心得ました。しばらくお待ちくださるよう、お願い申し上げます」

そうしてヒスイは大広間をいったん出た。

自分の部屋に入り、鏡の前で髪を潔(いさぎよ)く切り、山袴を穿いて、呼びに来た天莉の脇を抜け、また大広間に戻ってきての今だった――。

ヒスイは、ざわつく人々の前に、少年のような姿になった自分をさらし、

「これから、わしは男ぞな」

と、宣言する口調で言った。

救吉をはじめ部屋にいた誰もが、絶句し、なかば呆然と彼女を見つめている。

「救ちゃん、わしはおまえの兄様じゃ」

「兄様？」

救吉がすっとんきょうな声を上げた。

「そうじゃ。わしは、おまえの兄様として、郷足軽の調練に一緒に加わる事にした」

ヒスイはそう言うと、観山たちの前に進み出て、正座をした。驚いて声も出ない彼らに向かって、畳に手をつき、

「さぎのやのヒスイ、男にございます。弟救吉と共に、医師見習いの手伝いとして、どうぞ調練にお加えくださいますよう、よろしくお願い申し上げます」

声を力強く張って、深々と頭を下げた。


これと同じ年の夏の事――。

薩摩藩の島津久光が行列をなして江戸から京へ戻る途上、神奈川の生麦村で、馬に乗る英国人四名と遭遇した。日本文化に疎い彼らが馬を下りなかったため、礼儀をわきまえぬと、藩士が一人を殺め、二人に傷を負わせた。いわゆる生麦事件である。

これを機に、世はさらに乱れてゆく。

京には、過激な攘夷行動に賛同する浪士たちが再び集結し、開国を進める幕府の考えに近い人々を、「天誅」と称して次々と暗殺しはじめた。

また長州藩の力を背景に、一部の公家が幕府に圧力を掛け、将軍家茂に、京へ天皇拝謁に参る事を承知させた。

将軍上洛(じょうらく)に際しては、京の治安が大事とされ、会津藩主松平容保(かたもり)が強く請われて、京都守護職に就く。会津藩から千人の藩兵を連れてきたが、治安のためには足りない。

そこで採用されたのが、近藤勇(こんどういさみ)や土方歳三(ひじかたとしぞう)ら壬生(みぶ)浪士組である。のち新選組と名を改めるこの集団の中に、かつて伊予松山藩を十九歳で脱藩した、こなくそが口癖の原田左之助(はらださのすけ)がいた。

文久三（一八六三）年三月、将軍家茂は京にのぼり、朝廷に強く求められて、攘夷決行（開国をやめ、戦となってでも異国を追い払う）日を、五月十日と約束する。

伊予松山藩はいっそう危機感をつのらせ、郷足軽をさらに五百人以上集め、先と合わせて、七百六十人を超す郷足軽隊を作った。

訓練所では西洋銃の教練が繰り返され、火薬の匂いが温泉郷にまで流れてきた。

（十一）

夏草の匂いが、足下から立ちのぼる。

高い木々の、風に揺れる葉群の合間から、木漏れ日が落ちてくる。山のふもとに茂った草の上に、光のまだら模様を作り、ところどころに咲いた花の色を美しく浮かび上がらせる――クチナシの白、キキョウの紫、ササユリの淡い桃色、オトギリソウの黄色……。

他にも名を知らない花々が、彩り豊かに色づいて、ヒスイの心を和ませる。

周囲を見回してみる。人の姿はない。

彼女は、鼻から口にかけて隠していた白い布を首まで下ろした。深く息を吐き、ゆっくり辺りの大気を吸う。草の匂いだけでなく、花々の甘い香りが胸の内に入ってくる。

短く切った髪の毛一本も見えないように頭全体を覆っていた白い布も取った。汗で蒸れていただけに、風を受けて、爽やかな心持ちがする。髪を手で軽く掻き乱し、

「気持ちいーっ」

つい大きな声を上げる。

あっと口元を押さえ、誰にも聞かれなかったかと耳を澄ます。

森から小鳥の鳴き交わす声が聞こえる。山道をのぼった先で、気の早い蟬が鳴いている。

周りでは、白や黄色や紫色の蝶が花から花へと渡ってゆく。無数の小さな虫が、雪片のようにきらきらと光っている。

生きている。みんな生きている。ヒスイの胸はしぜんと弾んだ。

このままずっと……と思う。

「戦など、起きなければいいのに」

伊予松山藩は、二度の郷足軽募集で集まった七百六十八人を、三つの大隊に分けた。

一つの隊は、二百五十六名。それぞれに医務方として、戦における医師の養成を兼ね、医師見習い一人と、それを手伝う看護人と呼ばれる者が一人つくことになった。

彼らはこの先、戦が始まるまでに、一人前の医師と看護長になれるように――また戦の際に百姓などから徴募する看護人たちを教導できる立場になれるように、と求められていた。

医務方の長は、侍医の松田と、補佐役として、緒方洪庵門下の大内という藩医がつき、第一隊、第二隊の医務方は、町医の子息が担い、看護人もその家の下僕の者が務めた。

第三隊の医務方は、町医成川と緒方洪庵の推薦によって救吉が担う事となり、看護人は、救吉の「兄」としてヒスイがついた。

郷足軽たちが、苗字帯刀を許されたのに合わせて、医務方の者も苗字が許された。

ヒスイも救吉も、苗字など別になくてもよかったが、他の者が付けているのに、何もないとかえって目立つと、大原観山がさぎのやから取り、「鷺野」と付けた。

ヒスイを字で書く場合は、本来は「翡翠」だろうが、本人はともかく他の者が医療日誌などに書く場合、さすがに書きづらいため、通称を「日水」とするように勧められた。

また、医務方は少人数なので、身なりは遠目からでも分かりやすい方がよいと、松田の提案により、ヒスイが難渋しているおへんろを助ける際に着る白装束を、ふだんから身に着ける事となった。

加えて衛生面から、頭には白い布を巻き、療治の際には鼻から口を布で覆う事も、合わせて定められた。ただしヒスイは、平時から口元を布で覆って、顔を隠している。

今のところヒスイが女だという事は、松田を除く医務方の者にも、また郷足軽の者たちにも露見していない。

食事は救吉ととるか、一人でとる。寝室は他の医務方四人と相部屋だが、暗くしてから布を取るし、誰よりも早く起きて、井戸端で顔や髪を洗って、他の者が起きてきたときにはもう頭も口元も隠している。身を清めるおりは、人のいない場所で行い、救吉が見張りに立つ。十日に一度、郷足軽の調練宿舎から里帰りが許される。ヒスイは救吉とさぎのやに戻り、女中着を着て、手拭いを姉さんかぶりにして頭を隠し、霊泉に入りにいった。

郷足軽隊の調練は、当初は指南役の号令や太鼓の音に従って、宿舎から調練場に走って集合し、列を整え、点呼を取り、列を崩さず歩き、また走る――という単純な行動が繰り返された。

末端とはいえ武士の一員を成すのだから、無学であっても、藩主への忠義に努め、上役の命には素直に従い、規律を乱さず行動する事を、藩としては求めた。

一度目の募集で集められた者たちは、郡それぞれに割り振ったため、百姓の次男三男が多く、お上に従順な者がほとんどだった。

だが二度目の募集では、数合わせのため、定職に就かない遊び人や、宿無しや博徒など、やくざな者たちが多く混じっていた。彼らを規律ある兵に教育するのは、容易ではなかった。

「農兵たちの調練に苦労しているのは、うちの藩だけじゃないと聞くぜ」

十日に一度、ヒスイと救吉がさぎのやに戻ったおり、勇志郎も夕飯時に実家に寄って、各所で仕入れた話を伝えてくれた。

「どこの藩も、百姓ばかりを集めたんじゃ米も野菜も作れず、生糸もできず、魚も山菜も薪もとれない。民だけでなく侍も干上がってしまう。だから遊び人や無宿者を加えざるを得なくなる。元々つらい仕事が嫌いで、村を出たような連中だ。厳しい調練にやすやすと耐えられるはずがない」

だから、各藩とも苦労しているのだという。「もちろん喧嘩の強い博徒もいて、力士隊って相取りたちを農兵にした所もある。戦となれば、そういった連中は力になるだろう。だが、他の心配事もある」

「心配事？」と、ヒスイたちが尋ねると、

「早い話、武士道ってのを知らない事さ」

勇志郎は冷ややかな笑みを浮かべ、「虎の威を借る狐のごとく、身分をかさに威張る侍は確かにいるが、そんな侍でも武士の面目や誇りは大事と心がけている。たとえば戦となった場合――敵の侍とは戦うが、百姓や町人には手を出さない。武勲にならないし、武具を持たぬ者に手を出すのは、武士として恥ずかしい行為だからな。戦のついでに百姓や町人のものを盗んだり奪ったり、女子どもを襲ったりするのも、武士道に外れるから忌み嫌われる。だが元々武士でない者たちが、戦の場で、それを守れるかどうか……下手すりゃ、悲惨な事が起きかねないぜ」

「ちゃんと教えればいいんじゃないの？」

ヒスイは言った。「戦う気のない百姓や町人に手を出しちゃいけない。盗んだり、襲ったりしちゃいけないって」

「短い期間で教えたところで、どうかな。侍たちが大事と心がける武士道は、教えられたというより、幼い頃より叩き込まれた、いや、長い時間をかけて育てられたものだ」

そう言われてヒスイは、辰之進の武士である事への、こだわりの強さを思い出した。

「急に侍になった者たちは、それぞれの欲心を抑えるのが、かなり難しいと思うがな」

勇志郎の言葉が的を射ていた事を、調練を重ねるごとに、ヒスイは実感した。

調練宿舎内では、喧嘩が絶えず、博打も行われていると聞く。当初は取り締まっていた藩士たちも、ついにはあきらめ、よほどでなければ放置していた。

それでも郷足軽たちが好んだ教練がある。

安政四（一八五七）年、幕府の命により、伊予松山藩は、異国の襲来に備えて武蔵国神奈川付近の警備に当たった。それに合わせて藩士たちへは、西洋流砲術を学ぶように奨励し、城下の法龍寺裏手に砲術場を設けて、藩士各自が射撃に励むようにも求めた。

だが当時はまだ、武士は剣術こそ大事であり、銃を扱うのは下層の足軽であるとする風潮が強く、家格が上の武士ほど銃を扱う事を嫌った。加えて、西洋嫌いは、鷹林ら過激な攘夷派でなくとも、ほとんどの藩士に共通していたため、西洋流の砲術は掛け声ほどは進んでいなかった。

そのため新しく編制された郷足軽隊の者たちは、比較的自由に西洋銃を扱えた。

フランスで開発され、オランダ経由で入ってきた、ゲベール銃と呼ばれるものである。

銃口から火薬と球形の弾丸を込めるのは、和銃と変わらないが、火縄は使わない。

引き金の上のコックを起こす。コックの先端に、火打ち石のように火花を散らせる燧石（すいせき）が埋め込まれている。引き金を引くと、コックが勢いよく戻り、金属製の当たり金にぶつかる。火花が生じて、火薬に点火し、弾丸が飛び出す、という仕掛けだった。

慣れれば簡単で、剣術のような神妙な技も要らない。走ったり、整列したり、重い荷物を運んだり、といった基本教練よりもはるかに楽なので、多くの郷足軽が銃の教練に熱中した。

まだ戦が起きていないのに、城下町や温泉郷にまで火薬の匂いが流れ、風向きによっては空気が煙たく感じられるほどだった。

だが弾も火薬も、国内はもちろん異国においても需要が多く、戦の気配と共に、価格が高騰（こうとう）していた。このままでは、いざというときに弾や火薬が足りなくなる上、経費も莫大（ばくだい）となる事が明らかとなり――少々お控えあれと、会計及び出納（すいとう）の担当藩士から進言があった。

そのため、銃の教練は回数が減らされ、不満の声を上げる郷足軽たちには、代わって野山を駆ける教練が増やされた。

とにかく戦となれば早駆けが大切となる。攻めるも退くも、もたもたしていては功を上げられず、むだに命を落としかねない――とは表向きの理由であり、藩の本音は節約と、荒くれ者たちの体力を奪い、反抗的な言動を押さえつけるところにあった。

ピーッ、ピーッ。

笛の音が、山道をのぼった先から聞こえる。医務方を呼ぶ合図だった。

ヒスイは、先ほど頭から取った白い布を、三角に折り、中央を額に当て、布の両端を後ろに回して結んだ。三角の頂点を結び目の下に入れ込み、くるっと上げて、結び目を覆い隠すように巻く。また、首まで下ろしていた布も、鼻と口を覆う所まで上げ直した。

両手で頬をぽんっと打つ。

よし、男じゃ。わしは男ぞな。

清潔な布、膏薬(こうやく)、丸薬、薬草、水を入れた竹筒、消毒用の焼酎を入れた竹筒などを詰めた袋を肩に担ぎ、山道をのぼってゆく。

救ちゃんはどんな具合だろう。

お城の北側の、御幸山(みゆきやま)と呼ばれる小高い山の頂上を目指し、できるだけ早くのぼる事を競う、第三隊の登山教練の最中だった。

単純な早駆けだけでは飽きるため、競争が取り入れられ、早い者たちには夕餉(ゆうげ)の品数が増える褒美(ほうび)が用意されている。一方しんがり（最後尾）の者たちには罰もあった。

登山道は二つあり、隊はそれぞれに分かれて、医務方の救吉とヒスイも、双方の組の救護活動を担う事になっている。

医務方は、いざというときに備えて、全員がのぼりはじめるまで、ふもとで待ち、笛で呼ばれてから動く。さほど高くない山のため、呼ばれずにすむかと思った直後の笛の音だった。

ヒスイは山道には慣れている。平地を歩くように足を運ぶうち、やがて前方に、道をふさぐ形で立つ三人の男が、うずくまった一人の男を見下ろしている姿が見えてきた。

全員が、野良着とあまり変わりない丈夫な農兵の稽古着を着ている。それぞれ脇差を腰に差し、教練用に木製の西洋銃の模型を持っている。そして額に巻いた白い鉢巻きには、当藩の郷足軽隊を示す印が入っていた。

「おう、鷺野」

立っている三人の内、首から笛を下げたひょろりとした男が手を振り、「こっちじゃ」

農民の出で、名は弥平。山田村の出身で、苗字も山田にしている。首から笛を下げているのは、四人で作る班の長である印だった。

「この遊び人が、ふざけよって石に足を取られて転んだらしい。骨が折れとらんか？」

と、うずくまっている男に視線をやる。

「誰が遊び人ぞ。俺はれっきとした博徒じゃ」

若い男が顔を上げ、強気に言い返した。整った顔立ちに、悪ぶった表情を浮かべ、

「塩屋の浜の、元は漁師の倅。板子一枚下の地獄を覗いてきた男ぞ。甘う見んなや」

ハハと声を上げて笑い返したのは、そばに立った小柄だが、がっしりした体格の男で、

「地獄を覗いてきた奴が、足をひねくったくらいで、痛い痛いと叫ぶものかの」

三造という、元は木こりで、どんな苗字がよいのか思いつけず、第三隊長の藩士に頼み、森野と付けてもらっている。

うずくまっている威勢のいい男は、飛松。生まれ在所から塩屋と苗字を付けている。

無言のまま軽蔑の眼差しで飛松を見下ろしている背の高い男は、丹助。依頼された荷物を背負って山や谷を越える仕事をしていた。隊長から、谷という苗字をもらっている。

「バカ、骨が折れとる。誰でも痛いじゃろうが。看護人、もたもたせんで早よう診てくれ」

訴える飛松のそばに、ヒスイは黙って膝をついた。彼が手で押さえている右足の、くるぶしの辺りが赤く腫(は)れている。

「さわるぞ」

ヒスイは、低い声を意識して告げた。

「相変わらず愛想のない奴や。好きにせえ」

吐き捨てる飛松の足首をそっと持つ。痛みは訴えない。少し曲げてみる。

「いったーっ」

飛松が叫んだ。「離せ、ちくしょう」

そっと別の方に曲げると、何も言わない。

「折れてはないようだ」

ヒスイはぶっきらぼうに言った。

「やっぱりのぉ」

と、班長の弥平と、元は木こりの三造が、鼻で笑った。

「そんなことないやろ、折れとるやろ」

飛松が言うが、

「腫れが引く膏薬を塗る」

ヒスイは、膏薬を詰めた竹製の容器を出して、へらで布の上に膏薬を広げ、傷めている彼の足に当てた。

「ひやっ」

飛松が首をすくめる。

ヒスイは包帯をその上から巻いてゆく。

「弟は愛想がええのに、兄貴は陰気だの」

弥平が言う。「兄弟でも大違いじゃ」

「あー、俺も救吉に診てもらいたかった」

飛松が愚痴っぽく言う。

ヒスイは、何も言わず手際よく包帯を巻き終え、端を二つに裂いて、縛って留めた。

「終わりだ」

「ようし。なら行くぞ。さっさと立ていや」

力の強そうな三造が、飛松の上着の襟首をつかんだ。

「いたたた、何をするんぞっ」

飛松が悲鳴を上げたが、

「さっさと歩かんかっ」

三造は手を離さず、彼の合図で、背の高い丹助も加わって、飛松の腋の下に手を差し入れ、強引に歩かせようとする。

「やめいや、痛い。やめてくれ」

飛松が嘆願するが、二人は強引だった。

ヒスイはびっくりして、

「よせ」

三造と丹助を止めた。「怪我人だ」

「折れてはおらんのやろ」と三造。

「折れてなくても、すぐに歩ける怪我ではない。安静が必要だ」

「いいや、我慢して歩いてもらわんと、わしらがみぃんな困るんぞな」

班を仕切る弥平が言った。飛松を苛立たしく見て、

「れっきとした博徒なら、土性骨を見せえ」

三造と丹助とが、ほら歩けとばかりに、飛松を無理にも引っ張っていこうとする。

「助けてくれ。本当に折れてしまうがな」

博徒であるより臆病な漁師の倅が合っていそうな飛松が、ヒスイの方に手を伸ばす。

「なぜ、そんな無茶をさせるのだ」

ヒスイは弥平に問うた。

「教練の決まりがあるからぞな」

弥平が応えた。「この登山教練で、頂上に着くのが早い順に五つの班は、夕餉の品数が二人分増し。けど一番遅かった班は、厠の掃除を十日との申し付けじゃ。早駆けではいつも後れをとる飛松が、うちの班におるからは、はなから早い五班に入るのはあきらめとる。けど厠の掃除はさすがにご免じゃ。幸い、ならず者の権太の班がある。あいつらは早駆けでも常にしんがり。それで何が悪いと開き直りよる。今回も、しんがりは免れると思うておったのに……飛松のせいで、権太の班にまで後れをとった」

「この遊び人が、教練中だというのに、森の中で博打にうつつを抜かしたからよ」

三造が怒りをあらわにして、「どうこう口答えしても、歩かせてみせるぞな」

「待って、待ってえや。話を聞いてえや」

飛松が言った。「俺もだまされたんじゃ」

ヒスイは、ともかく弥平たちに、飛松が歩ける状態でない事を短い言葉で説き、彼をいったん地面に座らせた。

「権太たち四人は、知っての通り、無宿のならず者ばかりよ」

飛松が語った。「賭け事もイカサマも得意じゃが、野を駆け山を越えるのは苦手。何もせんなら、厠掃除はおのれの班じゃと思うて、策をめぐらしたんじゃろ。弥平たちが通り過ぎた後、しんがりにいた俺を捕まえ、サイコロで遊ぼうと森の中に誘い込み——三度か四度サイを振ったかと思うと、そろそろ行こうやと道に戻る途中、俺の足を引っかけて、土手から突き落としたんじゃ」

権太たちは、飛松を残して笑いながら先へと進み、飛松が遅れているのに気づいた弥平たち三人が慌てて戻り、足を痛めた彼を見つけたという経緯だった。

「初めからそれを話せばよかったろう?」

弥平の言葉に、飛松は目を伏せて、

「だまされたおのれが、恥ずかしいやら、情けないやらで……」と口ごもる。

「許せんぞな。権太たちの所業を、隊長殿に申し上げげんと」

三造が悔しそうに言うが、

「権太は、飛松の嘘やと申し逃れをするやろう」

弥平が冷静に応える。

「鷺野。なんとかこいつを歩かせられんか」

三造がヒスイに訊いた。「掃除の罰より、卑劣な真似をした奴らに負けるんが悔しい」

ヒスイは頭をめぐらせた。飛松を無理に歩かせても、怪我をひどくするばかりだ。

「俺が歩くよ、歩けばええんじゃろ」

飛松が左足で立ち、歩き出そうとした。右足を地に着けたとたん、痛いっと叫んで倒れそうになり、丹助が後ろから支えた。飛松は痩せており、丹助は荷を担ぐ仕事――。

「あんたが、担いでのぼればいい」

ヒスイは丹助に言った。

彼は、山道を見上げ、無言で首を横に振った。彼が話すのを、ヒスイは聞いた事がない。

「飛松を担げはしても、権太たちを追い越すほど速くのぼる事は難しい、と言いたいらしい」

弥平が、丹助に代わって告げた。

では、とヒスイはうなずき、

「抜け道を教える」

えっ、と男たち四人が驚いた。

「教練として、本来は許されない」

ヒスイは続けて言った。「だが権太の班が卑怯な真似をしたなら、それで公平に戻す事になる。ただし決して楽な道ではない」

ヒスイの案に乗るかあきらめるか、男たちは黙り込んだ。すると、

「頼む。俺を担いでくれ」

飛松が地面に手をついた。「権太たちに負けるのは悔しいが、仕方がないとあきらめとった。けど一泡吹かせられる目が出てきた。もし勝ったら……いや、たとえ負けても、恩は忘れん。だから

この通り」

三人は互いに顔を見合わせた。丹助が、担ぐ事を受け入れる合図でうなずいた。

「よし、やってやるか」

弥平が、ポンと手を打ち、

「丹助が疲れたら、わしが替わってやろう」

三造が目を輝かせて言い添えた。

ありがたい、と礼を言う飛松の前に、丹助が背を向けてしゃがむ。弥平と三造が介添えする。

「みな、水筒は持っているな。こまめに水を飲め。では先導する」

ヒスイは先に立って、歩き出した。

弥平が、飛松と丹助の銃の模型も持って、ヒスイに続く。飛松を背負った丹助が次を歩き、三造が二人を支えるしんがりについた。

しばらく進んで、脇の草むらに入る。一見ただの藪だが、けもの道のような細い小道が草に隠れて通っている。男たちの間から、感嘆の声が上がった。

ヒスイは曲がりくねった小道をどんどん進み、後ろと間があくと、足を止めて待った。

「あんた、山歩きに慣れとるの」

農民の出である弥平が、感心して言った。「わしは山の斜面の段々畑で野良仕事をして、水も下の川から運び、山道には自信がある。荷担ぎの丹助も、木こりの三造も同じじゃ。そのわしらが、あんたに追いつくのに苦労する。医務方の看護人になる前は、何ぞしておったんかな」

答えないのも怪しまれると思い、

「明王院で少し修行を積んだ」

ヒスイはそっけなく答えた。

「おお、なるほど。道理でのぉ」

男たちは納得してうなずいた。

「しかし口元をずっと布で覆っておって、苦しゅうはないのか」

三造が不審げに訊いた。

「……それも修行だ」

ヒスイは、さらに問われるのを避けるため、また先に立って歩きはじめた。

やがて登山道と並行する細い道に出た。登山道を進む郷足軽たちの姿も見えてくる。

不意に、足下から笑い声が聞こえた。

特徴のあるだみ声がひときわ大きく、

「ようし、ゾロ目の丁で、わしの勝ちじゃ」

と聞こえる。博徒の中でも気の荒さと力の強さで知られた竹原（たけはら）権太の声に違いない。

どうやら教練中なのに、道の上でサイコロ賭博をしているようだ。

「権太兄ぃ、そろそろ行った方がええんじゃないか。飛松が追いかけてきたら厄介じゃ」

子分のように彼に従っている一人が言う。

「あほぬかせ。あの怪我で追ってこられるか」

「けど、他の三人は山に慣れとるぞ」

別の子分が忠告するが、

「いや、頂上には班の四人が揃うてでのうては、着いたとは認められんと、隊長殿が申しとった」

残る一人が反論し、「どうせ飛松を責めて、仲間割れしよるじゃろう」

「ほうよ。あいつら、飛松が足弱のせいで、元から仲が悪いけんの。さあ、もうひと勝負いくぞ」

権太の言葉に、三人の男たちが応える。

ヒスイは、彼らの言葉を聞いて、進みかけていた道を途中で折れた。丈の高い草が多くなる。それをかき分けてゆくと、登山道が見えてくる。足を止め、弥平たちを振り返った。

「あと少し進むと、登山道に下りる道に出る。権太たちの前ではなく、後ろに出る」

え、と四人が意外そうな声を発した。

「なんで。前に出る道もあるんじゃろ？」

飛松が困惑した表情で、目をしばたたく。

「ここからは、おのれの力で抜け」

ヒスイは強い口調で言った。「人の助けじゃのうて、四人の力で見返せ」

「俺はお荷物じゃ。何もでききん」と、飛松は消え入りそうな声で言う。

「いや、できる。仲間を励ませるはず。いたわれるはず。それも大切な仕事じゃろう」

ヒスイは、袋から清潔な布を出し、飛松に渡した。

飛松は、その布を見て、自分を担いでくれている丹助の額の汗を拭った。

「すまんな、もう少し頑張ってくれ」

丹助が驚きながらもほほえんで、よし、とばかりに飛松を揺すり上げた。

「わしらの力で、一気に追い抜いて、卑怯者らに吠え面をかかしちゃろう」

弥平が言って、

「登山道に出たら、すぐに早駆けじゃ」

三造も応える。すると、

「いや、待ってくれ」

飛松が止めた。「背負ってもろうとる奴がおこがましいが……権太は、俺がおまえたち三人に嫌われとるのを知っとる。その俺が、さらに足手まといになり、きっと内輪もめしとると油断しとるじゃろう。ぎりぎりまでそっと近づき、権太たちが気づいたら、早駆けで置き去りにする……慌てた奴らは、何ぞしくじりをするはずじゃ」

「なるほど、ええかもしれんのお」

三造が賛成した。

「よし。なら、はじめはそうっと行くぞ」

弥平が、ヒスイの脇を通って、前へ進み、音を立てないよう登山道に下りる。

飛松を背負った丹助を、登山道からは弥平が、抜け道の方からは三造が、手を添えて助ける。

次に三造が下りて、最後にヒスイが登山道に立った。

では、と弥平たちがヒスイに会釈し、足音に気をつけながらのぼりだす。ヒスイは距離を置いて歩を進め、成り行きを見守った。

ほどなく、道の上に車座になって博打をしている権太たちが見えてきた。

弥平たちがもう少し近づけば、一気に抜けると思えたとき――丹助が石につまずいた。疲れもあってか持ちこたえられず、地面に膝を落とし、両手をつく。飛松は彼の背から降りた。

その音に、権太たちが気がつき、

「あ、てめえたち、いつのまにっ……」

権太が、弥平たちの姿を認めて、大柄なからだに似合わず、素早く立ち上がった。

「おい、急いで片付けろ、早いとこのぼるぞ」

と、子分たちをせき立てる。

弥平は丹助に手を貸し、三造が代わって飛松を背負った。さあ、と四人で再びのぼりだす。

権太たちは、そうはさせじと慌てて遊び道具をしまい、弥平たちより先に出る。

追いつけそうで追いつけぬまま頂上まであとわずか——という所で、ついに山道に慣れている弥平たちが、権太たちに追いついた。

ならず者たちは、ひいひいふうふう肩で息をして、横を抜けていく弥平たちをなす術(すべ)なく見送るだけ、と思った矢先、疲れからしんがりに下がっていた丹助の足を、権太がひょいと引っかけた。

丹助が顔から道に突っ込むようにして転んだ。

「おっと危ないのぉ、気ぃつけぇや」

権太がにやにやしながら声をかける。

「丹助っ」

弥平が戻ってこようとするところを、権太の子分が肩をわざとぶつけて、

「いたたたっ」

と自分の肩を押さえた。別の子分が、

「この野郎、何をぶつかってきよるんぞっ」

と弥平を突き飛ばす。「喧嘩売っとんか」

「まあええ、まあええ」

権太が余裕たっぷりに胸を反らし、「仲間思いの健気(けなげ)な百姓どんじゃ。許したれ。この先も危な

いけん、わしらが先導してやろう。無理したらいかん無理したら。大怪我するけんのぉ」

注意というより、明らかに脅して、悠々と歩いてゆく。子分たちがそれに連なる。

弥平は、彼らを見送って、丹助を起こしてやった。飛松は、三造の背中から降り、

「肩を貸してくれ。左足だけで歩いてみる」

力ない声で言い、三造の肩を支えにして、怪我した足をかばって歩いてゆく。

彼らは、それでも意地なのか、権太たちに続いて、すぐに頂上に立った。

反対側の登山道をのぼった組は、すでに全員が到着していた。白装束の救吉の姿もある。

「しんがりは、弥平の班ぞな」

登山教練の当番だった男が発表する。

頂上付近に散っていた隊の者たちが、わっと沸いて、笑ったり手を打ったりする。

登山教練を見届けるため、年配の隊長の代理として、若手藩士の中から曾我部惣一郎、さらに三人の年少の藩士が遣わされ、すでに頂上までのぼっていた。

中の一人に、辰之進がいた。彼は先日ついに元服を果たして、前髪を落とし、月代を剃っていた。

「では、しんがりの罰、厠掃除十日間は」

用意された床几に座っていた惣一郎が、弥平たちの班に申し渡そうとした。

「お待ちください」

ヒスイが申し出た。惣一郎の脇に控えている辰之進と目が合うのを、彼女は感じた。

辰之進と惣一郎には、これまでの経緯から、大原観山によって「鷺野日水」の正体が知らされていた。

よもや男の看護人として郷足軽の調練に参加するとは――と、辰之進はさすがに驚いたが、ヒスイなら、弟のために言い出しかねないと、妙に納得もした。

「今声を上げたのは、医務方の者か」

惣一郎が、ヒスイと認めながらも素知らぬ顔で、「何ぞ異存があるのか」

「めっそうもない」

ヒスイは低い声で応えた。「ただ、隊の者たちが進んだ後をのぼりましたところ、かようなものを見つけましたので」

彼女は、銃の模型を二丁掲げた。「模型とは申せ、教練においては本物と同じ扱いのはず。置き忘れては、その身が頂上に達しましても、のぼり切ったとは認められぬのではないかと存じます」

「うむ、申す通りじゃ」

惣一郎がうなずいた。「刀も銃も、侍にとっては命の次に大事な、主君からの賜り物。肌身離さず頂上に至ってこそ、教練をまっとうしたと申せよう。貴重な銃を道に忘れた不心得者は誰ぞ」

彼が郷足軽たちを見回すが、声を上げる者はいない。

「銃の模型には、持ち主が分かるよう、番を振ってあるはずです」

辰之進が言った。ヒスイの方を見て、「医務方の者、番はなんとある？」

ヒスイは、辰之進の月代姿がまぶしく、目を伏せ、銃床に墨で書かれた番号を読んだ。

「ホの十二番、ホの十五番でございます」

惣一郎が、隊長より預かった台帳をふところから出して、番号と照らし合わせる。

「竹原権太、吉田五郎兵衛。同じ班だ」

人々がざっと場所を空けると、権太とその子分たちが、惣一郎の視線の先に現れた。

権太は苦り切った顔をしている。弥平たちが突然現れて慌てたため、銃の模型を置き忘れるという、しくじりをしでかしたのだ。

「そなたたちの班が、しんがりじゃ。これより十日の間、厠をしっかり清めるように」

惣一郎の言葉に何の応えもないので、

「返事をいたさぬか」

辰之進に促されて、権太たちは不承不承(ふしょうぶしょう)、「へーい」と応えた。

弥平たちは跳び上がって喜び、飛松も「やったやった」と声を上げて跳ね、すぐに足を押さえて、いたたた、と尻もちをついた。

そのとき、一発の銃声が山あいに轟(とどろ)いた。

(十二)

ズドンという音は、青い空へ抜けるだけでなく、連なる山にこだまし、人々を包み込む。

誰もが首をすくめ、周囲を見回した。

続いてもう一発、ズドンと確かに眼下の森の方から聞こえた。

「猟師の鉄砲の音じゃ」

木こりだった三造が言った。

実際に猟師だった者もいて、

「ほおやの。猟師が鹿か猪を撃っとるんじゃろう。二発続いたから、猟師は二人かの」

弾と火薬を筒先から込めるので、一発撃った後はどうしても時間がかかるからだが、さほど間を置かずにまた銃声が轟いた。

「三人か、猟師は……」

惣一郎がつぶやく。

「珍しいですね」

辰之進が応えた。猟師は一人で仕事をする事が多いと聞く。

「猟師が三人揃って鉄砲を撃つ事は、たまにはあるのか」

惣一郎が周囲に訊いた。

「あんまし聞いた事がないぞなもし」

三造が応える。

「盗賊でも追いかけとるのかの……」

猟師だった男も首をひねる。「熊でも出たら別じゃけど、伊予にも土佐にも熊はおらんけんな」

不意に、がさがさと森から何者かがこちらに近づく音がした。皆が驚き、逃げ腰になる。

惣一郎が、武士として、刀の柄（つか）に手をかけて立ち上がる。辰之進も、刀の柄を握って、上役である惣一郎の前に進み出る。すると、

「はあ、こらまたいっぱい人がおるぞな」

猟師の恰好をした少年が現れ出た。彼は、青っぱなを手の甲で荒く拭い、

「足軽さんの教練とかいうものをやっておるから知らせてこいと、爺様に言われて来た」

辰之進は、相手が左肩に火縄銃を担っているのを認めて、黙って様子を見守った。

「何を知らせてこいって？」

声をかけたのは救吉だった。

「はあ。下の池で、えらいでっかい猪が水浴びをしとってのぉ」

猟師の少年が言う。「長い間ずっと畑が荒らされとったから、退治する事になった」

「それで？　退治はできたのかい？」と、救吉が問う。

「いや。でっかいわりにすばしっこい」

猟師の少年がはなをすすって、「猟師がおる場所をかぎ分けて、鉄砲では狙いにくい茂みや、岩陰ばかりを選って逃げるんでな」

「三発、銃声が聞こえたけど……」

「一発目は爺様、三発目は伯父さんじゃ。二人とも外した。二発目は、猪に押し出されて飛び出してきた鹿を、わいが仕留めた」

「え、きみが鹿を仕留めたのかい」

「そうじゃ」

少年は、しぜんと垂れてくるはなを、また手の甲で拭い、「鉄砲の音に、足軽さんたちがびっくりしたろうけん、わけを話してこいと爺様に言われた。ほいで、でっかい猪が逃げとるけん、笛とか鉦とか鳴らしながら、気ぃつけて歩かれませ、という事も伝えにきた」

「なるほど。あい分かった」

と応えたのは惣一郎だった。

「ほいじゃあ」

と、少年がまた森に戻ろうとするので、

「ちょっと待って。きみが仕留めた鹿は、まだ森の中に置いてあるの？」と、救吉が訊く。

「ああ、けっこう重いけんな。このあと森で皮を剝いで、肉を捌(さば)いてから下ろす」

「ちょっと待ってて」

救吉は、惣一郎の元へ駆け寄り、「曾我部様。先ほどまで生きていた鹿が鉄砲で撃たれた傷を、確かめさせていただけないでしょうか。もし鉛弾(なまりだま)が身の内に残っておりますなら、取り出してみとうございます。きっと人の場合にも、役に立つはずです」

惣一郎は、自分の左手の薄くなってきた傷痕を見て、辰之進の方に視線を送った。

辰之進は、賛意を示すようにうなずいた。

「よし、許そう」

惣一郎は応えて、ヒスイの方へ、「看護人も共に、学んで参れ」

ヒスイは黙って頭を下げ、救吉と共に猟師の少年の方へ歩み寄る。

「私も、鉄砲傷をどう処するか、見届けたいと存じます」

辰之進は、惣一郎に申し出た。「のちほど、二人を連れて帰参いたします」

惣一郎はうなずくと、周囲に向けて、

「では、隊の者たちはこれより持参した握り飯を食せ。半時のちに山を下りる事とする。いったん解散じゃ」

隊の者が歓声を上げ、方々に散っていく。

辰之進は、同輩二人に後の事を頼み、救吉とヒスイを追った。

森に入る手前で――救吉が猟師の少年と話しているところに、辰之進は駆けつけた。

「私は医師見習いの救吉という。こっちが看護人のヒスイ。そしてこちらは青海様だ。きみの名は？　なんて呼ばれているの？」

　救吉の問いに、猟師の少年ははなをすすり、

「青っぱな。青っぱな、と呼ばれとる」

　救吉は、ヒスイと辰之進を振り返った。まさか彼を「青っぱな」とは呼べない。

「では、アオと呼んではどう？」

　ヒスイが言った。

「なるほど。よい響きだ。空の青や、森の青にも通じる」と、辰之進がうなずいた。

「じゃあ、きみをアオと呼ぶよ」

　救吉の言葉に、少年は嬉しそうに笑い、

「初めて名前をもろうた」

「アオ。きみが仕留めた鹿を見せてほしい。みんなのために役立てたいんだ」

「ええよ。ついといでや」

　アオが森の中に入っていく。森が住まいのようなものなのだろう。彼は、木々の合間を身軽にすり抜け、茂みをかき分け、木の根や岩を飛び越えて、どんどん下ってゆく。

　救吉もヒスイも、山には慣れているので、遅れる事なくついていける。だが辰之進は、要領がつかめず、腰の大小も邪魔となり、次第に遅れていく。

　ヒスイがそれに気づいて、

「救ちゃん、先に行ってて。辰之進様を連れて、すぐに追いつくから」

「分かった。オオルリの声で合図する」

　救吉が軽く手を上げて、アオを追う。

ヒスイは彼を見送り、辰之進の方へ戻った。

辰之進は、高い茂みの向こう側で、どう越えればよいかに迷っていた。

「辰之進様、こちらです」

ヒスイは、茂みと木との合間にわずかに空いている隙間から、彼を呼んだ。

辰之進は、礼を言って、ヒスイについていきながら、

「……きみは、まったく無茶(むちゃ)をしたものだ」

彼女の背中に語りかけた。「実際に目にするまでは、まさか、と信じがたかったが……本当に男として務めているのだね」

「お恥ずかしい姿をお見せしていますが……こうするよりなかったのです」

彼女が背中越しに答える。

「しかし、真の戦になればどうする？　救吉は人を救うためなら、鉛弾が飛び交う中へも踏み込んでいくだろう」

「もちろん救ちゃんを止めます」

ヒスイはきっぱり応えた。「危うい場所へ踏み込まぬように身を挺(てい)して止めます。でも……止まらぬ場合は、わたしも参ります」

「一緒に、戦の場へまでも？」

「はい」

彼女の応えに迷いはなかった。

「ヒスイさん」

思わず足を止めて、呼びかける。声の調子が変わったのが伝わったのか、

「はい」

彼女も足を止めて、振り返った。

「大切な答えだ」

辰之進は彼女の目を見つめ、「顔をちゃんと見せて、話してほしい」

「……はい」

ヒスイは口元を覆った白い布を取った。彼女の端正な顔が現れる。年齢を重ね、柔らかな女子らしさも感じられる。

「頭もでしょうか」

「そうだ」

辰之進は、髪を短く切った彼女の姿をまだ見ていない。

「少し恥ずかしゅうございます」

「私の、月代姿も、初めてだろう？」

辰之進は自分の髷にふれた。

「はい。お似合いでいらっしゃいます」

ヒスイがほほえむ。

「随分と皆にからかわれたのだ」

「え、そうなのでございますか？」

「一つの習わしがある。元服のあと前髪を落とした姿で明教館へ上がると、皆がはやし立てて、初めてあらわになった額の所を指で強くはじくのだ。だから元服したばかりの者の額は、真っ赤になっている」

「まあ」

ヒスイが口元を押さえて笑った。

「私も少し恥ずかしくはあるのだ。ヒスイさんも頭の布を取ってくれ」

「はい。でも、笑ってはいけませんよ」

ヒスイが両手を肩の上に上げ、うなじの所の結び目を解き、白い布を頭から外した。

少年のごとく刈った髪が現れる。

辰之進は、初めて見るヒスイの姿に驚くと同時に、不思議なめまいをおぼえた。

それは、ヒスイがこれまでで最も女性らしく感じられたためだった。

曾我部怜とはまた別の、異性の美しさに、胸が高鳴り、自らの頬が赤くなってくるのが分かった。

辰之進は、おのれの変化を気取られないよう顔を伏せた。

「やはりおかしいですか」

ヒスイが不安そうな声音で訊く。

辰之進が顔を上げると、彼女の悲しげな表情が見えた。

彼は、慌ててかぶりを振って、

「いや、そんなことはない。ヒスイさんらしく、凜々しさがあって――」

美しい、と続けたかった言葉は呑み込み、「よく似合っている」

ヒスイは、びっくりした表情を浮かべ、

「分かっています」

少し頬を染めながら、「どうせまた、気の強そうな男っぽい顔だとお思いでしょう?」

「あ、いや、そうでは……」

そうではないのだが——辰之進は自らの思いをうまく口にできない。髪が長くて、後ろで縛っていたときの彼女よりも、今の彼女に、かえって娘らしさを感じている。美しいと思い、惹かれている。それがなぜなのか、分からないので混乱する。つい黙っていると、

「存じております。元々男の子と間違われていたのですから。かような姿をすれば、まさに男と思われても仕方がございません。と申すより、それこそが望みです。でなければ、郷足軽隊に加われないのですから」

彼女がふと何かを思い出す表情で、「思えば坂本龍馬様にも、間違われましたっけ……」

「坂本龍馬……とは確か、脱藩した土佐の剣術使いの方で、山道で困っておられたところを、きみが助けたのだったね。そのおりの話を、大原先生と聞こうとさぎのやに伺い——初めてきみや救吉と出会ったのだった」

「はい。あのおりは、霊泉前の広場で危ういところを、助けていただきました」

彼女が丁寧に礼をする。

「もう遠い昔の事のようだ……では、その坂本殿にも、男の子に間違われたと？」

「はい」

ヒスイは、恥ずかしそうに、しかし坂本龍馬という侍が懐かしいのか、嬉しそうにほほえんだ。

もしその坂本龍馬が、今の彼女を見たら——やはりかえって女性らしさを感じ、美しいと思って惹かれるだろうか。だとしたら、

「その姿、他の者には見せない方がよい」

辰之進は思わず口にしていた。

「え……やはりおかしゅうございますか」

「いや、私が申したいのは……」

口にしかけて、辰之進は何を話そうとしていたのか……おのれにも分からず困惑した。

ヒスイの髪を短くした姿を、坂本龍馬という侍だけでなく、他の者に見られたくない思いがした。つまり彼女を見た者が、他の娘にはない不思議な美しさをおぼえて、好もしく思いかねない事を恐れたのかもしれない。

おのれのこの不可解な思い、この胸の内の妙な波立ちは、一体何なのか――。

確か別のおりにも、似た思いを抱いた憶えがある気がして……ああ、そうか、と思い出した。

曾我部怜が、兄の嫁になるという話が持ち上がったときに感じたものと似ている。

怜と兄虎之助との婚儀は、惣一郎の強い求めもあって、世情が今しばらく落ち着くまではと先延ばしになっている。おかげで胸の内の波は、このところ静まっていたのだが……。

「もちろん見せはいたしません」

ヒスイは、彼の心も知らずに無邪気に笑い、「しばらくは男として、郷足軽隊の中で過ごさねばならないのですから」

「……だが」

と、辰之進はまた心配になって、「たとえ調練の間はごまかせても、真の戦となれば、身なりになど構っておられなくなるだろう」

「それなら、ご心配は要りません」

彼女が表情を硬くし、白い布を頭に戻して、後ろできゅっと縛った。

満開の花が、一陣の風ではらりと落ちてしまい、ほんの一瞬前までの彩りが消える……まるでそんな印象で、ヒスイの不思議な娘っぽさが消えた。

「真の戦がどのようなものかは、まだ存じませんけれど、それこそ大変な忙しさで、医務方の装束を取る間など、ないのではないでしょうか」

彼女がさらに口元を白布で覆うと、弟に比べて愛想が悪いと言われている看護人・鷺野日水が、辰之進の前に立ち現れた。

「なるほど……そうかも、しれぬ」

あらためて彼女を見直すと——先の妖しいほどの不思議な姿が幻のように思えてきて、辰之進はぼんやりした口調で応えた。

ふと、下方から鳥の声が林の間を抜けてきた。美しい声だが、木の上ではなく、低い所から聞こえてくるのが妙だった。

「救ちゃんです。オオルリという鳥の鳴き真似で、ここにいる、という合図です」

ヒスイが言った。「参りましょう」

辰之進は我に返った思いで、うなずいた。


ヒスイの後ろから、辰之進が山を下ってゆくと、ほどなく傾斜がゆるやかになり、広く開けた場所に出た。

短い草が一面に生えた土の上に、鹿が身を横にして置かれている。そばに救吉が膝をつき、覆いかぶさるようにして、火縄銃で撃たれた傷口を確かめている。

アオがその隣に膝をついているが、彼は鹿ではなく、救吉のする事を物珍しそうに見ていた。そして近くには、親子らしい年寄りと壮年の二人の猟師が立って、首を傾げて救吉の手元をのぞき込んでいる。

ヒスイがちょうど、鹿を挟んで、救吉の向かい側に膝をつくところだった。辰之進が近づいていくと、大人の猟師二人は顔を上げ、侍の姿に驚いた様子で、身を二つに折るようにして、頭を下げた。

辰之進は、さほど恐縮するには及ばない、と伝える意図で軽く手を上げ、

「見せてもらうぞ」

と、立ったままで、救吉たちのしようとしている事に目を凝らした。

救吉は、鹿の胸の辺りの毛をまさぐり、

「ここに穴があり、血が少し垂れている。この辺りが急所なのかい、アオ？」

「うん。鉄砲は、動いとる相手から外さん事が一番じゃけんな。ようけ動く頭より、的の大きい胸の辺りを狙う」

「それで大体は仕留められるの？」

「死ぬ、という事か？　どうじゃろ？」

アオが後ろを振り返る。

「胸は急所ですけれ、大体は一発で」

彼の伯父だろう、壮年の猟師が答えた。「腹は苦しむけんど、なかなか死なん事もあります。そんときは目と目の間を撃って、早よう楽にしてやりますぞな。尻の方も、走れんようになるけんど、すぐには死なんで、同じように楽にしてやります」

「胸と眉間が急所か。人ならば、胸は心の臓と肺腑になるんだろう……腹の臓腑は食べた物を処理するだけだから、すぐには死なないのか。尻にはそもそも臓腑はないし……」

救吉がぶつぶつとつぶやきつつ、鹿のからだと地面が接している間に手を差し入れ、しばらくさわってから手を引き抜いた。血はついていない。

「弾は身の外に抜けていない。ヒスイ、書き留めておいてくれる？」

ヒスイは無言で、袋から紙の束と矢立（墨壺付きの筆入れ）を取り出した。

「弾が入った穴は五分（約一・五センチ）。血は少量。穴の周囲に焦げた痕あり。弾は身の内に残っていると思われる」

救吉の言葉を、ヒスイが書き留めてゆく。

「ねえ」

と、救吉はアオを見て、「この傷口から、鹿の皮を切り開いて、身の内を見てもええかな」

「え、なんでじゃ」

「鉄砲の弾が、どんな風に身の内を傷つけるのか、どんな風に身の内に残るのか、そしてなぜ死に至るのか……それらを確かめたいんだ」

アオが困った顔をして、後ろに立つ大人の猟師たちを振り返った。

アオの祖父であろう老齢の猟師が、黙って首を横に振った。それを受けて、

「ああ、いや、それはいかんぞな」

壮年の猟師が応えた。「皮はきれいに剝いで、売り物にせなならんし、そろそろ血抜きもせんと肉がまずうなるんで、もうやめておくれんかな」

救吉は、悲しげな目をして、あきらめきれない様子で鹿を見つめた。

猟師たちが、鹿の皮を剥ぐ準備なのか、前に進み出る。

「あいや、しばし待ってくれぬか」

辰之進が猟師たちを止めた。救吉を見て、

「医務方の鷺野」

「はい」

と、救吉とヒスイが共に応えた。

「ああ、ことに医師見習いの鷺野。この死んだ鹿は、人が銃で撃たれて、怪我を負った場合の、療治や養生の役に立つのか」

「はい。その通りです」

救吉がうなずき、「刀の傷ならば、消毒して、膏薬を塗るか、傷口を縫うかしたあと、清潔な布を当て、交換のつど消毒し、さらに膏薬を塗るなどして、回復を待つ事でよろしいと存じますが――鉄砲傷は、外側だけでなく、身の内がどのような事になっているのか分からなければ、療治や養生の仕方が定まりません。弾が残っていると、鉛の毒が全身に回って死に至る場合があると、蘭学の医書に記されているそうです。ですので、取り出し方も学ぶ必要があると存じます」

辰之進は、彼の返事を受けて、猟師たちの方に向き直り、

「この鹿、当方で買い上げたい」

と申し出た。「いかほどか。持ち合わせで足りなければ、のちほど届ける」

「え、鹿をお侍様が買うてくださるので」

壮年の猟師がびっくりして尋ねた。

「さようだ。医務方がこの鹿をいわば師として、多くを学びたいとの所存である」

持って回った言い回しは、猟師たちには理解できなかったらしく、考え込んでいるので、「すなわち、ここにいる医師の見習いと看護人が、郷足軽たちが戦の場で敵方の鉄砲で撃たれたときに――その傷を療治し、健やかな身に戻すための養生の仕方を、この鹿の傷から学びたいのだ。どうだろう、譲ってもらえるな？」

「え……」

二人の猟師は顔を見合わせた。

「そのような事じゃったら」

壮年の方が首を横に振り、「お侍様じきじきのお申し出なれど、お断りします」

辰之進は意外で、「その鹿は、随分と高価なのか。拙者は、そうしたものの値というものをよくは知らぬ。ただ、藩やこの日の本の国のために戦う兵の、傷の療治に役立つとなれば、この際少々高くても、上の者に掛け合って出すつもりだ」

「いや、ぃかんぞなもし」

「なぜだ。この鹿を、先にどちらかへ譲る約束でもあるのか」

「いえ、そんなものは……」

壮年の猟師は手を横に振る。

「では、手付けを渡そう」

辰之進はふところに手を入れて、「本当に金子が払われるか心配なのだろう。大丈夫だ、ひとまずこれは手付けで、必ずのちほど持参する」

「いや、お許し願いますぞな」

二人の猟師は手を合わせて、身を屈め、後ずさった。

辰之進は途方に暮れた。これはあきらめるしかないのか。思わずため息をつくと、

「辰之進様」

ひそめた声が、ヒスイの所から聞こえた。

彼女は、辰之進の方に身をすり寄せ、白い布越しに、

「この方たちは、もしかしたら鹿のお代は取らぬ、と申しておるのかもしれません」

「え……どういう事だ」

「猟師や山の民が、さぎのやに、鉄砲で射止めたり罠で獲ったりした鹿や猪や鳥などを、持って参る事があります。おへんろを通じて弘法大師様にご寄進したいのだと、お代は受け取りません。この方たちは、お大師様にするように、お城（藩）へご寄進されたいのではないでしょうか」

「看護人と同じく」

と救吉も同意し、「お城に鹿を差し上げたい、という念なのだろうと思います」

「うむ……では、そなたたち」

辰之進はあらためて猟師たちを見た。「鹿の金子は要らぬ、と申しておるのか」

とたんに猟師たちはにっこり笑った。

「へえ。金子はいかんぞなもし」

壮年の猟師がほっとした表情で言う。

「この鹿を、お城に、また我が殿に、寄進してくれるつもりか」

「へえ。お役に立ちとうございます」

「倅のためでもございます」

と、老齢の猟師の方が頭を下げた。

「倅のため？　とは、どういう事か」

「倅も、お侍になりましたぞな」

「……つまり、郷足軽になったのか」

「さようでございます」

応えたのは壮年の猟師の方で、「親父様の三男で、わしの弟、そしてこの青っぱなの父親が、郷足軽になるために山を下りました」

その男の名前を聞いたが、辰之進は知らなかった。救吉とヒスイも知らなかったので、きっと別の隊なのだろう。

「他にも、昔から付き合いのある知り合いも三人四人と、郷足軽になっとりますぞな。その者たちが戦で怪我を負ったときの、療治に役立つもんなら、この鹿は思うように使うてくださいませ」

「あい分かった。かたじけない。だが……」

辰之進は、つと考え込んだ。この一頭で足りるのか……。救吉を振り返り、

「医務方の学びというものを、拙者は存ぜぬが、剣術は幾たびも修練を積まねば、上達は遠い。その鹿一頭で、そなたの学びは足りるのか。一頭の傷を確かめただけで、療治や養生の仕方に合点がいくものか？」

「いえ、それは難しゅうございます」

救吉は首を横に振った。「刃物での切り傷や刺し傷も、受けた場所や深さや長さなど、事情に応じて療治を変えます。銃による傷もまた、それぞれの事情により、療治や養生の仕方を変えざるを

得ないはず。できるだけ多くの、銃による傷を見る事が肝要です」

「さもあろう……で、獣でも役に立つのだな」

「はい。人とまったく同じとは申せませんが――牛や馬の腑分けを見たおりに、人と似ている点が多々あると学びました。きっと人の鉄砲傷にも役立つと存じます」

「よし、合点した」


辰之進は猟師の方に向き直った。

「医務方の者が申した通り、今後も鹿や猪など獣たちの鉄砲傷を確かめ、人の療治の道に生かしたい。それゆえ、獣を射止めたおりは、まず我らに譲ってもらいたい。寄進はせずともよい。そなたたちの苦労に見合う、相応の礼をする」

礼について、猟師たちはまた断ろうしたが、

「待て。これは、そなたたちの労に報いるためばかりに申すのではない」

辰之進は静かに説いた。「医務方の者たちの覚悟のためでもあるのだ。ここにいる二人は、無償の鹿だからと申して、おろそかにする者たちではないが――他にも、戦の場における鉄砲傷について、学ばねばならぬ医務方の者たちがいる。目の前に置かれた獣の屍を、藩から特別に支給された物、我が殿からの賜り物として、大切に扱い、貴重な学びの品として扱ってもらいたい。そのためには、一度こちらで購うべきだと思い設けての事だ。そなたたちの、お城への忠誠をむげにするものではない。どうか分かってほしい」

黙って聞いていた猟師たちは、ひそひそと顔を寄せて話し合い、

「分かりましたぞな」

壮年の方が応えた。「お礼を頂戴して、お譲りする事にいたします。ほうじゃけど、一つ別のお願いがございます」

「聞こう」

「鹿も猪も、鳥も猿も、山で生きとる獣は皆、山の神様のものでございますけれ……亡うなった獣の毛皮や肉を使わせてもらうおりには、きっと山の神様にお祈りいたす決まりでございます。お医者となられる方々も、そのつど山の神様に祈っておくれんかなもし」

「なるほど。承知しました」

救吉が応えた。「命を相手に仕事をする者として、大切な心得ですね」

ヒスイもうなずき、

「祈りの作法を教えてください」

あえて低い声で告げて、頭を下げる。

猟師たちが実際に口にして伝える祈りを、救吉とヒスイはそのまま真似て、鹿と周囲の森に向けて、敬虔な姿勢を示した。

辰之進は、医務方の長・松田をはじめ、惣一郎ら上役に報告する務めのために、あえて祈りには加わらず、皆のする事を見守った。

突然、背筋にぞくっと寒気が走った。

誰かに背後から見つめられている……。

鷹林と刀を抜いて向き合った夜、「斬られる」と感じたときの殺気に似ていた。

いや、鷹林の殺気はまさに刀で斬りつけてくる、鋭く尖ったものだった。今感じているのは――

全身が総毛立ちそうでありながら、大きく包み込むような、「死」とは別の、言い知れぬ恐れを感じさせるものだ。

辰之進は、生唾（なまつば）を飲み、音を立てないよう慎重に背後を振り返った。

そばに人の姿はない。

少し先まで草の原が広がり、その先は丈の高い茂みが連なって、木々が立ち並んでいる。

見られている感じが消えたわけではなかった。むしろ強まった気がする。

もっと遠くに視線を送る……次の瞬間、激しく胸を突かれた。

遠くに茂った丈の高い草むらの奥に、二つの光がある。黒い。なのに光っている。

目だと思った。二つの目が、こちらをじっと見ている。

茂みの上には、大型の獣のものらしい茶褐色の剛毛がのぞいている。地面からの高さを考えれば、大人の背丈ほどもある。

熊だろうか……いや、伊予にも土佐にも熊はいないと聞いた。では、アオが話していた「えらいでっかい猪」だろうか。

あんな大きい猪が、こちらに向かって突進してきたら――と思うと、ぞっとした。声を出すのもはばかられる。だが皆に知らせなければと思い、そっと振り返った。

全員が、死んだ鹿を前にして、山の神様に向かって祈りを上げている最中だった。

いや、ヒスイが一人、やはり気配を感じたのか、二つの黒い光の方を凝視している。

ヒスイ……と呼びかけようとしたとき、彼女が察したらしく、とっさに口元にシッと人差し指を立てた。

辰之進は声を呑み込んだ。

〈声を出してはいけません、怖がるのも控えてください。こちらも貴方に気づいている、と伝えるつもりで、見つめ返しましょう〉

辰之進は、ヒスイの言葉が聞こえたように思い、黒い光の方に顔を戻した。

二つの目は、なおも辰之進を見つめていた。

怖がってはいけない。だが恐怖とは別の、神への畏敬にも似た畏れがこみ上げてくる。

猟師と救吉たちの祈りの声が聞こえる。

「山の神様、わしらの事を受け入れてくだされ。わしらのなす事をお許しくだされ」

祈りが森の奥へと伝わっていく。

辰之進もしぜんと同じ心持ちとなった。

どうぞ私の事を受け入れてください。私のなす事をお許しください……。

やがて、黒い光がすうっと消えていった。

茂みの上にのぞいていた獣のものらしい剛毛も見えなくなる。人の発する殺気よりもっと大きな、包み込まれるような恐れの感じも失せていた。

ほっと息をついて、ヒスイを振り返る。

彼女も安堵のため息をついたらしく、口元を覆った白い布がかすかに揺れた。


「おや、鹿のおなかが膨らんでいる」

祈りが終わったのか、救吉が声を上げた。

辰之進が視線を向けると、なるほど鹿の腹部が先ほどより膨らんでいるように見える。

「この鹿はもう、私たちが使ってもよろしいですか」

と救吉が、猟師たちに問う。

へえ、と彼らはうなずいた。

「ありがとう。じゃあ、鹿の身の内で何が起きているのか、開いてみよう」

救吉が、肩から提げた袋を地面に置き、包丁よりも細くて、刃が短い、「切開刀(せっかいとう)」と自分たちで呼ぶ刃物を、袋の中から出した。

腑分けを何度か経験するうち、人のからだを切り開くには、包丁ではなく、専用の刃物が必要だと救吉なりに考えて――ジンソに話を聞いたり、師の成川や松田にも相談したりして、図面を描き、明王院の院主に紹介してもらった鍛冶(かじ)職人に注文して、特別に打ってもらった新しい医務方の道具だった。

腑分けの要領で、鹿の膨らんだ腹を切り開こうとしたとき、

「いかんぞなっ」

アオがとっさに止めた。

「え、どうしたんだい、アオ……」

「膨らんでいる腹を、刃物なんぞで突いて、穴でもあけたら、おおごとじゃ」

「どういうことだね」と、辰之進も問うた。

「鹿の腹ん中は、鉄砲の弾で荒らされて、赤い水がどんどん出よる。ほれが溜まって、腹が膨らんできよるんじゃ。その腹に穴があいたら、赤い水が一度に噴き出して、救吉は真っ赤になってしまうぞな」

その通りだと、彼の伯父が相槌(あいづち)を打つ。

「だったら、どうしたらええ？」

救吉は、アオに尋ねた。

「簡単じゃあ」

アオは、はなをすすり上げ、「膨らんどる腹から遠い、地面に近い背中の辺りに、そうっと小さい穴をあけてやりゃ、そこから赤い水が少うしずつ抜けていくぞな」

救吉は、あらためて切開刀を握り直し、鹿の背中側に顔を寄せた。

ヒスイがその様子を紙に記録してゆく。

救吉は、アオに教わった辺りに切開刀の先端を差し入れ、静かに抜いた。

辰之進の目から見て、救吉の手さばきは、剣術の使い手のように無駄がなかった。

ほどなく、鹿の背にあいた穴からゆっくりと血が抜け、地面に染みてゆく。鹿の腹が次第にしぼむのがはっきり分かった。

時を置いて、救吉が厳粛な面持ちで鹿に一礼し、完全にしぼんだ鹿の腹部を、切開刀で一文字に開いた。血はほとんど出ない。

救吉は、腑分けの経験があるためだろう、ひるむ様子はまったくなく、だが慎重に手を動かして、内側の状態を確かめてゆく。

「弾はどうやら鹿の胸の、右前方から入り、左脚の方へと斜めに進んだようだね。途中の臓腑が、その方向で破れている」

ヒスイが、弟の言葉を紙に記してゆく。

辺りに独特の臭いが漂いはじめ、辰之進はふところに入れてあった手拭いで鼻から口を押さえて、彼らの作業を見守った。

やがて救吉は、鹿のからだの奥に手を入れて丹念に選り分けていたかと思うと、ぴたりと動きを止め、静かに手を引き抜いた。

指先に、赤く濡れた物をつまんでいる。

「少うし、ひしゃげています」

と、辰之進の方に示した。

「何なのだ」と、辰之進が問う。

「鉄砲の弾にございます」

救吉が手のひらの上にそれを置いた。

本来は球形の鉛弾が、なるほどいびつな半球に変形している。

「鹿の身の内に入ったときと、さらに骨などに当たったときの衝撃で、ひしゃげたのでしょう」

たったこれだけの小さい物が、軽やかに林を駆け抜け、森の中を跳ね回っていた命を、一瞬で奪ってしまったという事実に、辰之進は驚きと恐怖を感じた。

「これへ」

ヒスイが、竹で編んだ小箱を出して、蓋(ふた)を開く。救吉はそこに鉛弾を収めて、

「傷ついている臓腑は、針と糸で縫えるものなのかな……」

問いというより、独り言のように口にする。

アオたちは、救吉の行為すべてが未知の事らしく、ただ呆然と見つめていた。

「よし。迷うくらいなら、試みてみよう」

救吉は、ヒスイから水をかけてもらって手を洗い、袋の中から糸と針を出した。

「これから、どうするつもりなのだ」

辰之進は先が見えず、彼に尋ねた。

「はい。鉄砲の弾はさほど大きくなく、入り口も広がりません。たとえ腹部を撃たれても、臓腑や血の流れる管が傷ついていないなら——弾を取り出し、傷口をふさげば、命が助かる事もあるかと存じます。ですが、臓腑や血の管が傷ついてしまうと——血が流れ続け、死に至るでしょう。この鹿も、臓腑が裂かれて、血が流れ続けたために、命を失ったのだと存じます」

「それで腹が膨らんでいたのだね」

「ええ。ですので、もし人が鉄砲で撃たれ、息があるうちに我々に療治の機会があれば、からだを開いて、傷ついている臓腑や、破れている血の管がないかを確認し——あったなら、縫って、血を止める事ができれば、命を救えるやもしれません。ただし臓腑は大変柔らかく、血の管は細い。縫えるかどうか、まず臓腑で試してみたいと存じます」

救吉は応えると、鹿の身の内に両手を差し入れ、裂けている臓腑を縫い合わせる作業に取りかかった。

アオたちも黙って作業を見守っている。

だめだ、もう一度、もっと深くか、それではさらに傷つけかねない、もう一度……と、救吉はつぶやきながら手を動かし続ける。

「おい、おまえ、救吉……さっきから何を気味の悪い事をしよるんぞ」

アオがついにたまりかねた様子で尋ねた。

「今は、人が鉄砲でおなかを撃たれたときに、助けられる方法を、見つけようとしてるんだよ」

「そんなんで助かるんか」

「分からない。鉄砲を撃ち合う戦なんて、ずっとなかった事だからね。すべてが手探りなんだよ。やってみて、学ぶしかないんだ」

「……もしそれがきれいに縫えたら、鹿は生き返るんか？」

「いや、一度死んだ生き物は、いくら療治しても、生き返らない。だから死なせないように力を尽くす。そのために、死んだ生き物は、死んだ生き物から学ばせてもらうんだよ」

救吉は、なおしばらく臓腑を縫う試みを続けた。誰も何も言えなかった。

やがて彼が、深いため息をつくと共に手を下ろした。


「辰之進様、ありがとうございました」

救吉が頭を下げた。

「いかがいたした。うまくいかぬのか」

辰之進が問うと、

「はい。難しゅうございます」

救吉は肩を落とした。「いくら試みてもうまく参りません。血の管も、いったん切ってつなげられるか、試してみましたが……針が太いのか、よくはつなげませんでした。力不足ゆえ、ひとまず終えるほかございません」

「そうか……ご苦労だった」

まだ医師とは言えぬ見習いの身なのだから落胆せぬようにと励ましたかったが、口元の白い布を取った救吉は、ほほえんでいた。

「だが……何やら嬉しそうだな」

「はい。易々（やすやす）とはいかぬ、という経験をせねば、次には移れません。易々とはいかぬなら、どうすればよいかを考えねばなりません。修練も積まねばなりませんし、新たな道具が必要なのかもしれません。それらを知れた事が嬉しいのでございます」

辰之進は、つねに明るいこの少年に、つい笑みがこぼれるのを抑えられなかった。

「辰之進様が、鹿を購（あがの）うてくださったおかげです。アオや猟師の方のおかげであり、この鹿のおかげです。ありがとうございました」

救吉は、辰之進に、また猟師たちに、そして目の前の鹿に深く頭を下げた。

ただ明るいだけではない。すごい奴だと、辰之進は救吉に感心した。いずれ戦場（いくさば）では、頼りになる医師となるだろう。彼の姉は、本当にはそれを望んでいないとしても。

ヒスイの方に視線をやると、最後に弟が語った言葉をだろうか、なお黙々と紙の上に筆を動かしていた。

「なあ、救吉、おまえの弟子にしておくれ」

アオがいきなり救吉に頼んだ。「わい、おまえに、いろいろ教わりたい。山でまた鹿や猪を捌くときには、手伝わせておくれや」

救吉はびっくりした様子で、

「こっちがアオに教わったんだよ。それにまだ見習いだから弟子は取れない。けど、手伝ってくれるのは嬉しい。一緒に頑張ろうよ」

アオは満面に笑みを浮かべ、はなをすすり上げた。

辰之進は、猟師たちに、金子を渡すと共に、鹿を丁重に弔ってやってほしいと頼んだ。

三人で山を下りてゆく段になり、辰之進はまたヒスイと話す機会があった。

救吉は歩きながら、鹿の体内から鉛弾を取り出した経験や、傷ついた臓腑を縫い合わせる試みを、繰り返し思い出しているらしく、ヒスイと辰之進がいる事も頭にない様子だった。

辰之進は、森の奥から何かに見られているという気配――振り向いて目にした、茂みの向こうの黒い二つの光や、巨大な獣を思わせる剛毛について、結局救吉や猟師たちには話しそびれた。

白昼に見た夢のような気もしてきたからで、ヒスイにそれを話すと、

「夢ではございません。わたしも茂みの奥の二つの目を見ました」

ヒスイは、口元を覆う布を首まで下ろして話した。「あれは、アオたちが申していた、とても大きな猪かもしれませんが――わたしは山の神様のように思いました」

「山の神様は、猪の姿をしているのかい？」

「神様は人の目に見えない、大きな大きなものです。ですから、ときに人の目にふれるようなカタチに宿ると言われています」

「カタチ……？」

「猪や鹿や猿、鳥や蝶、場所によっては熊などです。目に見えるカタチに宿って、人を助けたり、大切な秘密を告げたり、ときには悪戯をしかけたりするそうです。たとえ猟師に撃たれても、神様はするりとカタチから抜け出し、別のカタチに宿るのだと、大女将や年配のおへんろから聞いた事がございます」

辰之進の家は、先祖代々の霊を大切に祭っており、氏神、鎮守の神、軍(いくさ)の神や護国の神にも、節目ごとに参っている。古事記や日本書紀で語られる神話も、八百万(やおよろず)のものに神が宿るという話にも、なじみがあり――山の神がカタチあるものに宿り、人の前に現れるという話は、ごくしぜん

に聞く事ができた。

「あれが山の神だとして……こちらを助けもしなければ、べつに悪戯もしかけてこなかった。では、何か大切な秘密を告げに現れたのだろうか」

辰之進は、あのときの情景を思い出し、「皆は山の神に、鹿の命を使わせてもらえるようにと祈っていた。それを許すと告げるためだったのだろうか」

「であれば、救吉か猟師さんたちに伝えるべきでしょう。わたしの所からは、あの目は辰之進様に向けられているように見えました」

ヒスイの言葉に、辰之進は驚いた。

「では、山の生き物の命を扱う場合は、私も共に祈るべきだ、と伝えていたのだろうか」

「辰之進様は、山のお人でも、獣を腑分けする医務方でもございません。お武家ですから、扱う命も、山の生き物には限らないでしょう」

「武家が扱う命とは……」

「お武家様は、領民など多くの命を左右する、重いご身分かと存じます。もちろん辰之進様お一人が、というわけではございません。なれど、戦を始めるも、始めないも、お武家様がお決めになられます。人ばかりか、生きとし生けるものの命を預かる責務がございましょう」

「言われてみれば……その通りだ」

急に肩がずしりと重くなる気がした。

「もしかしたら、山の神は、辰之進様に、この世のすべての命を司る者への、畏れや敬虔さを求められたのかもしれません」

「すべての命を司る者への、畏れ……」

大き過ぎる話に、辰之進は困惑した。

「何の話かとお思いでしょう」

ヒスイが、柔らかくほほえんで、「さぎのやの裏手には、温泉郷の守り神である、白鷺を祭ったお社がございます。代々管理を任されているのが、女将の座を次の者に渡し、さぎのやの差配からは退かれた大女将です。当代の大女将が、日頃より申している事ですが――人は、この世のすべての命を司る者への畏れを忘れてはいけない。忘れると、人は傲慢に陥り、獣や虫や木や花の命を、むやみに奪ってしまう。すると、ヤジロベエのように、どうにか釣り合いがとれていた、この世の理が崩れてしまい――たとえば飢饉や、洪水や、山崩れが起きてしまう」

「釣り合いが崩れる……とな」

「はい。そしてさらに畏れを忘れて、みずからが神にでもなったかのごとき傲慢に至れば、人の命を奪う事さえ恐れなくなる……それはきっと悲惨な世を招くだろう、と」

辰之進は背筋がぞくりとした。森で見られている、と感じたときと同じ身の震えだった。

「山の神は、私にそれを告げに訪れたと？」

「分かりません。もしかしたら、です」

「だとしたら……なぜ私に、なのかな」

辰之進の問いに、ヒスイは少し考え、

「選ばれたのかもしれません」

「私が、選ばれた？」

辰之進は身が強ばる思いがした。

「ええ。戦が近づいている今、もしかしたら辰之進様には、何かしらの特別な役目があると、山の神はお考えなのかもしれません」

「特別な役目とは、何だろうか」

「わたしも、ふと思っただけです。辰之進様は、わたしがこれまで知っている、どのお侍様とも違っていますから」

「何が違うと申すのだ」

「田や畑の話をよく聞いてくださいました。水を張った田を美しいとも賞されましたし、もっと学びたいとも仰しゃられました」

　ヒスイは、下りてきたばかりの山を振り返り、「山は遥か遠くまで連なっています。また木々は海を越えてつながり合っているという話もあります。ですから山の神とは、あまねく大地の神である、とも申せます」

　辰之進も山を振り返った。見渡す限り山並みは続き、果てがなく感じる。

「田畑も、果実や山菜も、大地の恵みです。それを食する人も獣も鳥や虫も、大地の恵みがあってこそです。それをないがしろにして、藩も、この日の本の国も、守る事は難しいのではないでしょうか。田畑の大切さを知り、学ぼうとされている辰之進様に、大地の神は、何かしらの役目があると見越して、お選びになったのかもしれません」

　辰之進には、途方もない、霧がかかったような漠（ばく）とした話だったが――実際にあの二つの目に見据えられた経験を思い返すと、ヒスイの話が真実を言い当てている気もした。

「おーい、何をしてるの」

　いつのまにか前方の離れた場所に進んでいた救吉が声をかけてきた。「空を見てごらん、ひと雨来そうだよ。急いでっ」

前方の空に、暗い雲が広がりはじめている。

雲の中で、いきなり稲光が走った。

「これはいけない。ヒスイさん、走ろう」

もうふもとまで下りていて、前方の道には、小走りに家路を急ぐ人の姿も見える。

ヒスイは、首まで下げていた布を口元に上げ、辰之進に続こうとして、足下が見えなかったせいか、石につまずいた。

前のめりに転げそうになるところを、辰之進がとっさに彼女の手を取って、支えた。

さあ、と手を取ったまま走り出す。ヒスイも彼に手を委ねたまま、並んで走った。

空からごろごろと不穏な音が響いてくる。前方の雲の中で、また光が鋭く走った。

（十三）

「さあさあ、始まったよ。戦だ、戦だ。とうとう戦が始まったよー」

勇志郎が城下町の繁華な通りの一角で、刷り上がった瓦版を手に、道行く人々に向けて大きく声を張った。

真夏の強い日差しにも、城山の盛んな蟬の声にも負けない、勢いのある声で、

「戦だ、戦。とんでもないことになるよー」

買い物客風の若い女が足を止め、

「あら、戦だなんて大変だ。でも、このあいだも戦が始まったって言うてなかった？」

彼女は通りかかった中年の男に、「ねえ、戦が始まった話は前にもねぇ」と問いかける。商人風の男は、

「そういや、戦が始まった話は聞いたぞな」

と言い、他にも「ほうじゃ、ほうじゃ」「戦の話は聞いたぞな」と、人々が足を止める。

「ちょいと、おにいさん、まさか――」

若い女が、勇志郎を見て、「前に刷った瓦版の余りを、売ろうとしよるんじゃない？」

ハハハと、勇志郎は明るく笑い、

「よもだを言うたらいかんぞな。正真正銘、まっさらの話。まっさらの戦が始まった」

「けどご城下は、こんなに穏やかかよ」

「藩のお侍方も、いまだ対岸の火事と思うているだろうが――それがご親藩の、残念なところだ。将軍様のご親戚ゆえ、いざとなれば守ってもらえるなんぞと、おっとり構えていては危ない危ない。ご公儀からすれば、ご親戚ゆえ、火の粉が飛んできそうなおりは、一番にからだを張って、将軍様をお守りするのが役目とお考えのはず……。他の藩の戦の話でも、しっかり備えておかないと、取り返しのつかない事になりかねないよ」

それを聞いた若い女は、

「おー、こわっ。けど本当かねぇ」

と、まだ疑い深そうに、周りを見回し、近くを歩いている侍数人に声をかけた。

「お侍様ー、お侍様ーったら。こっちですよ。戦が始まったって話をご存じですの？」

「なに、戦だと？」

いかにも下級の位らしい若い侍たちが、険しい表情を浮かべて歩み寄ってくる。女は、別の場所

にいた武士の一団にも声をかけた。

「お侍様ー、戦です。戦の話をご存じー？」

声をかけられた侍たちは、先に同年代の侍数人が歩み寄っているのを見て、何事かと足を向け、周りの町人たちも集まってきた。


頃合いよしと、勇志郎が周囲から一段高くなる木箱の上にさっと乗った。

ふところから出した扇子を閉じたまま、もう一方の手に持った瓦版の束をポーンっと音高く打つ。

「さて、お侍様をはじめ皆々様には、しばし高き所より失礼致します。戦の話、確かに一度お知らせしました。時は、紫陽花が満開の頃。江戸の将軍様が、朝廷の強い求めに応じて、異人たちを必ず追い払うと約束を交わした期日が、皐月の十日。しかし異国との戦はまさに大変事。ご公儀は秘かに諸藩に対し、くれぐれも先に異国に手を出すな、相手が仕掛けてきた場合にのみ打ち払えと、お命じになられました。もちろん我が伊予松山藩にも同様のお達しがあった事は、ここにおられるお侍の皆々様が知るところでございます」

彼が、周りに集まった侍たちを見回した。下級の藩士たちにまで届く話ではなかったから、この場にいる若い侍たちには初耳だったが、瓦版屋が知っている事実を知らないでは済まされないため、同輩たちの顔色をうかがいつつ、それぞれがうなずいてみせている。

「いくら朝廷のお求めとはいえ、異国と一戦交えようなど無謀の極み。我が藩も自重していたので、大事に至らなかったが――このお達しを聞き入れなかったのが、長州藩だ」

「そう、長州藩の戦の話を聞いたんだった」

若い女が、合いの手のように言葉を挟む。

「まさに期日通りの皐月十日に、待ってましたと長州藩の過激な攘夷派が、軍艦二隻で、アメリカの商船を攻撃したのが始まりだ」

勇志郎がポーンと扇子を打って、「続く二十三日、今度はフランスの軍艦に向けて砲撃を仕掛け、さらにびっくり、二十六日にはオランダの軍艦に砲弾を浴びせ――」

ポーン、ポーン、と扇子を打って、「大いなる戦果を上げた、と、これを以前、瓦版にてお知らせした次第」

「長州藩は大したもんだねぇ。口だけ攘夷じゃなく、本当にやってしまったんだもの」

女がわざとらしく感嘆する。若い侍たちの表情がさすがに強ばる。すかさず勇志郎が、

「ところがそれが、異国の怒りに火をつけた」

また音高く扇子を打って、「アメリカの軍艦が下関に攻め込み、長州の軍艦を次々と沈めたり壊したり、陸地の砲台も使えなくしていった。続いてフランスの軍艦二隻も攻め寄せて、フランス兵が上陸し、奪ったり壊したり、散々な目に遭わせたから大変だ」

若い侍たちは、そら見ろ、とうなずいた。ご公儀に反するからだ、と口にする者もいる。

「仰しゃる通り。長州藩は、ご公儀から愚かな事をしたと責められた。しかし彼の雄藩がこのまま黙っていますかどうか……喧嘩に強い奴は、実は負けから学んだ奴。なぜ負けたか、おのれに足りないものは何か。敗北から学び、次に勝つための手立てを打つからこそ、喧嘩に強くなる。その経験を彼らはした――と思えば、戦わなかったご公儀や他の藩より、長州藩は頭一つ抜け出たのかもしれず……我らも後れを取るやもしれません」

「だったらどうすりゃいいの」

若い女が不満げに、「今から、うちらも戦えなんて言うんじゃないでしょうね」

「戦わなくても、学ぶ事はできる。それが、これだっ」

勇志郎が手の瓦版を扇子で打った。「この長州藩の戦については、前に刷ったが、買いそびれた方もおられましょう。今回は顚末を手短にまとめた上に、足りなかった兵力が何であったかの見立てと、長州藩が潰れぬために打った次の一手、奇兵隊なるものが作られようとしているとの浮説(噂)も記した、総集版を皆様にお譲りします。彼の地で何が起きたか、その影は当藩にも響くのか——敵を知り、己を知れば百戦危うからずとか。お侍様、一枚いかがでしょう、消息通として、ご同輩方にも自慢できるかと存じます」

「よし、一枚もらおう」

一人の侍が応じると、よし拙者も、ならば拙者も、と侍たちが手を上げて、つい町人たちもそれに釣られて手を上げる。

「あねさん、少し手伝ってはくれまいか」

勇志郎が、先の若い女に頼み、

「仕方ないねぇ」

と女は応じて、勇志郎に渡された瓦版を、欲しがる相手に渡し、代金を受け取る。

その間に勇志郎は、乗っていた木箱を下りて、箱の中から新しい瓦版を出した。

「さあ、ここからが本日の新しい戦のネタだ」

彼がまた木箱の上に乗って、「土地の商人から商人へ——ご公儀の間者や、各藩の忍びたちが調べたのと同じネタが、さほど変わらぬ時の早さで——いや、商人たちにはまさにそのネタが生死の鍵。ときにはより早く、伝えに伝えて、俺の耳にも入ってきた真実だ」

「どこで起きた戦なの、また長州？」

若い女が、誘い水のように尋ねると、勇志郎は皆を見回し、にやりと笑った。

「聞いて驚け、島津の薩摩藩だっ」

おおっ、と集まった人々がどよめいた。

「因縁は去年(こぞ)の秋、生麦村で起きた、薩摩藩士によるイギリス人、斬り殺しの一件だ。イギリス側は、江戸のご公儀からは賠償金の支払いを受けたものの――薩摩藩は、犯人の処刑にも賠償金の支払いにも応じていない。ついに業を煮やして、なんと七隻もの軍艦を薩摩に寄せて、薩摩の商船三隻をとっ捕まえた」

「あらまあ、なんて無体な事を」

また若い女が応える。それに誘われ、

「まったくだ、野蛮な異国の連中めっ」

侍の一人が罵(ののし)り、別の侍も興奮気味に、

「勝手に我が国で礼を失した振る舞いをしながら、さらにひどい真似をするとはのぉ」

「それで薩摩は、どう出た」

と、また別の侍から尋ねられ、

「さあ、どう出たと思いますか？」

勇志郎は、集まった人々を見回して、いきなり、ドーンッ、と両手を振り上げた。

人々が、わっとびっくりして、のけぞる。

勇志郎は、ここぞとばかりに勢いをつけ、

「先に我が藩の商船に手を出したのは異国だと、薩摩藩は、イギリスの軍艦に向け、陸上砲台から

ドーン、ドドーン、と砲弾を浴びせた」

おー、やったやったと、侍たちをはじめ集まった人々が歓声を上げる。

「ところが、こしゃくなイギリス側も、船からアームストロング砲って卑怯なほど巨大な大砲で撃ち返し、薩摩の町にも砲弾が次々落ちて、家や屋敷が吹っ飛ぶ。火が移る。おりからの強風にあおられて、美しい町が焼けてゆく」

聞く人々は、悲鳴を上げたり、息を詰めたりして、勇志郎の話に聞き入る。

「薩摩藩の砲台の撃ち手は、おのれ、おのれと歯がみしながら、イギリスの軍艦に向け、魂のこもった砲弾を浴びせ返す。我が国は渡さぬ、我が民は守り抜く。その思いをのせた砲弾が、イギリスの軍艦に穴を空け、マストを折って、兵を海へと追い落とす。相手の大将が乗る船も、ついに逃げ出す有様だった」

はからずも聴衆から拍手が起きた。


勇志郎は、しかし、と沈んだ表情を浮かべ、

「イギリスは世界に冠たる大国であるとか。薩摩一藩でよく戦ったと言えるものの、海に近い町が大きな被害を受け、家や家族を失った人々は数多（あまた）あるとの事。攘夷の代償は、かくも大きいものなのか……」

彼は瞑目（めいもく）して、死者への哀悼（あいとう）を示してみせた。人々はしんと静まる。

「さあ、そこでだ——」

勇志郎は目をかっと見開いて、扇子をポポンと打ち、「これよりいかなる事に相成るか。先にも申した通り、戦は善いとは言えないが、得がたい経験となるのも事実。薩摩がこの戦から何を学

び、イギリスが有する軍艦やら大筒やらの力から、何を得ようとするか……目の前で見た、異国の力。それを我が物にせんと企んでも不思議ではない。幕府にはない力を求めて、戦ったイギリスとあえて手を組もうとする働きがそこに生ずるやも――いがみ合ったガキ大将同士が、喧嘩の後には互いを認め、友となるのは、たまにある事。伊予松山藩は確かに戦わなかった。それは善だとしても、このまま安穏とあぐらをかいていては、長州や薩摩に後れを取らないか……いざ戦となれば、この美しいご城下にも火の粉が降るやもしれず、そうなる前に打つ手として――実際の戦の経験はなかったものの、ほら、幸いにもここに、戦の顚末を記した瓦版がある」

彼はあらためて手の瓦版を高く掲げた。

人々の視線が釣られて動く。

「藩の行く末、いや、まずおのれの行く末を見通すにあたって、薩摩とイギリスとの戦の顚末を、どうで読まずにいられれましょうや。さあ、買ったり読んだり。あるのはここに持っているだけだ、早い者勝ちだよ」

「よし、買った」

「拙者も一枚」

侍たちが次々と買い、町人たちも乗せられて、あっという間に一枚残らず売り切れた。

瓦版の代金は、直接勇志郎に払われたものも、若い女に取次として渡されたものも、勇志郎が抱える木箱の中に納められてゆく。

「おい、こら、これは一体何の騒ぎだっ」

突然、濁った太い声が辺りに響いた。

「何をかように集まっておるのだ。ええい、散れ散れ。不心得者らめ、往来の邪魔だ」

人々の輪の外に、役人たちの姿が見えた。

面倒事を避けたい若い侍たちや町人は、慌てて立ち去ろうとして、あちこちぶつかり、辺りがさらに騒然となった。

役人たちは騒ぎを鎮めようと躍起になり、

「こら、落ち着け、静まれ。この騒動の張本人は誰だ。子細を聞く、顔を見せい」


勇志郎は、とっさに身を屈めた。

「こいつはまずいな……」

「勇さん」

瓦版を売る手伝いをしていた若い女が、心配そうに声をかけてくる。

「澄香、おまえは先に逃げろ」

「だけど……」

「いいから。俺一人なら、なんとかなる」

今は道後の温泉郷で芸者をしている幼なじみの澄香を、人々の波に紛れ込ませる。

役人と手下は、反対に人の波に逆らって、勇志郎の方に迫ってくる。

「さて、どうするか」

瓦版を売る許しは得ている。だがこのところ、戦の話には役人たちも敏感になっている様子で、戦の話を瓦版に刷ると、どこで仕入れた話なのだと、詮議が厳しい。下手をすると、刷るのも売るのも差し止めになりかねない。

瓦版そのものに発行元などは刷っていないから、ひとまず現場で捕まらなければ、どうとでも言い逃れはできるはずだった。だが、手に抱えた木箱がかさばり、混み合う人の間を容易には抜けられそうにない。といって売上金を投げ出すわけにもいかない。

「その箱をこちらに」

不意に、耳元に細い声を聞いた。

「ばかを言うなっ」

殴りかからんばかりに振り返る。

「勇志郎さん、私だ」

目の前に、月代（さかやき）を剃った跡がまだ青々としている、ひょろりとした若い侍がいた。

「誰です……」

勇志郎の問いに、若侍は苦笑を浮かべ、

「参ったなぁ。内藤助之進だよ」

「え……まさか、内藤の坊っちゃん？」

確かに額から下の、気が弱そうだが聡明（そうめい）な目をした、優しい顔立ちには見覚えがある。

「こりゃまた見違えましたね。ついに元服ですか。おめでとうございます」

「やあ、ありがとう」

「これからは、坊っちゃんとは呼べませんね」

「今はそれより、箱は私が責任を持って預かるから、勇志郎さんは先へ早く」

「坊っちゃんなら安心だ。恩に着ます」

勇志郎は、木箱を助之進に託して、身をさらに屈めると、役人が目の前に迫ってくる寸前、するするっと人の間を抜けていった。

辻駕籠を雇った内藤助之進は、勇志郎が瓦版を刷っていた家の近くに来たところで、ここでよい、と駕籠かきたちに伝えた。

彼が、木箱を脇に抱えて、駕籠から降り立ち、代金を払おうと手間取っていたところへ——どこからか若い女が歩み寄り、

「さあ、お兄さんたち、こちらから」

と、駕籠かきたちに少し多めに弾んで代金を払い、また頼みますね、と送り出した。

「あれ、あなたは、もしやあのときの……」

勇志郎が瓦版を売る際、掛け合いのように言葉を投げ、何かと手伝っていた女だった。

彼女は丁寧に頭を下げ、

「お初にお目にかかります。澄香と申します。勇さんとは、野山を駆けまわっていた幼い頃からの仲でございます」

「へえ、そんなに昔から」

助之進は目をしばたたき、「でも、だからこその、あ・うんの呼吸だったのだね。実に達者な掛け合いだったなぁ……」

今度は澄香の方が目をしばたたき、

「ご覧になっていたんですか」

「ええ」

助之進は率直に答え、「勇志郎さんの声を耳にして、おやと思って近づいていくと——あなたがうまく話に絡んで、道行く者や、若い藩士らの注意を惹きつけていた」

「お恥ずかしいところをお見せしました。勇さんから、ああ言え、こうしろと求められ、指図通りに動いただけでございました」

「いやいや」

助之進は手を横に振り、「ただ指図に従うだけでは、ああまで人の心は摑めない。人慣れしていると申すのか……武士を前にしても臆せず、人を乗せるのが上手なゆえ、瓦版もあれほど売れたのだろう。もしや、何やら人前に出る商売をなさっているのかな」

澄香は、素直に頭を垂れて、

「ご慧眼、恐れ入ります。道後界隈でお座敷に上がらせて頂いています」

「道理で。私は、幼い頃は江戸の藩邸に暮らし、よく芝居小屋に連れて行ってもらっていた。確かに、小屋掛けの呼び込みの呼吸にも似た心地よさがあったなぁ」

澄香が頬を染めて、恐縮し、

「もういじめないでくださいまし」

「あ、それより立て替えてもらった駕籠の代金を」

「とんでもない。わざわざ箱をお運びいただいたのですから。いつまでもお持たせして、申し訳ございません。さあ、こちらへ」

「いや、さほど重くないので大丈夫」

助之進は、受け取ろうとする澄香を手で制して、「それより、申し遅れたが、拙者は――」

「存じ上げております。内藤様」

澄香は腰を折り、「勇さんから、聡明なだけでなく、お優しい方と聞いております」

助之進は顔が赤らむのを感じた。

「では、どうぞこちらへ」

澄香は、以前の家の前を素通りして、路地の奥へと進んでいく。

「あ、この家ではないのか」

「役人の手入れをかわすため、別に家を借りているのです」

澄香は説明して、路地沿いの十軒ほど先の家の前で足を止めた。「今、勇さんを呼んで参ります。家の中でお待ちくださいませ」

彼女がさらに路地の奥へと去ってゆく。

助之進は、無人の家でも「ごめん」と小さく断って、玄関戸を開き、中に踏み入った。


奥の間の障子が開け放たれ、外の光がまばゆく室内に差し込んでいる。

その光の中に、畳の上で横向きに座っている柔らかい印象の人影があった。こちらに気づいて、首を振り向け、

「いらっしゃいませ」

澄んだ声が、心地よく耳に響く。しかしこちらをうかがうように見て、不審そうに、

「あ、お武家様、失礼ではございますが、どういった御用でしょうか」

その声に聞き覚えがある気がした。だが助之進が立っている所からは、相手の背後の光がまぶしくて、肝心の顔が見えない。

「拙者は、ここで勇志郎という方と待ち合わせているのだが――」

「重ね重ねの失礼をお許しください。お名前を承ってもよろしいでしょうか」

「あ、拙者は」

そのとき脇に抱えた木箱がずり落ちそうになり、とっさに足を踏ん張り、抱え直した。

玄関から差し込む光を、途中で閉ざす形となっていた彼のからだが横にずれ――畳の上に座っている人の顔を浮かび上がらせた。

肌の白い、鼻筋の通った美しい顔が、背後の光よりもさらにまぶしい。

「……天莉さん」

助之進は驚き、次の言葉が出なかった。

天莉は、月代を剃って間がなさそうな若い侍から呼びかけられて、戸惑った。

「はい。さぎのやの天莉でございますが、お武家様はどうしてわたしの名を――」

「あ、いや、拙者は」

助之進は名乗る言葉が続かなかった。忘れられたのかと思い、気持ちが沈んだ。

彼は、額の辺りに手を当て、思案に暮れたように数度こすった。それが天莉に、前髪があった頃の彼を思い出させ、

「あっ、もしや……」

彼女は口元に手を当て、「内藤様……助之進様でいらっしゃいますか」

助之進は、心にかかった暗雲がさっと晴れた心持ちがした。表情もしぜんとゆるみ、

「はい、お久しぶりです」

「大変失礼致しました。前髪を落として月代を剃っておられたので、見違えました」

「まだ慣れなくて。似合わないでしょう」

「いいえ、いいえ」

天莉は首を横に振り、「とてもお似合いでいらっしゃいます、ご立派です」

天莉は、彼の前で座り直して、手を突き、深く頭を下げた。

「元服、おめでとうございます」

「これはご丁寧に。ありがとう」

彼は浅く頭を下げ返した。

「どうぞ、お上がりください。今、お茶を」

天莉が土間に下りてくる。「勇兄さんの言うお客様とは、助之進様だったのですね」

「勇志郎さんは何と」

「今日は安倍先生が郷足軽隊の医務方に講義に行かれて、療養所がお休みなので、さぎのやで働いておりました。兄が息を切らして訪ねてきて、大事なお客が来られるから、ここを綺麗(きれい)にして、自分が行くまで待っていろと」

「そうでしたか……」

もしかしたら勇志郎が、天莉に好意を抱く助之進のために、気を遣ったという事かもしれない。

彼は、脇に抱えていた箱を畳の上に置き、

「勇志郎さんから預かっていた箱です」

「さような嵩張(かさば)る物を、兄はお預けしたのですか。わざわざご持参いただき、誠にありがとうございます。どうぞ上に」

重ねて勧められ、助之進は畳に上がった。

大小の刀を腰から抜いて、脇に置く。

思えば、彼が天莉と二人きりになるのは初めてだった。黙っていると、高鳴る胸の音が、お茶の用意をしている彼女の耳にまで届きそうで、いっそ恐ろしくなった。

親友の辰之進なら、このような場合でもどっしり構えていられるのだろうが……どうしても腹が据わらず、おろおろしてしまう。

助之進は、胸の音をごまかすように咳払いをして、

「使いの用で、街道沿いの商店を訪れたおりに、勇志郎さんを見かけたのです――」

と、それ以降の経緯を手短に話した。

「まあ、そんな事が……」

天莉は、助之進の下座に座り、彼にお茶を勧めた。「澄香ねえさんが兄の手伝いをしているのは存じておりましたが、療養所での勤めがあるので、二人が瓦版を売っているところはまだ見たことがないのです」

「達者なものでした。ことに今日は、長州藩と異国との戦に加えて、薩摩藩とイギリスとの戦の、二つの瓦版を売っていたので……澄香さんという方の、粋な合いの手は貴重でした」

「わたくしは、戦がこの国の中ですでに起きているという事が、まだ信じられません。周りのほとんどの者が同じ思いです。ご城下も、道後の温泉郷も、平穏なままですし」

「ええ。同感です。この国のある場所では、異国と砲弾を撃ち合う戦が起きているのに――離れていると、実感が伴わない」

助之進は思案顔で、「私は、それが戦というものの一つの怖さだと思うのです。ゆえに、消息を伝える仕事が大切なのでしょう」

「と仰しゃいますのは、どういう……?」

「戦は恐ろしい、避けたいと願いながらも、戦は火事のようには目に見えない。戦が近づく足音を

心して聞いていないと、備えもないまま巻き込まれる恐れがあり——備えがないと、命に関わる大事にも至ります」

「ええ。それは恐ろしゅうございます」

「ですから勇志郎さんがしている仕事は、とても大切なのです。離れた地で何が起きているかを知らせてもらえれば、備えられる。またどこかで人がつらい目に遭っていると分かれば、支援する事もできましょう」

「お役人にお叱りを受ける場合も多い仕事を、大切だと仰しゃってくださると、嬉しく存じます」

「ただし、事実でなければ困った事になります。先ほど勇志郎さんの話を聞いていた人々は、薩摩の町が異国の砲撃で燃えていると知り、悲鳴を上げ、怒りをあらわにし——薩摩が異国にやり返して、多大な戦果を上げたと聞いたおりには、歓声を上げていた。遠い地の出来事や、人々についての消息を伝える仕事は、誤った用い方をすると、人の心を操り、悪しき行いへと導きかねません」

天莉は、不安そうにうなずいて、

「兄が、商家を回ったり港に出入りしたり、道後のお座敷に秘かに上がったお武家様から話を伺ったり——旅人やおへんろ、明王院様ら修験者の方々からも、いろいろと確かめるように世間の消息を聞いているのは……早とちりで嘘を刷ってしまう事を、恐れるからだと申してました」

助之進は、出されたお茶に口をつけ、

「立派な考えです。藩内でもすべての者に、つまびらかな戦の消息は伝わらない。それこそ勇志郎さんの瓦版によって、初めて聞き知る者も少なくないのです」

「そうしたものなのでございますか」

助之進は、うなずく代わりに茶碗を置いて、

「藩にも確かな消息が入ってこない場合があり、入っても、先の見通しが立たない場合が多いのですよ。長州と薩摩の起こした戦が、今後どのように広がり、ついには我が藩も出陣せねばならなくなるか……いつしか火は消え、戦のない世に治まっていくのか……まだ誰にも分からない。なれど、藩士としては戦が起きるものと心得て、備えなければならず……実は、こうして参ったのも、それについての話があったからです」

「お話、とは、兄にですか」

「天莉さんにも」

「え、わたくしにもですか」

「ええ。じかに伝えたい事があったので、本日は良い出会いとなりました」

「では、兄をすぐ呼んで参ります」

「いえ。もうさほど時間もなく、天莉さんから伝えてください。私は近々、世子（世継ぎ）定昭公のもとで、大切なお役目を仰せつけられる事となっております」

伊予松山藩当代（十三代）の藩主松平勝成は、高松藩主松平頼恕の家に生まれ、十二代藩主勝善の養子となって、安政三（一八五六）年に家督を相続した。定昭は、伊勢国津藩の藩主藤堂高猷の家に生まれ、安政六年勝成の世継ぎとして養子となった。

助之進の父は、藩主勝成がまだ家督を継ぐ前に、小姓、すなわち身の回りの世話係として仕えていた。助之進もまた定昭に小姓として仕えるよう、内々に申し付けられている。

「そのような大切な事を、わたくしなどにお話しになられてもよろしいのですか」

天莉が心配そうに尋ねるのに対し、

「たぶん、よろしくはないでしょう」

助之進は困ったような笑みを浮かべた。「ですが、せっかくお会いできたのに、肝心の話が伝わらないのでは困ります。実は、しばらくここを訪ねる事が叶わなくなります」

「え……」

「そのわけを、天莉さんには知っておいてほしかったのです」

天莉はよく分からないのか首を傾げた。

「わたくしにですか、兄は？」

「天莉さんが知っておいてくれれば、それでよい」

なぜ天莉にか——という事については、若い助之進はそれ以上の言葉を持たない。

天莉も、男女の心の機微にはまだ疎く、要領を得ない表情を浮かべている。

助之進は話を続けた。

「これはすでに多くの者が知る事なので申しますが、先頃、江戸の将軍様が朝廷からの求めによって上洛された際、江戸の藩邸におられた世子（定昭）も、警固のために藩士を伴い、京へのぼられた。私の父は要職にあるためお伴をしたが、激務がたたってか、熱病にかかって床に臥し、私が単身看病のために京へと旅をしたのです」

「まあ、それは大変でございました」

「その後、父と無事に伊予に帰参しましたが、京にいたおり、各藩の思惑や動き、浪士たちの振舞いが、混沌と入り乱れているのを見聞きしました。そして最も心に懸かったのは、我が国と異国との戦にはあらず——ご公儀と雄藩との間で、戦が起きはしないかという事だったのです」

「ご公儀と、ご公儀に従うべき藩との間で、戦が起きかねない、と申されるのですか？」

びっくりしている天莉に、助之進は小さくうなずき、

「ご公儀は異国に向けて港を開き、すでに人や物の行き交いが始まっている……今さら攘夷など土台無理なのです。けれど朝廷は異国嫌い。ご公儀よりも、その朝廷にこそ従わんとする藩があるため、どうしてもぶつからざるを得ない。そして戦になるかならぬか、鍵を握っているのは、浪士たちだという気がしました」

「浪士とは、脱藩したお侍の方々ですか」

「ええ。浪士たちの多くは高い志を持って、死を覚悟で藩を出ています。むしろ戦になった方がよいくらいに思っているのでしょう、志を遂げられる望みが出てくるわけだから」

「そんな、戦になった方がよいなんて……」

天莉が悲しげに首を横に振った。


「今すぐ戦が起きるわけではありませんよ」

助之進は、彼女をなだめる口調で、「なんとかそれを止めようと、浪人たちの策謀を取り締まっている方々もいるので」

「そうなんですの？」

「主に会津藩の方々です。藩主松平容保公の配下に取り立てられた壬生浪士組（のちの新選組）と名乗る人たちもいる。彼らは、この世を転覆させようと不穏な動きを見せる者を、厳しく取り締まっているそうです」

「でもなぜ、京でばかり、そのような不安な事態が生じているのでしょうか」

「天子様がおられるからですよ。天子様のご命令――勅命を受けて、我々は動いているのだ、と

いう形を取り繕いたいからでしょう。そうなれば、おのれたちの為す事すべてに大義名分が立ち、多くの者を従わせられる。敵対する者たちは、天子様に敵する者、すなわち朝敵――この国の賊として、堂々と成敗ができます」

天莉は深々とため息をついた。

「それでは、本当に正しき事のために、戦をするわけではないように聞こえます……まるで思うがままに天下を操りたいがために、恐れ多くも天子様を利用するかのような」

助之進も、合わせてため息をついた。

「申される通り。世が乱れるに従い、それぞれの熱き志は失われ、目の前の利を得るために、他者を利用し、傷つけ、ついには多くの人々を不幸に巻き込むのでは、と懸念しています」

「助之進様は如何なさるおつもりですか」

彼は、相手をしっかり見つめ、

「私は剣の道はいささか不得手で、学問を好みます。近頃は詩も少々たしなみます。泰平の世であればこそ、学問も生き、詩も楽しめる。藩の務めも本来は戦ではなく、平穏な日々のために治めてゆくもの。京の治安は、藩のため、御国のためになるはず。警固の兵を出すよう、我が藩がご公儀に求められれば、世子が現地で指揮を執られましょう。されば私もお供を致し、力を尽くす所存。ゆえに当分はお会いする事が叶わず、しばしのお別れを告げに参りたいと願っていたのです」

「ありがとうございます。助之進様のお言葉、とても心が温かくなります」

天莉の言葉に、彼もまた同じ思いがした。

助之進は、おのれと天莉、お互いの言葉に酔ったかのような気持ちの高ぶりをおぼえた。

今このときならば、長く胸に秘めていた想いを相手に告げる事ができるのではないか——いや、今を逃せば、二度とこのような機会は訪れないだろうと思う。

天莉と二人きりで、親友の辰之進にも打ち明けていない、戦や政事にまで至る本心を、これほど打ち解けて話す機会など、願っても訪れるものではない。まさに神の恵み。その恵みにあずからずしてどうする……。

「次にお目にかかるときは、戦が広がらずに収まるか——たとえ戦が生じても、大きな損害が出ず、これからのち、永遠(とわ)とは申せずとも——長く平穏な日々が続くと信じられるときでしょう」

「戦が広がらぬままに、そのようなときが訪れる事を、心より祈っております」

彼女が胸の上に両手を重ねる。

「そのときに、そのときには……」

助之進の声がうわずった。「おりいって大事な話を、あなたにしたいと願っています。私の家の話です」

「まあ、それはどういったお話ですの」

天莉が不思議そうな表情で尋ねる。

「それは、あの……天莉さんを、我が家にお招きしたいという……」

むろん武家の家に町人の娘を迎えるなど、反対は大きいだろう。だが世の中は変わってきている。商家から武家に嫁入りする例も耳にするようになった。しかも彼女の生家、さぎのやは、いにしえから続く家であり、明王院や石手寺・伊佐爾波神社など寺社との付き合いも長い。大原観山ら藩士とも親しい付き合いをしている。だから——。

「お招き、ありがとうございます」

天莉はにこやかに応えた。「兄もわたくしも、お言葉だけでも嬉しゅうございます」

「え……」

「そのときには、さぎのやにもお招きしたいので、ぜひお越しください。そうだ」

天莉は、手をぽんと軽く打ち合わせ、「平穏な日々が長く続くと信じられる日が来たら、さぎのやでお祝いを致しましょう。大原先生や、ご友人の辰之進様など、御縁のある皆様をお招きして、ごちそうを囲んで、永遠の平安を祝うのです」

「それは……よろしいですね……」

助之進は、高揚していた心に冷や水を浴びせられた思いがして、頭を垂れた。


「では……これにて、失礼つかまつる」

助之進は、大小を差し、腰を上げた。

「そうでございますか。もうすぐ兄も参ると思いますけれど」

「よろしく伝えてください」

天莉は、先に土間に下りて、助之進の履き物を丁寧に揃え、

「何もお構いできず、失礼致しました」

「いや、おいしいお茶でした」

助之進は戸口まで進んで、首を振り向け、

「言い忘れた事がありました。拙者——」

と硬い言葉をあえて用い、「元服を機に、名を師克と改めました。師匠の師に、勝つを意する克の字を用います」

「師克様……よいお名前です」

「師に勝らん事を願う、恐れ多い名ですよ。昔なじみには、今も助之進ですが」

「お忙しいのにわざわざお寄りくださり、有り難くも、もったいない事でございました。師克様のご無事をお祈り致しております」

「ありがとう。でも天莉さんにはやはり、かつての名で呼んでもらう方がしっくりするな」

助之進はそっとほほえみ、「では、天莉さん、どうぞお達者で」

玄関戸をがらりと開く。

「おからだをいたわり、お健やかにお過ごしくださいませ——助之進様」

天莉の優しい声を背中で聞き、外へ出た。

彼は、戸を閉めようとして、すぐ脇に人が立っているのに気がついた。

あっ、と声が出そうになる。

相手は、シッと人差し指を口元に当て、助之進に代わって玄関戸をすっと閉めた。

そのまま相手は、彼の腕を取って、大きな通りの方へと導いてゆく。

「勇志郎さん……」

「どうもすみません、助之進様。立ち聞きするつもりではなかったのですが、京へ行かれたという話が耳に入り、さえぎってしまうには惜しく思われ、そのまま伺っておりました」

勇志郎に聞かれたという事が恥ずかしく、顔が火照(ほて)ってくる。

「いい年頃のくせに、まだおぼこで……」

路地から大きな通りに出る手前で、勇志郎はため息をついた。足を止めて、助之進の腕を離し、

「妹の不調法(ぶちょうほう)を、どうぞお許しください」

と、深く頭を下げた。

「あ、いや、とんでもない」

助之進は手と首を共に横に振った。

するると勇志郎は顔を上げ、異様に目を光らせた。


「ところで、会津のもとで京の治安のために働いている壬生浪士組のお話ですが——その中に原田左之助様がいらっしゃるとの噂が、人づてに入ってきています。助之進様、京に行かれたおり、お聞きになりませんでしたか」

助之進は驚いて、

「実は、それも勇志郎さんに伝えたくて参ったのだ」

「と仰しゃいますは？」

「父上から聞いたのだよ。壬生浪士組に、あの左之助さんがいると」

もう五年前になるか……伊予松山藩を脱藩した原田左之助は、かつて助之進の父に仕えていた。助之進は、彼が遊んでくれたり剣術を教えてくれたりした日々を覚えている。頭がよく、剣術にも優れた、美男子だった。だが足軽の子であるがゆえに、周囲から正当に能力を評価されず、ついに大罪となる脱藩をするに至った。

「父上は、噂を耳にし、人をやって確かめさせたのだ。本人と分かり、呼び寄せたくても、立場上、脱藩した者に会う事はできない。さりとて、ご親藩としては我が藩より重きを置かれる一門、会津松平家のもとで——乱暴狼藉を働く浪人や、幕府転覆を謀る者たちを取り締まっているとすれば、ひと言、務めをよく果たすようにと励ましたかったのだろう。私を、使いに出されたんだ」

「お、原田様にお会いになられましたか」

「いやそれが……左之助さんはたまたま見回りに出ていたのか留守で、父から預かった些少の金子だけを置いて、帰ってきたんだ。もう一度伺うつもりだと伝言を残したが、私も旅の疲れで思うにまかせず、ついにそのまま父と帰ってきた次第」

「そうでしたか。会津藩は、いにしえ伊予松山城を築かれた加藤嘉明公が、次に藩主として迎えられた地。原田様が伊予を出て、会津に迎えられるとは――これも縁ですね」

「脱藩した左之助さんは、尊皇攘夷の志で働くとばかり思っていたのに、勤皇の浪人を取り締まる、幕府側とは意外だったなぁ」

「おのれの力を認めてくれる人や居場所を求めていらしたんでしょう。原田様に限らず、脱藩した多くの浪士たちが、おのれの本当の力を伸ばしたい、認めさせたいとの思いを持って、動いているはず……その若い力のぶつかり合いが、これから先の世を動かしていくに違いありません」

「良い方へ、動いていくだろうか」

助之進が問い、勇志郎は首を横に振った。

「良いか悪いかは、誰にも分かりません」

(十四)

文久から、元号が元治に変わった。

異国との揉め事が続き、長州と薩摩では実際に戦が生じて、京の治安も乱れている。

薩摩藩と会津藩の公武合体派が、急進的な尊皇攘夷派である長州藩士らと公家七人を、京から長州へ追い落とす政変も起きた。

改元は、運気と人心を一新したい願いが込められての事だろう。

ヒスイは数え年十六歳、救吉は十五歳となった。

伊予松山藩にはいまだ戦は遠いまま、二人は共に、郷足軽隊の医務方で地道に医療の技を身につけているなか――元治元（一八六四）年五月、医務方の長、松田に呼び出された。

松田の部屋には、大原観山も同席していた。

ヒスイと救吉は、頭と口元の白い布を取り、下座に正座して、挨拶した。

「鷺野両名とも、日々よく精進している」

松田が上座からほめた。

観山が二人の顔をまじまじと見つめて、

「大人になったのぉ、二人とも」

感心した様子でほほえんだ。「救吉は顔に厳しさが出てきたな」

「恐れ入ります」

「ヒスイは――」

観山が言葉を選んでいたところ、

「さらに男勝りとなりましたでしょう」

ヒスイが先に言った。

観山も松田も思わず苦笑を漏らし、

「確かに、その短い髪がなじんでおるし、よく仕事に励んでいるためか、一段ときりりと引き締まって、もう口元を隠さずとも、女子（おなご）と思う者はおるまい」

観山が述べ、

「本当の事を知っている私でさえ、ヒスイは元々男の子ではなかったかと思うときがある」

松田もにこやかに語った。

だがヒスイ自身は、我が身の成長に戸惑いをおぼえる事が増えていた。

体調の変化については、女将や姉におりおり相談しているが、月に一度はからだを動かせない日がある。胸はサラシを強く巻いて押さえつけているものの、次第に痛いほど締めつけないと、特徴を隠しきれなくなっていた。

女将や姉からは、そろそろ医務方を辞めてはどうかと勧められている。このまま戦が起きなければそうしたいと、彼女自身も思っている。今がちょうど瀬戸際の気がしていた。


「悩みの元であった過激な尊皇攘夷派が、京から長州へ退けられ、このまま戦の気運が収束してゆけば何よりだが……ここが正念場かの」

観山も、ヒスイと同様の思いを口にした。

「救吉が苦労して修得した手技が発揮されなくなるのは、残念なのか幸いなのか」

松田が笑みを浮かべつつ首を傾げると、

「戦がなくとも、習い覚えた療治の道は、これから広く必要になるものと存じます」

救吉が応えた。

「実は救吉は、先日ついに、獣の屍（かばね）を用いてですが……切れてしまった血の管を、縫ってつなぐ試みに成功したのです」

松田の報告に、

「ほう、それはすごい」

観山は素直に感心した。救吉は恐縮し、

「松田様が、異国より新しい糸を取り寄せてくださったおかげです」

「なに、異国から新しい糸とな」

観山が眉を寄せた。西洋文明の質の高さは認めつつも、異国嫌いで有名な人物だ。

「生糸なら、我が国の物が優れているゆえ、異国にも多く買われているはずだが」

「いや、救吉の申す糸は、お蚕の吐く糸ではなく、羊の腸から作られているのですよ」

松田が説明した。「とても細くて強く、西洋では施術に広く用いられているとの由」

「血の管は元々細いですから、絹糸ではなかなか縫えませんでした」

救吉が言い添えた。「異国の糸は繊細で、しっかり縫える上、生き物のからだからできているゆえ、体内に残っても、腐るなどの悪さをしにくいと、異国の医学書には書かれているそうです」

「救ちゃんは、針も工夫したのですよ」

ヒスイが観山に告げた。「裁縫に用いる針は使いづらいので、いろいろ試して、釣りに用いるような曲がった針が良いと分かり、鍛冶職人さんに打ってもらっているのです」

「ただ、針は鍛冶職人さんがいらっしゃいますが……残念ながら、羊の腸から糸を作れる職人はおらず、ご城下には、扱っている商家もありません」

救吉が困った様子で首を横に振る。

「その糸、松田殿はどこよりお求めに？」

観山の問いに、

「緒方洪庵先生が創設された大坂の適塾のツテで、送っていただいたのです」

松田は答えて、「さて救吉とヒスイに来てもらったのは、実はそれもあってなのだ。そなたたち、大坂へ行って参れ」

ヒスイと救吉は、えっ、と驚きの声を上げた。

「どうして大坂へ？」

「二人でですか」

ヒスイが、続いて救吉が、矢継ぎ早やに尋ねる。

「まあ、落ち着きなさい」

松田が柔らかい表情でうなずき、「緒方洪庵先生が、江戸の医学所頭取役宅で亡くなられたのが、去年の水無月（六月）十日。本来ならご葬儀に駆けつけるべきところ――長州が異国との戦を起こし、日をさほど置かずに薩摩がイギリスと戦を起こして、海上の交通も容易ではなくなった。自重を求められ、この地より祈りを捧げるほかなかったのは、そなたたちも知っての通りだ」

ヒスイと救吉は畳に手をついて頭を下げた。昨年夏、恩師の訃報にあたり、石手寺と明王院の奥院で法要及び祈禱が行われ、松田ら藩医だけでなく、町医たち、救吉とヒスイも参列して、師の逝去を悼んだ。

「ご葬儀に加わりたくとも、世情を鑑み、叶わなかった方々は、他にも多くおられたとの由。ついては、一周忌にあたる、この水無月十日に、適塾同窓など縁のあった方々を招いて、親睦の会を持ちたいと、福澤諭吉殿と大鳥圭介殿連名による書状が届いた」

福澤、大鳥は洪庵に可愛がられた適塾の秀才だった。ちなみに、福澤の功績は後世よく知られているが……一方の大鳥は、のちに幕府の歩兵奉行となって倒幕派と戦い、さらに伝習隊を率いて新政府軍に抵抗し続け、箱館五稜郭にも立てこもって、義を貫く――。

「その親睦会に、洪庵先生に恩のある救吉が出て参るのがよいと思案してのぉ」

「私が……しかし同窓でもない若輩者です」

「洪庵先生は、そなたの才を認めておられた。参列の資格は十分ある。その旨、福澤殿、大鳥殿への書状にしたためておく。そなたは洪庵先生の霊前で御礼を申し上げ、かつ、諸先生方の知己を得て、教えを請うて参れ。さらには、異国の施術用の糸も購うてくればよい。一人では心許なかろうから、ヒスイも同道するように。むろん入目（費用）も道中手形も藩より支給致す」

ヒスイと救吉は互いの顔を見合わせた。

「本来は私も参列したかったが、侍医として殿のお側を離れるわけにいかない」

松田が続けた。「血の管を縫う糸は、まがい物が多いと聞く。救吉なればこそ、善き品かどうかの見極めもつこう」

「さらにもう一つ、別に頼み事があるのだ」

観山がやや声を低めて告げた。「そなたたちには、まず京に入ってもらいたい」

「え、京へですか？　なにゆえでしょう」

ヒスイが問うた。

「さて、なにゆえかと申せば……」

話しづらいのか、観山が顎をぐっと引く。

「まあまず、京・大坂への旅は、そなたたちだけで出るわけではない」

松田が先に話した。「適塾同窓の藩医が二名、やはり洪庵先生の親睦会に参列いたす。加えて、その会への参列より先に、まず京の藩別邸に入り、京詰めの藩医と交替の申し合わせや、京・大坂の進んだ医術の話を聞いて学びとする」

「私も京・大坂の医術の話はお聞きしとうございます」と、救吉がうなずく。

「うむ、よく聞いてくるがよい。ことに救吉が知りたいのが何か、当ててみようか」

「え、お分かりなのですか」

「麻酔であろう」

　あっ、と救吉は嬉しそうに目を見開いた。

「はて、何の事かな」と、観山が訊く。

「麻酔とは、重い傷や体内の悪しき所を療治する施術に用います。たとえば……」

　松田が自分の腹を撫で下ろし、「この身を刃物で切り開き、悪しき臓腑を取ったり、傷ついた血の管を縫い合わせたりする場合、もし目覚めていたら、あまりの痛みに耐えられず、暴れ回って、とても成功はおぼつきません。そこで施術の前に、痛みを感じなくなるほど、薬で深く眠っておれたら都合がよく——その眠る薬が麻酔薬です」

　観山は、ああそれならば、とうなずき、

「聞いた事がある。かつて華岡青洲（はなおかせいしゅう）という紀州の名医が、おのれで薬を調合し、患者を眠らせ、死に至る腫れ物を取り除いたとか」

「その通りです。華岡門（もん）で学んだ医師は、当藩の藩医や町医の中にも多くおります。青洲先生は天保（てんぽう）の頃に亡くなられていますが、ご子息や、優れたお弟子に教わるために紀伊へ出向き、修業を積んでいます。ただ肝心の麻酔薬は、調合が大変難しく……薬を生み出す過程では、華岡先生の母堂が亡くなり、奥方は目の光を失ったとか。門下生たちもなかなか調合がうまくできず、難しい施術には踏み出せずにいるのが実情です」

「ですが西洋では、医師ならば容易に使える麻酔薬が発見されたそうです」

救吉が目を輝かせて語った。「難しい調合はいらず、エーテルと呼ばれる薬水を布に染み込ませて、患者に吸わせると、ほどなく眠りに落ち……よって飛躍的に施術の成功例が増したとの事です。この先の医術において、麻酔の習得は必須となりましょう」


「なるほどの。では当藩の医術の発展のためにも、旅先でよく学んできてもらうとして」

観山は一つ大きく咳払いをした。

ヒスイと救吉はしぜんと背筋を伸ばした。

「これより話す事、他言は無用ぞ。さぎのやの家族たちにもだ。ことに勇志郎には、ちらとほのめかすだけでもいかん。あいつは妙に勘がよいからのぉ」

「それは、勇兄さんが瓦版屋だからですか」

ヒスイの問いに、観山はうなずき、

「あやつに知られては、あっという間にご城下に広がりかねんから困る」

「広がっては、いけない事なのですか」

「いかん。あやつの仕事が大切であるのは、わしなりに存じておるが、事と次第による」

ヒスイは、観山の表情の険しさを認め、

「……承知しました。わたしたち二人の間でとどめ置きます」

「はい」と、救吉もうなずいた。

「よし。では聞く。そなたたち、かつて目付の内藤房之進に仕え、また明教館の助教・中島隼太にも若党として仕えていた原田左之助を存じておるか」

二人は眉を寄せて、首を傾げた。

「そなたらが七つ八つの頃に、藩から出奔したからのぉ。あるいは、こなくその左之助、という呼び名なら聞いた事があるやもしれん」

「あ、こなくその左之助さんなら存じてます」

ヒスイが声を上げた。「と申すより、よくよく存じております。川で一緒に泳いだり、釣りをしたり、山に竹の子や山菜を採りにいったりして、童ら(わらべ)と一緒に遊んでくださいました。ホラ、竹の子を掘るときにもよく、こなくそ、こなくそって」

彼女が救吉に教えると、

「あー、あの左之助さんかぁ」

彼も思い出して、「お祭りや、にぎやかな事が好きな人で、よく遊んでもらいました」

「うむ、実はその左之助が今、京におる」

観山が告げた。「大坂の道場で槍の名人となったのち、江戸に出ていたようだが、そこで知り合った同じ志を持つ浪士たちと京にのぼり、壬生浪士組と呼ばれて――町中(まちなか)で乱暴を働く浪人や、幕府転覆を企む者たちを、厳しく取り締まっているらしい」

「お元気だったのですね」

ヒスイは懐かしさから、笑みを浮かべた。

「そのようだ。この浪士組が先日名を改めた。会津の伝統ある警固隊の名を賜(たまわ)ったらしく――新選組、と呼ぶらしい。この新選組の原田左之助に、会(お)うてきてほしいのだ……秘かにな」

ヒスイと救吉は、かつて親しくしていた人と会えるかもしれないという高揚が、一瞬で緊張に変わり、姿勢をただした。

「秘かに、とは、同行される藩医の方にも知られぬように、という事でしょうか」

ヒスイは尋ねた。

「同行の藩医らはすでに承知している。彼らの協力も必要だからの」

観山が意味ありげな表情を浮かべ、「京では、藩の屋敷に身を置く。先に送る書状によって、その屋敷の一部の者は、そなたたちが新選組の原田左之助に会う事を知る手はず。秘せねばならないのは、藩の外の者、とりわけご公儀に反する立場をとっている、長州や薩摩などが京に送り込んでいる間者だ」

「かんじゃ？」

と、救吉が不思議そうな顔をする。

「救ちゃん、病の患者じゃないよ」

ヒスイが軽く弟の膝を打った。「町人や旅する人に化けて、いろいろ調べて回る、忍者みたいな人たちの事――ですよね？」

「まあ、そうだ」

観山が苦笑し、「幕府や各藩の動き、浪士たちの企みなどを探ろうとして、それぞれの藩が間者を巷（ちまた）に放っている。その間者たちに、我が藩の者が、新選組の原田左之助を訪（おとの）うたという事実を知られたくないために、そなたたちに使いに立ってもらいたいのだ」

「あ、そうか」

救吉が勘を働かせた表情で、「私たちが侍でなく大人でもないから、間者たちに怪しまれずに左之助さんに会えるというわけですね」

ハハハと、観山が声を上げて笑い、

「そうだ。では、なぜか分かるか」

観山に問われ、救吉が考え込む。

「左之助さんの脱藩と関わりがありますか」

ヒスイが先に口にした。「脱藩した人に、藩の方が会われるのは、おかしい気がします」

「まさにそれよ」

観山がうなずく。「脱藩は大罪ながら、左之助の人柄や才を愛(め)でていた者は少なくなかった。どこにいるか案じていたが、同じ親藩の会津藩のもとで幕府のために働いていると知り、関わりのあった者は皆安堵し、彼をねぎらい、励ましたいと思ったのだ」

ヒスイと救吉は、ほっと表情をゆるめた。

「かつて原田の面倒を見ていた内藤殿が、彼の消息を知り、元服前のご子息に訪ねさせようとしたが、うまくいかなんだらしい」

松田が言い添えた。

「承知しました。用心して、左之助さんを訪ねて参ります」

ヒスイが応え、救吉がうなずいた。

「ただし、もう一つ気になる事がある」

観山が声を落とし、「藩内の、尊皇攘夷の志を持つ者たちにも知られてはいかん」

「どういうことでしょう」と、ヒスイは眉を寄せた。

「藩内にも、尊皇攘夷の志を持つ者は少なくない。なかでも過激な志を持つ者の存在は、そなたたちも実際に経験して存じておろう」

ヒスイと救吉は、蘭学を学んだ医師たちを斬ろうと、待ち伏せていた一団との騒動を思い出した。

「彼らはこのところ行動を慎んではいるが、志が消えたわけではなかろう。いや本来、その志は武士の道から外れてはいない。尊皇、すなわち恐れ多くも天子様を仰ぎ奉るは、当然の事。異国が武力をもって我が国を屈服させんとする企みに、強く反対して、国を守らんとするのも、理に適うている」

観山はため息をついて、「一に間違うたはペルリとか申す異国の使いじゃ。清国など他の国々が、武力で脅せば意のままになった経験をもって、我が国を武力で脅せば、都合の良い交易ができ、意のままに操れると、思い上がったのだろう。二つには、幕府が、外の世界の動きを軽視し、備えを怠ったせいだ。渡辺崋山や、高野長英ら……他国の動きに敏なる者たちを重用せず、世を乱す者として処罰したのが、その例と申せる」

観山は、ヒスイの実の父親が、宇和島藩に一時身を寄せていた蘭学者の高野長英ではないかという話を、さぎのやの大女将から耳にしていた。なのでヒスイに注意しつつ名を挙げたが、彼女の表情に変化はなかった。実の父親の名は、今も知らされていないのだろう。

「今さら申しても詮ないが、先見の明を持つ者たちの忠言を聞き入れ――異国の言葉を話せる者を多く育て、他国の交易や軍略について学ばせておけば、たかだか軍艦四隻、恐るるに足らず。むしろこちらに分のある約定を交わす事も叶うたはず。知らぬという事、そして知らぬのに学ばないという事は、大きな罪となる――そうは思わぬか、救吉」

「はい。知らない事が多くて恥じ入ります。それゆえ学びへの思いは増すばかりです」

「学ぶほどに、助けられる命が増えるのだ」

松田が言い添える。「励めよ、救吉」

「あの、であれば――」

ヒスイは、ずっと思っていた事を良い機会と捉えて口にした。「学びの場を、明教館など、お侍のご子息に限るのではなく、町人や百姓の子たちにも広げてくださいませんか」

「うむ？」

観山の眉がつり上がるが、

「勇兄さんの話では、大和（やまと）や生野（いくの）といった場所でも、兵を起こす騒動が生じているそうです」

ヒスイは身を乗り出して続けた。「戦は、お侍だけが戦うわけではないのは、郷足軽が一つの例えでしょう。実際に戦となれば、食糧や武具など多くの荷物を、徴募（ちょうぼ）された百姓たちが運ぶのだと、勇兄さんは教えてくれました。伊予の海辺に砲台を築くおりも、土を掘ったり積んだりのために、多くの民百姓が駆り出されました。なのに、戦を始めるか否かを決めるのは、お侍様だけです。それはおかしくはないでしょうか」

「これ、ヒスイ」

松田がひやひやして止めようとするが、

「我が国が、今の危難を迎える前に、異国の言葉を話せる者を多く育てておけばよかったというお話、お侍に限らずともよいとお聞きいたしました。多くの町人や百姓が異国の言葉を話せれば、またその学びを深めていれば、いざというとき、その者たちの知識によって、約定を正しく結べるだけでなく、戦そのものを遠ざける事にもなるのではないでしょうか。戦はいわば喧嘩でございましょう。喧嘩は、相手をよく理解せぬために起きるもの。言葉の学びを通して、相手が何を好み、また嫌うか。何を望み、また望まぬかを知れば、話し合いで、揉め事を解きほぐせるはずです。戦も無用になっていきはしないでしょうか」

観山は瞑目した。次に大きく目を開き、

「今はその時ではない。世情落ち着かぬおりに、世の習いを覆すに等しい道を取る事は難しい。わしとて藩から禄を頂いて、教えの場に立つ身。新しき世になれば、新しき人の手で進められるだろうがな……」

彼は自嘲気味の笑いを漏らし、「許せよ。ともかく今は世情を落ち着かせるのが大事。尊皇攘夷の志が誤りでなくとも、志を名目として、むやみに人を斬る行為は誤りだ。そして一部の誤った心根の持ち主が、原田左之助を嫌っておるという話が、耳に入ってきた」

「え、なぜ左之助さんを嫌うのですか」

救吉がびっくりして尋ねた。

「藩のあり方に反して、脱藩した事はよい、とその者たちは申しているらしい」

観山が応えた。「だが、尊皇攘夷の志に生きるのではなく、逆に尊皇の志を持って働いている浪士たちを取り締まる側に立っている事をもって、裏切り者と決めつけておるようだ。それゆえ、そなたたちが彼に会いに行くおりは、くれぐれも気をつけてほしい」

「重ねて承知いたしました」

ヒスイはうなずいて、「では、わたしたちが宿とする京のご藩邸に、左之助さんを斬ろうというお侍がいらっしゃる、という事でしょうか」

観山は、いや、と首を横に振った。

「こちらから京に向かうのだ。たぶん、そなたたちと一緒にな――」

青海辰之進は、曾我部の屋敷に来るよう、従兄の惣一郎から呼び出された。

元服してから曾我部の家を訪れるのは、初めてだった。玄関脇の前庭や、惣一郎の部屋に進む廊下から望める中庭は、かつて兄の虎之助とよく訪れ、惣一郎や怜と遊んだ懐かしい場所だ。とりわけ年の近い怜とは、剣術試合の真似事をたびたび行った。

幼さゆえに、怜が負けたら辰之進の嫁になる、などという賭け事もしたが——今ではその思い出が、胸の内をちりちりと焼く。

屋敷に上がり、案内されて廊下を渡ってゆく途中、どこぞで怜の姿が見えはしまいかと心を寄せ、また恐れもしたが、家族の者とは会わないまま、惣一郎の前に座った。

「実は、そなたに京にのぼるようにとの下知（命令）があった」

「私にですか」

辰之進はさすがに驚いた。「まだ元服して一年。郷足軽隊の調練に明け暮れて、さほどの役にも就いておりませんのに」

「元服すればすでに成人。控えるよりも、逆に押し出してこそ藩の役に立つ者ともなる。郷足軽の調練も日に日に進んで、頼もしい一団になりそうだと、上は心を寄せているぞ」

「見かけはそうでも、中身はまだまだ。百姓たちは素直でよく励んでいますが、元は無宿のならず者たちの中には、いざとなればどんな荒くれに変貌するか、気がかりな者もいます。それこそ野卑なからかいを、若い侍たちにも仕掛けて、少しも臆せぬ連中です」

辰之進の心配を、惣一郎は苦笑で受けた。

「まあの。博打に酒に色事にと、有り金ばかりか、無い金までも無法に奪ってつぎ込み、遊び暮らしてきた連中だ。御するのに苦労するのは、俺とて同じだ。それより、そなたの、剣術に代わって腕を上げてきた鉄砲の技も、上からは高く見られている」

「恐れ多い事です。教える側として、ならず者らに侮られぬよう、習練したお陰です」

「かなり遠方の的も撃ち抜くようになったではないか。鉄砲の仕組みにも、誰よりも詳しい」

「手入れや修理のために解体し、一つ一つ部品を改めるうち、中の造りが面白く、少々のめりこんできた成果でしょう」

「それが吉と出たのかどうか……軍方と兵器方から選ばれる藩士数名による京への旅に、そなたが入ったのは、その辺りも買われての抜擢か――とは申すものの」

　下級の位にある辰之進が、藩命で京へのぼれる話は栄誉であった。だが、惣一郎の顔色はどことなく冴えない。

「有り難き話だと存じますが、如何されましたか。惣一郎さんもご一緒なのでしょう？」

「いや、俺は入っておらんのだ」

「え、まさか。なぜですか」

「旅の狙いの一つは、西洋式歩兵隊の調練術を、間近で見て、学ぶ事にある。江戸はさすがに入目（費用）がかかる。京に遣わされているご親藩の中でも、西洋式を取り入れた調練が行われており――農兵を規律正しく鍛えておる所もあって、実に参考になると、京からの使者の言葉だ」

「私としても大いに学びたく存じます」

「もう一つの狙いは、鉄砲や大筒が日に日に新しくなっている事実に由来する。去年の夏、長州と薩摩は、異国との戦において、新しい鉄砲や大筒の威力によって多大な損害をこうむった。それゆえに、ただ攘夷と口で叫んでいても実際の力にはなり得ず、異国の進んだ兵器を手に入れてこそ、真の攘夷は成るものと画策していると聞く。藩の兵器方がこれを重く見た。先に買い入れたゲベール銃は、火縄よりはマシとはいえ、すでに古いのだと言（げん）を尽くし、ご家老衆に説いた。よって、新しい兵器について調べ、仕入れ先を見いだすまでの許しが出た。むしろこちらの狙いに重きがあるのは、旅の差配と、共に旅する者の人選を、兵器方の鷹林雄吾（たかばやしゆうご）殿が任された事でも知れる」

「え、あの鷹林殿ですか……」

二人には因縁浅からぬ相手である。

惣一郎は意識せぬまま左手の傷痕にふれている。辰之進は、鷹林の邪悪な目の輝きを思い出し、思わず身震いした。

「では、私を選び、私の上におられる惣一郎さんをあえて外したのは、鷹林殿……」

「という次第になるな」

「どういった思惑（おもわく）でしょう」

「そこが謎よ。なるほどそなたは郷足軽隊の調練に、現場で直接関わっており、銃については、兵器方の者より詳しい面がある。比して俺は、調練ではそなたの上にいても、銃の腕も知識も足りん。名目は立っている。だが果たして鷹林殿の思惑はそれだけか――そなたにあの夜、たばかられたことを怒り、殺めようとまでした御仁だからの」

辰之進は短く考えて、下腹に力を込めた。

「ご心配には及びません。あの夜の事はすでに遠く、元々鷹林殿と遺恨があったわけでもございません。私の鼻っ柱を折ってやろうくらいは、お考えかもしれませんが、それこそ良い機会です。これからの藩を背負って立つ秀才との誉（ほま）れ高き方。旅のお供をして、あれこれご教示いただきます」

「そうか。確かに心配のし過ぎかな。そなたの腕も知恵も、むしろあの方こそが、よう存じているのやもしれぬ。その段で申せば……虎之助は今は如何しておる」

「父上が伊予北条（ほうじょう）の砲台築造のおり、怪我を負って、しばし歩けず、代役として、今は伊予北条の現場に泊まり込んでいます」

「鷹林殿との関わりは……」

「じかには聞いておりませんが、場所も離れて、関わりも薄まればと願っています。惣一郎さんこそ、兄と会っていないのですか」

「……怜との婚儀を延ばしているのが、俺の忠言によるものと知って、腹を立ててか、会おうともせん。会えば、鷹林一派から手を引けと、はっきり申してやるのに」

虎之助は、辰之進とも距離を置いたままであり、会っても憮然（ぶぜん）として口をきかない。

「もしあいつがあの一派と手を切らぬなら、いっそ家督は辰之進に譲られませと、青海の伯父上に申し上げたいくらいだ」

「父上に。さような理無（わりな）き事を――」

「いやいや、さすれば怜をわだかまりなく、おまえの元に嫁に出せるしな」

辰之進はあまりの事に言葉を失った。

「お兄様、お茶をお持ちしました」

いきなり障子の向こうで怜の声がする。

思わず辰之進は腰を上げそうになった。

「ああ、ちょうどよかった。お入り」

惣一郎が応える。

襖が開き、淡い桃色の着物姿の怜を見て、辰之進は中腰のまま身が強ばった。

怜の肌の白さが目を打つ。香の甘い匂いがかすかに漂う。彼女が美しい目を見開き、辰之進を見つめた。互いにじっと見つめ合う。

次の瞬間——怜が口元に手をやって、くすっと吹き出した。

「え、なに……」

辰之進は目をしばたたいた。

怜は顔を伏せて、くつくつと笑い続ける。

「こら、怜、失礼だぞ」

惣一郎が叱るが、その声も笑っている。

「だって……」

と怜は言い訳をしかけて、また笑った。

「なに、どうして」

辰之進は、怜から惣一郎に視線を移した。

惣一郎がおのれの頭に手をやってみせる。

あっ、と辰之進は月代(さかやき)を剃った額に手を置いた。周囲は慣れてか、もう何も言われなくなったが、前髪を落とした姿を怜に見られるのは初めてなのを、つい忘れていた。

「申し訳ございません」

怜は、目を伏せたままなんとか笑いを抑えて、部屋に入ってきた。

「そんなに似合わないかなぁ」

額を押さえて、独り言のように口にする。

「いいえ、よくお似合いです」

彼の前に茶を置きながら、怜が言う。

思わず腹が立ち、幼かった頃の調子で言い返す。

「笑ったじゃないか」

「笑っていません」

つんと怜がすました。「笑ってなど……」

が、すぐにまた吹き出した。

「ほら、笑った」

「こら、怜、いい加減にしないか」

「あまりにお似合いだから、かえっておかしくなったのです」

怜は言い訳して、あらためて姿勢を正して、辰之進の前に両手をついた。

「元服、おめでとうございます」

「ありがとう……もう随分前だけどね」

怜が吐息をつき、悲しげな顔を上げた。

「さほどに、この家がお嫌いでしたか……」

辰之進は、驚き、かつ焦った。

「元服したら、すぐお知らせにいらして下さるものと思うておりましたのに……」

すねてみせる怜の顔も美しく、

「あ、いや、曾我部の叔父上も、ちょうど神奈川よりお戻りだったから」

辰之進はしどろもどろになって、「叔父上とは実に久しぶりで、わざわざ惣一郎さんと共に青海の家に祝いに来て下さったゆえ……ついそのままになってしまい――」

　加えて、怜に対して月代を剃った姿を見せるのが恥ずかしく、また、兄の許嫁におのれの用で勝手に会う事のためらいがあった。

　つい足が遠のくうち、郷足軽隊の調練が忙しくなり、訪れる機会を失った。

「まあいいじゃないか。今日はゆっくりしていけ」

　惣一郎が明るく勧めた。「父上はまた神奈川へ出て、ふだんは三人で寂しいのだ。辰之進の夕餉も用意するよう、母上に申してくれ」

「承知しました」と、怜がほほえむ。

「青海の家にも、使いを出さんといかんな。あるいはここに泊まるやもしれん」

「ああ、いや、そんな、私は帰ります」

　辰之進が慌てて辞退しようとするが、

「親戚の家だろう。何の遠慮がいるものか」

　惣一郎は強引で、「京への旅の餞別代わり。いや良き旅となるよう前祝いだ。酒はもう飲んだか。いや、飲め。今夜は飲んでみろ。酔わせてやる。ハハハ」

　辰之進は困って、怜を見た。彼女は口元に手を当てて、楽しそうに笑っている。

　そんな彼女の笑顔を見るのも久しぶりで、胸が高鳴るのを抑えられない。

　夕餉の席は、怜たちの母も加わり、四人で楽しく囲んだ。贅沢ができないのは、今はどの家でも同じはずだが、あえて叔母が用意してくれたのだろう、ふだん食べ慣れないごちそうも膳の上に並んだ。

　思えば、怜が武士の娘のたしなみをしつけられるようになってのち、昔のように親しく話を交わしたのは、今日が初めてだった。

怜は屈託なく、よく話し、よく笑った。つられて辰之進もよく話し、よく笑った。

初めての酒に、この家の一員になったかのような温もりをおぼえた。いやそれ以上に、怜が目の前でほほえんでいる幸せに酔った。

惣一郎に何か大切な事を言われた気がしたが、二つの酔いに浸って、いつしか忘れてしまった。

（十五）

水の色が青い。寄せる波は白い砂を洗い、引く波はどこまでも果てしなく続いてゆく。

遠くなるにつれ、空の色ばかりか、波の下の深みまでも映してか、陽光を照り返す海は、青がさらに濃く、また豊かに見える。

「ヒスイ、乗るよ」

救吉に声をかけられ、ヒスイは、杭の上に板を並べた簡易な桟橋から、小舟に移った。同行の若い藩医、河野と楳木の二人は、すでに小舟に乗っている。

藩医たちは羽織袴姿。ヒスイと救吉は、医務方の白衣とさほど変わらない、山道で迷っているおへんろを助けるときの白衣を身に着け、草鞋ばき、すねに脚絆を巻いている。

救吉は素顔をさらし、ヒスイは頭だけ布で覆っている。顔立ちが厳しくなり、近頃は口元を隠さなくても女子と間違われた事はない。頭の布も、主に日よけのためだった。

小舟が、沖に停泊する大型船へ漕ぎ寄せる。

ハシゴを伝って、大型船に移ってゆく。藩医が先に。ヒスイ、そして救吉が続いた。

大坂行きの船には、他にも商人やお伊勢参りの者たちなど、多くの客がいた。

船賃が最も安い、一般乗船客用の広い船室に降りてゆく。他の客たちと会釈を交わし、船室の隅で荷を解いてほどなく、

「藩士の方々が乗ってこられたぞ」

様子を見に甲板に出ていた楪木が、揃って出迎えるために、呼びにきた。

ヒスイは口元を布で覆った。なにしろこの旅の差配役は、例の鷹林だという。

彼とは霊泉の前庭で、一度顔を見合っている。彼らが町医を斬ろうとした夜には、顔は見ていないが、話は長く交わした。

ヒスイが男として医務方に勤めている事実を、彼が知ったら——船から降ろされるか、医務方も辞めさせられる事が考えられる。その際には藩から何らかのお咎めを受け、松田や観山にも迷惑がかかるやもしれない。

もちろん二年も前の出会いであり、ほんの短い間の出来事だった。相手からすれば、たかだか町人のはねっかえりの小娘一人、覚えている方がおかしい。観山も、まさか気がつきはしまいと笑っていた。それでも万が一を考えて、目以外を布で覆い、甲板に上がった。

藩の紋が入った羽織袴姿の藩士は八名。事前に、兵器方四名、軍方四名と聞いていた。

ヒスイは、すぐにあの男に気がついた。

藩士は八名とはいえ、旅の荷物を負う中間(従者)も十名ほどついており、甲板の上に並ぶと、そこそこ大人数に見える。

鷹林は、その中でも頭一つ、他の者より抜きん出ているが、何より目の鋭い光が、離れていても

注意を引いた。

彼の隣には、西原（さいばら）と呼ばれていた友人――というより家来のような男もいる。そして居並ぶ藩士たちを見てゆき、

「あっ」

と、ヒスイが思うよりも早く、隣の救吉が声を発した。

藩士たちの一番端に、辰之進がいる。

観山と松田から、鷹林の事は聞かされていたが、辰之進についての話はなかった。

救吉の声に反応して、辰之進の視線がこちらに向く。彼もまた驚いた様子で目を見開き、なぜ、という表情を浮かべた。

「鷺野、こちらへ」

年かさの河野に呼ばれ、ヒスイと救吉は藩士たちの前に進んだ。

「京までご一緒させていただきます藩医の河野、楳木、そして郷足軽隊の医務方である鷺野両名でございます」

四人揃って深く礼をする。

鷹林の反応が気になったが、彼は出航の準備に走る水夫たちの動きを見ていた。

「何だおぬし、なぜ顔の布を取らん」

西原が不機嫌そうにヒスイを見た。「藩士への挨拶に、顔を隠すとはどういう了見だ」

「あ、これはとんだご無礼を」

河野がすぐに詫びて、「鷺野、今は療治中ではないぞ。口を覆う必要はなかろう」

鷹林が、その声に反応したように、ヒスイの方へ視線を向けた。彼女はとっさに顔を伏せた。視

線を感じながらも、仕方なく布の結び目を解こうとした。そのとき、

「兄は、少し咳が出ているのです」

救吉が言い繕った。「皆様の前で咳き込んでは、ご無礼なために口を覆っています」

ヒスイは、弟の言葉に合わせ、こほん、と小さく咳をしてみせた。

「そのままでよい」

鷹林がぶっきらぼうな口調で言った。「ともかく早く身を落ち着けようぞ」

と、船室に向かって歩き出す。他の侍や中間たちも、彼に続いてゆく。

辰之進も、ヒスイたちを心配そうに見ながら、一番後ろから船室に向かってゆく——ところへ、
西原が急に戻ってきた。


「おい、小僧っ」

西原は、救吉のすぐ前まで迫って、「どこぞで会ったな、え、どうだっ」

「あ、郷足軽隊の調練でございましょうか」

救吉が慌ててごまかそうとするが、

「いいや、もっと前の事だ」

西原が考え込む。

まさか二年前の霊泉の前庭で、彼の抜いた刀の前に両手を広げて立った少年だとは、さすがに思いが及ばなかったのか、

「思い違いかのぉ」

とつぶやくのを、救吉は勘よく捉えて、

「お侍様のようなご立派な方にお会いしていれば、忘れるはずがございません」

と、愛想笑いを浮かべる。

西原は、ふんと鼻で笑いつつも、

「まあ、そうではあろうがな」

満更でもないのか、「では、よし」

とうなずき、あらためて船室へと去った。

離れた所に立っていた辰之進が、

「いやぁ、肝が冷えたなぁ」

と苦笑を浮かべて、歩み寄ってくる。「私がへたに口を出して、温泉郷での気鬱な出来事を思い出されても厄介だと思い、ひとまず黙っているしかなかった」

ヒスイは口元の布を外して、救吉と揃って頭を下げた。

「よもや辰之進様と、ご一緒するとは思いもよりませんでした」

「私も危うく声を上げそうになったよ」

「ご存じなかったんですか」と、救吉が訊く。

「ああ、いや……」

辰之進は困ったようにほほえみ、「惣一郎さんとの夕餉の席で、そのような話を伺った気もしたのだが……つい失念してしまった」

「あの……鷹林様は、わたしたちについては、ご存じないのでしょうか」

ヒスイは心配を口にした。

「うむ。たぶん……」

辰之進はうなずき、「我々の一行と、藩医らの一行とは、本来別なのだ。藩としては、行動を共にすれば、国越えのおりなど都合の良い場合が多いゆえ、ひとまとめにしたようだ。だが船室や旅籠も別。おのおのでかかる勘定も別。元々蘭方を学んだ医師を嫌っている方だし、先ほどの様子をうかがい見ても、まったく関心がなさそうだった」

「そうでございますか。でも……」

ヒスイは、なお気になって、「わたしどもはよいとしても、辰之進様は大丈夫なのですか。因縁がおありの方でございましょう？」

邪魔だ邪魔だ、と水夫たちが行き来する。三人は、甲板の隅に移動して、

「実は、私も惣一郎さんも、鷹林殿との因縁について気を揉んでいたが……鷹林殿からも、西原殿からも、旅の事や、旅先で学ぶべき事の他は、何の話もないのだ」

辰之進が淡々と話した。

「では、霊泉の前庭での出来事は――」

ヒスイは、自分にも関わりがあるため気になって、「わたしたちに向けて西原様が刀を抜かれて、好きにしろと鷹林様が申された事。辰之進様が進み出て、刀を収めるようにと取りなしてくださった事……それらはもう覚えておいでではないのでしょうか」

「二年も前なので、あるいはそうかもしれないが……」

辰之進は思案顔で、「ただ、町医を斬ろうと待ち伏せされていた夜に、命のやり取りをした事まで、忘れておいでとは思えない。であれば――あれは一夜限りの間違いとして、遺恨を残さず、藩に有用な者となるよう、私を鍛えてくださろうとのご所存かもしれない」

「ああ、そうだといいですね」

救吉がうなずく。「辰之進様が、藩の今後に必要な方であるのは間違いないですし。私たちを覚えておいでにならないなら、こちらとしても安心して旅を続けられます」

「うむ。たとえ覚えておられたとしても」

辰之進は、二人をまじまじと見つめ、「二年の時が、いたずらに過ぎ去ったわけではない。二人の面差しはすっかり変わった。西原殿のように、まず気づく事はないだろう」

「さらに男勝りになったとお思いでしょう」

ヒスイがほほえみかけると、

「いや、そうではない……と申しては、先のおのれの言葉に反するが」

辰之進は考えて、「むしろ大人びた、と申すのが合っているだろう。戦に備えての医術の学びは、平時のおりよりも、厳しくなるのが当然だろうから」

「大変失礼ながら、辰之進様にも、それは申せるかと存じます」

ヒスイの言葉に、救吉がうなずいて、

「西原様より、辰之進様の方がきりりと締まって、若武者、という感じがしますよ」

「よしてくれ」

辰之進が照れ笑いを浮かべる。

そのとき、船が大きく左右に揺れた。錨（いかり）が上げられ、水夫たちが出航を知らせた。

船は白波を立て、沖へと走ってゆく。

ヒスイは、救吉と共に舳先（へさき）近くに立って、三津から最も近い興居島（ごごしま）の島影がどんどん近くなるのを驚きをもって見つめていた。

興居島へは、二人とも親戚の法要で渡った事がある。だが大きな船で異郷にまで渡るのは初めての経験だった。

「救ちゃん、ほら、伊予の富士山だ」

興居島には、伊予小富士と呼ばれる美しい形の山がある。まだ見ぬ本物の富士山も、このようなものかと清麗な山影を眺めやる。

辰之進は、長く離れていると鷹林（より、むしろ西原）からあらぬ疑いをかけられかねないため、一般よりやや上等の船室にすでに引き揚げていた。

船はまっすぐ興居島へと近づき、手前ですうっと向かって右側へと航路を移した。

「ヒスイ、右に向かえば大坂なら、左に向かえば長州になるんだろうね」

救吉の言葉を受け、ヒスイはどんどん遠ざかる左へ向かう航路に目をやった。

「坂本龍馬様は、長州へ向かうのに大洲長浜の港から出られたから、ほぼまっすぐ北へ航路をとったんでしょうね……大島に着き、島伝いに長州に上陸されたのかもしれない。今はどうされているのかしら」

「二年も前なら、もう別の場所にいるんじゃないかな。たとえば京とか大坂とか……」

「え、坂本様が、京か大坂に？」

「お会いできるかもね。会えたらどうする、ヒスイ」

「まさか、こんな恰好で……」

ヒスイが身なりを気にするので、救吉は笑い、

「へんろ道では、その恰好で会ったんだろ？」

「だけど、髪はずっと長かったよ」

「髪が長くても、男と間違われたくせに」

「なんでそんな事を言うのよ、いじわる」

「あれ、顔が真っ赤だよ、ヒスイ」

「もう、なんなの、こらっ」

ヒスイが打(ぶ)とうとするのを、救吉はかわしたかと思うと、急に真顔で彼女を見つめ、

「ヒスイは、本当は、誰が好きなんだ」

え……と困惑するヒスイを残して、救吉こそ顔を赤くして、船尾の方へ逃げていった。


船旅の初日は順調だった。

波は穏やかで、風もほどよい。今治藩(いまばり)の瀬戸内海に突き出した岬に沿って進み、来島(くるしま)海峡を渡って、大三島(おおみしま)に着く。

無数に点在する島の間を巧みに抜けていけるのは、その昔、瀬戸内海を舞台に活躍した村上水軍の末裔(まつえい)が操る船だからだろう。

備前(びぜん)の地（現在の岡山県南東部）に着く手前で、その水軍の拠点だった島の一つに停泊した。翌朝からは備後灘(びんごなだ)を航行していく。

大坂への船旅は、波風の具合が良ければ、四日か五日。逆に天候が荒れると、十日から二十日もかかる場合があると、乗船客たちは聞かされていたが――空は晴れて、順風。予定よりも早く大坂に着くかと、明るい展望を口にする乗船客も少なくなかった。

ところが午後になって、熟練の水夫も読み間違えたほど、何の前ぶれもなく強い風が渦を巻くよ

うに吹きつけ、船を大きく揺らした。

やがて雨雲が風に運ばれてきて、まだ日はあるはずなのに、空は夜のごとく暗くなり、強い雨が海を、そして船を打ちはじめた。

船室では、人々はうずくまるようにして、激しい揺れに耐えていた。

「ナンマンダブナンマンダブ、神様仏様、お大師様お助けください」

「なんとかしてくれ、最寄りの港に逃げ込めないのか」

ヒスイたちの船室は、船底に近く、商人やお伊勢参りなどの旅人、旅回りの芸人、いかにも浪人といった風情の侍も一緒だった。

「先ほど船乗りの方に聞いてまいりました」

ヒスイが、船酔いの様子も見せず、乗船客たちに告げた。「波が高いために、港に入るのはかえって危ないそうです」

「なぜかね」と、誰かが訊く。

「港に近づく途中で、波の下に隠れた岩にぶつかれば、船底に穴が開きます。波消し岩の向こう側へ逃げ込む場合、舳先を変えなければいけないので、そこに横波を受ければ一気に船は沈むそうです。港から出てしまった今は、沖でこらえる方がまだ良いのだと」

皆があきらめ、うめいたり、布を口元に押し当てたりして、ただじっとして揺れに耐えた。

藩医の河野と楳木は、救吉がさっきから小鉢で植物の葉を、水のようなものを加えて、すり潰しているのに気づいていた。自分たちが船酔いで苦しんでいるのに、

「鷺野、何を先ほどからやっている」

「そなたも日水（ひすい）も、つらくはないのか」

すると救吉は、顔を起こしてほほえんだ。

「今、その秘密を明かしてみせます」


救吉は、すり潰した植物の葉を、さらに粉を加えて固め、小さな木筒に詰めた。次に、筒に合った大きさの棒で中から押し出す。すると、筒からずるりと棒状のかたまりが出てくる。それを刃物で、丸薬の大きさに切り分けてゆき――。

「これにて酔い止めの薬ができました」

緑色の粒をつまんで見せた。

「酔い止めの薬だと？」

河野たちが眉を寄せる。救吉はうなずき、

「弘法大師様は唐の国へ渡ったおり、ひどい船酔いに苦しまれたそうです。お大師様の師となられた恵果（けいか）様という唐の僧が、お大師様が日本へ戻る際、薬草を調合して作った酔い止めの薬を、お渡しになられたと言います。するとお大師様はまったく船酔いをせずに帰国され、その薬草の調合を、弟子や各地で修行を積む修験者に教え、明王院にも伝わって参ったとの謂（いわ）れがあるのです」

「そなたたちは、すでに飲んだのか」

「はい。私どもも初めての事ですし、調合の仕方を過（あやま）つかもしれず、お伝えしませんでしたが……どうやら効くようですので」

「そなたたちの様子を見れば、なるほど効いておるのだろう。わしたちも飲めるか」

「はい。そのために調合しておりました。どうぞ、水と共にお飲みください」

救吉は、河野と楳木の手のひらに、それぞれ酔い止めの丸薬を置いた。

二人がさっそく水で呑み込む。

「四半刻（しはんとき）ほど（約三十分）で効いてくるかと存じます」

「藩士の方々にもお持ちしては如何かの」

河野が言い、

「さぞお困りの方もおいでであろう」

と楳木が応える。

では私が——と救吉が立ちかけると、話を聞いていたのだろう、乗船客の何人かが、

「もし、船酔いを止める薬をお持ちかな？」

「譲ってはおくれまいか。幾らぞな」

救吉は困って、

「どなたの船酔いにも効くとは請け合いかねますが、我らは伊予松山藩に仕える者。藩に御縁のある方が必要とされるなら、お代は頂戴しません。どうぞお使いくださいませ……と申したいのですが、今ある薬は——」

数えると、藩士と中間（ちゅうげん）の分で底をつく。

「ではすぐに調合してあげなさい、救吉」

藩医の前なので、ヒスイは弟をあえて呼び捨てにして、「藩士の方々の分の丸薬は、わたしがこれから持っていくから」

風がやや収まったのか、揺れが落ち着き、立って歩けるほどになり、ヒスイは階段をのぼって、藩士たちの船室を訪ねた。

上座となる広い場所に横たわったり座ったりしている藩士たちも、下座となる隅の狭い場所に集まっている中間たちも、ほとんどが船酔いで苦しそうな様子を見せており、木桶を抱え込んでいる者も複数いた。

彼女は口元を布で隠していたが、辰之進がすぐに気づき、頼りない足取りで歩み寄り、

「どうした。医務方の者が何か用か」

皆が見ているので、硬い言葉で尋ねた。

「船酔いに効く薬をお持ちしました」

ヒスイは低い声で答えた。「本来は乗船前に服するものですが、今からでも、つらい吐きけなどが治まるやもしれません。皆様の分をご用意しておりますので、よろしければ一粒ずつ、お水と共にお飲みくださいい」

「おお、それは有り難い」

ヒスイが差し出す布で包んだ丸薬を、辰之進が受け取り、皆に配ってゆく。彼女がざっと見回したところ、鷹林の姿はなかった。

「では失礼致します」

ヒスイが船室を出て、階段を下りようとしたとき――甲板への出入り口に立って、外の荒れた海を見ているらしい背の高い影を認めた。

知らぬ顔で、さっさと自分たちの船室に戻った方がいい……そう思っていながら、なぜか足は彼に向かって進んでいた。

「あの」

と声をかける。相手の肩が動いた。

「船酔いをやわらげる薬を、医務方で調合致しました。船室の方にお持ちしております。よろしければ服用なさってください」

相手の返事はなく、振り向きもしない。

拍子抜けした思いで、ヒスイは頭だけ下げて、船室へ戻ろうとした。

「なぜだ」

低い声が響き、ヒスイは足を止めた。

「なぜ、男の真似までして、戦のために集められた郷足軽隊の中にいる？」

え、っとヒスイは振り返った。

「戦が嫌いではなかったのか」

相手がゆっくり振り返った。冷たい目がヒスイを睨みつける。「過日の夜、そのような話をしたであろう」

すべて見抜かれていたらしい。

今さら隠しても仕方がないと覚悟を決め、ヒスイは相手の目を見つめ返した。

「戦は嫌いでございます」


「布を取れ」

鷹林が厳しい声音で言った。

ヒスイは素直に口元を隠した布を取った。

「さような顔であったか」

鷹林は眉をかすかに動かし、「霊泉の前庭での一件はすでに遠く、戦についての問答の際は、互いに顔を見なんだからな……思うていたより、娘らしさが匂う」

「え……」

「秘すれば花、秘せずば花にはなり得ぬとか……どこぞで人に聞いたことがある」

「……何の話でございましょう」

「さらしで、身を縛っておるのか？」

ヒスイはどきりとした。胸元に手が上がりそうになるのを、なんとかこらえた。

「おのれの娘らしさを、無理矢理に押さえつけておるのだろうがな」

彼の表情は冷ややかで、からかうような感じではなく、「秘そうとするのは、おのれの娘らしさが、それだけ気になっているからにほかなるまい。ゆえに、秘する事に躍起になるほど、花が表へこぼれてきているのに、そなたはまだ気づいておらぬようだ。いや、周囲の者たちのほとんどが、今はまだそなたの本来の姿には気づいておらぬが……いずれ近いうちに知れる日が来よう」

「まさかそのような……」

ヒスイは言葉を呑んだ。

「西原にでも知れようものなら大騒ぎだろうな。そなたが誰の許しもなく、さような真似ができたとは思えぬ。その方々も、共に咎められるやもしれん」

「お待ちください。わたしは……」

「なぜそうまでして、嫌いな戦の手伝いをするのだ。さぎのやのヒスイ、答えよ」

彼女は、大きく息をつき、

「戦を手伝うつもりはございません。戦で傷つく人々を助けたいと願い出た弟を守りたい、支えたいという一心でした。でも今は、多くの郷足軽の人や、藩士の方々と知り合い、どなた様にも戦で死んでほしくないと思い、日々務めております」

鷹林は静かに笑って、

「戦とは、つまるところ命の奪い合い。そなたが助けた命が、また戦に出て、人の命を奪うやもしれんぞ。それでも助けるのか」

それについては何度も自問自答し、迷ってきた。ひとまず出した答えは、

「先の事より、今まさに傷ついて苦しんでいるお方がいれば、助けたいと存じます」


そのとき、船室から出てくる人影が目の端をよぎった。ちょうど船が大きく揺れた。

鷹林でさえ一方の壁に押しつけられる。

ヒスイも倒れかかるところを、

「大丈夫か」

抱きとめてくれたのは辰之進だった。

「あ、はい、ありがとうございます」

ヒスイが口元の布を外している事に、彼がいぶかしそうな表情を浮かべた。だがすぐに気配を感じたのか、視線を一方に向けて、

「あ、鷹林様」

頭を下げて、「この医務方の者が、酔い止めの薬を持って参りました。皆が、服用致すのは鷹林様のご意向を伺ってからにしようと、お待ちしております」

「何を待つ事が要る。苦しんでおる者は、さっさと飲むように申して参れ。すぐ行く」

「はっ」

辰之進は、ヒスイに視線を送り、大丈夫そうだと見て取ってか、船室へ戻っていった。

「また、あいつが割って入ってきたか」

鷹林が鼻で笑い、「何かと因縁めく奴。面白そうなので旅に加えたが……どうなるかな」

辰之進を一行に加えたのは彼だと知り、ヒスイは驚き、かつ不安になった。それを知ってか知らずか、相手は彼女の前を横切り、

「秘するな。秘すれば、かえって匂い立つ」

と言い置いて、船室へ戻っていった。

夕方になって風が収まり、船はなんとか近くの島に寄港することができた。

翌日以降、波は穏やかとなり、順調な航海に戻った。おかげでほぼ予定通り、伊予を出てから六日目、船は大坂の港に入った。

港内は、伊予の三津浜とは比べものにならないほど賑わっていた。停泊する大型船は多く、その間を行き来する小舟の数も多い。

陸(おか)には、港から運河沿いにかけてずらっと商店が並んでいた。陸揚げした品々を店に運んだり、陸送の大八車に載せたり、また逆に品物を店から運び出して小舟に積んだりしている。

人々の声が飛び交う中、ヒスイと救吉は藩医らと小舟に乗って栈橋まで進み、上陸を果たした。

藩士らはすでに上陸し、近くの旅籠で、京への旅の準備をしているはずだ。

ヒスイと救吉は、藩医たちといったん別れて、西洋の医療器具を扱っている商店を探した。まったく見つからずに困っているとき、誰かの大きく呼びかける声が彼女の耳を打った。

「坂本様ー、坂本龍馬様ーっ」

（十六）

ヒスイは思わず隣の救吉を見た。彼も目を見開き、彼女を見ている。空耳ではないらしい。

声のした方を見ると、商人らしい男が、積み上げられた物を数えて帳面につけている丁稚（でっち）の少年に、尋ねるところだった。

「おい、坂本様は、どこ行きはった？」

「へ？」

「龍馬様や、見ぃひんかったか？」

「あ、龍馬様やったら、小舟に乗って、黒竜丸（こくりゅうまる）に向かいはるいうて、ついさっき」

「なんでや。黒竜丸の出航は二日は先やろ」

「じっとしとれんいうて……ほら、あそこ」

少年の指差す先に、沖に停泊している大型船に向かって漕ぎ出している小舟があり、舟の中央に一人ででんと座った、背中の大きい男の後ろ姿が見えた。髷（まげ）は結わず、長く伸ばした髪を後ろで縛ってまとめている。

「坂本様ー、龍馬様ーっ」

商人風の男が、桟橋から呼びかける。何度目かに、舟の上の男が少しだけ首を傾け、

「なんぞねーっ」と応えた。

「文（ふみ）ですー、お待ちやった文かと存じますー」

と、手の書状を振る。

「おー、戻ったら読むきにー。大事に持っちょってくれー」

ヒスイは、そのやり取りを聞いていて、

「あの」

と、商人風の男に話しかけた。「坂本様は、いつこちらに戻ってこられましょうか」

「え、あんたは？」

「知り合いです。いつお戻りに？」

「さあ……今夜か、明日か。あるいは、そのまま船出しはるやもしれんよってなぁ」

ヒスイは、びっくりして、はじかれたように桟橋のぎりぎり端まで進み、

「坂本様ー、ヒスイですー。おへんろ道でお会いした、ヒスイですー」

口元の布は、船を降りる前からつけていない。頭の布を取って、声を限りに叫んだ。

「坂本様ー、お戻りください、ヒスイですー」

だが聞こえないのか、龍馬は振り返らない。隣に救吉が並んで、さらに大声を発した。

「坂本龍馬様ー、大変でーす、大ごとでーす」

すると龍馬が、うん？　と振り返った。

ヒスイは、手に持った白い布を振り、

「ヒスイですー、龍馬様ー、ヒスイですー」

「おお、カワセミかっ」

龍馬がいきなり舟の上に立った。

大きく舟が左右に揺れて、危うく彼が落ちそうになる。

「あぶないっ」

ヒスイが叫んだ。

龍馬はどんっと舟の中で尻もちをつき、船頭が懸命に舟を立て直す。

「旦那、急に立ったらあきまへんがなっ」

「悪かった。船頭、舟を岸に戻してくれ」

「え、どないしたんでっか？」

「命の恩人がそこに来ちゅう。早よう」

小舟がぐるっと旋回して戻ってくる。

ヒスイは、龍馬が覚えてくれているのが嬉しかった。

間近に迫った所で、龍馬はやや目が悪いのか、眉根を寄せて、ヒスイと救吉を見比べ、

「どっちがカワセミのヒスイじゃ？」

「わたくしでございます」

ヒスイは会釈をした。

「お、ちぃと変わったように見えるのぉ」

「髪を切ったからでございましょう」

「それだけか……いや、まあ、ええ」

桟橋までまだ距離があったが、「よし、飛ぶきに。おまんら、受け止めてくれ」

えっ、と戸惑う間もなく、龍馬が小舟から桟橋へと飛び移ってきた。

「そんな、まだ遠いのにっ」

ヒスイは、救吉と共に慌てて手を伸ばし、龍馬の手をそれぞれでなんとか捕らえた。

だが龍馬の体勢は悪く、桟橋に足は乗せても、背中から海に落ちそうになる。

「おい、引け、引いてくれ、落ちるきにっ」

ヒスイと救吉は必死に踏ん張って、自分たちの体重を後ろにかけて、龍馬をなんとか引き揚げ、三人揃って桟橋の上に転んだ。

龍馬はおかしそうに笑って、

「おう、ようやった、ようやった」

と、ヒスイと救吉の頭をくしゃくしゃと髪を乱すように撫でた。

「なるほど、確かに髪が短（みじこ）うなったの」

龍馬がヒスイの顔を見つめる。

ヒスイは顔が赤くなるのを感じつつ、

「お久しぶりでございました。お会いしたいと念じておりました。無事に長州にお着きになられたのですね」

「おお、あんときは世話んなった」

龍馬は懐かしそうに、「国を脱けた後の、険しい山ん中で、おまんに助けられた日の事が、えらい昔に思えゆう。あれからいろいろあったけんど、まっことアッちゅう間ぜよ」

「本当に。わたしにも、アッという間の歳月でございました」

「で、おまん、どういて大坂におるがぜよ」

「あ、話せば長くなるのですが……」

「いや、長いのは苦手じゃなぁ。アッという間に済まんか？」

「……頼まれて、人に会いにまいりました」

「よし、アッという間じゃった」

龍馬は手を打って笑い、「まさか、わしに会いに、ではあるまいな」

ヒスイは首を横に振って、

「でも、お会いできればと願っておりました。嬉しゅうございます」

「うむ。わしもあちこち飛び回って今は大坂じゃが、また船旅に出る。縁があるな」

「はい」

と、ヒスイは頬を染めてうなずいた。

龍馬は、その彼女の顔を、うん？　とあらためてのぞき込むように見つめ、

「ヒスイ、アッという間のこの二年で何があった？　初めて会うたときより、純朴な素直さが色を潜めて、妖しゅうなっちゅうぜよ」

「え……妖しい、とは、化け物ですか」

「ハハハ、かもしれんのぉ」

龍馬は、彼女の全身を眺めわたし、「成長して娘らしさが優ってきたところを、無理に押さえ込んじゅうようじゃ。娘のようで娘でなく、むろん男でもない。かえって妖しい美しさが、もうちょっとで溢れてきそうじゃ」

ヒスイは、鷹林に言われたのと似たような事を、龍馬から聞かされて心底驚いた。

「おまん、女であるのを嫌うちゅうがか？」

ヒスイがうまく答えられずにいると、

「私のために男になってくれたのです」

救吉が代わって口を開いた。「私が郷足軽隊の医務方で、医師の見習いとして務めると決めたために、ヒスイは私を助けようと、同じ医務方に勤める事を志しました。ですが、女子(おなご)は入れぬと断られたので、髪を切って、今も男に扮(ふん)しているのです」

「分かったようで分からん話やけんど」

龍馬は苦笑して、「つまりは、周りの郷足軽や藩士たちに気づかれんよう、無理に無理を重ねちゅうわけか。そりゃあ妖しゅうもなるろう……つらいのお」

と憐れむようにヒスイを見て、「で、つらい目に遭わせゆうおんしゃあ、誰じゃ」

と救吉に目を向けた。

「弟の救吉です」

ヒスイが答えた。


「でも、わたしはつらくございません。弟を守るのは、姉として当たり前です。それに元々男っぽいと見られていましたし。坂本様にも間違われました」

「ああ、そうやったのう」

龍馬は頭をぼりぼり掻いた。「弟想いの姉様か……わしにも同じような優しくて強い姉様がおるきに、気持ちは分からんでもない。おんしゃあ幸せもんじゃのお」

と、救吉の鼻を軽くつまんだ。

「はい」と、救吉がほほえむ。

「うむ？　見れば、おんしゃあなかなかええ面相をしちゅう。目ん中に、綺麗な星が見えゆう。お医師の見習いをしゆうと申したか」

「はい。未熟者ですが」

「姉様と同じで、人を救うか？」

「はい。それが私の天命と思うております」

「頼もしいきょうだいじゃ」

ほほえむ龍馬に、ヒスイは頭を下げた。

「坂本様、わたしは謝らねばなりません」

「はて、なんのことじゃ」

そのとき小舟の船頭が、

「旦那、どないしはるんです？」

「おお。ちっくと待っちょってくれ」

龍馬は、ヒスイと救吉を、ここは邪魔になるからと、桟橋の先に誘った。桟橋を支える杭を波が洗う。目の前には大型の船が幾艘も停泊して、船出を待っている。

龍馬が桟橋の先端で、海に向かってすとんと腰を下ろした。ヒスイと救吉は、しぜんと彼の両側に腰を下ろした。

「何をわしに謝る、ヒスイ？」

「わたしは坂本様に、お願いを一つ致しました。戦だけはお避けくださいませんか、と」

「おう、よう覚えちゅうぜよ」

「お願いしたわたしが、戦のために集められた郷足軽隊の中におります。戦が起きれば、共に行動し、戦場にも出ていくでしょう。せっかく、できるだけ戦は避けて、話し合いで解決しようと、仰しゃってくださいましたのに……坂本様の動きを縛りながら、わたしは貴方様を裏切るような行いをしています」

うーんと、龍馬が考え込む様子で頭を掻く。

「でもそれは、戦で傷つく人々を助けたいと、私が申し出たからです」

救吉が割って入るように語った。「戦は避けたいけれど、世の流れや政(まつりごと)次第であれば如何ともしがたく……せめて戦で傷つく人を一人でも救いたいと願っての事です。ヒスイは、坂本様を裏切ったわけではございません」

龍馬がいきなりハハハと声を出して笑い、

「ええ姉様に、ええ弟じゃ」

両手を広げ、ヒスイと救吉の肩を抱いて、自分の方に引き寄せた。

「あしはの、ヒスイに助けてもろうて、長州に渡ってから、あちこち旅するうち勝海舟という先生に会うた。海の外にあるものの事を、よう知っちゅう先生での、あしも海の向こうの世界に惹かれるようになったがじゃ。幾たびも船に乗ったが、海はまっことええ。何がええゆうて、人がおらん」

「あの……それは当たり前ではないですか」

救吉が疑いを口にした。

龍馬は、ふふとおかしそうに笑って、

「大坂も京も江戸も、人が多過ぎる。ただの人ではない。おのれの志やら大望やらを吠えたて、かと思えば、誰かを罵(ののし)り、蔑(さげす)み、おのれこそ正しいと言い張る者が多過ぎる。ええ加減うるさいぜよ。のお、ヒスイ」

彼女の頭に、ごちんと頭をぶつける。

痛い、と思ったが、彼女は黙っていた。

「おまんとの約束は、べつにわしの動きを縛っちゃあせん。お天道様のような、大切な道しるべじゃと思うちゅうき」

「道しるべ……」と、ヒスイがつぶやく。

「戦はどうして起きるがじゃ？　人は戦を好きで好きでたまらんがか？　であれば人の世はとうの昔に滅んじゅうろう。人は本来戦がしたいわけではない。ただ欲張りなんじゃ。他の人や国の富や領地を、おのれのものにしたいと欲張り、兵や武具で相手を脅す。ただ欲張りなんじゃ。相手が従わんと、面倒でも戦を仕掛ける――相手も、おのれの富や領土をみすみす奪われとうはないから、いやいやでも戦に向かう――で、目指すところはどこぞ？　永遠に戦が続く、戦地獄か？　そんなわけがなかろう。仕掛けた張本人ですら、戦のない世を望んじゅう。戦の心配をせず、ただ旨いもんを食い、静かに眠れて、家族や友と笑いながら過ごしたい――そう願うちゅうがじゃ。けんど戦は始めたら、終わらすんが難しい。止めとうても負けでは終われん。相手もそれは同じやき、ままならん。一番ええがは、いらん欲をこらえて戦を始めん事よ。だからヒスイの言葉は、いつでも皆の頭の上にある、まごうかたなき道しるべながよ。での、救吉」

ごん、と龍馬が頭をぶつけてくる。

「痛っ」と、救吉は声を発した。

「あしゃええ事を思いついたき」

龍馬が悪戯っぽい笑みを浮かべた。

「何を思いつかれたのですか」

ヒスイが訊く。

「大坂も京も江戸も人が多過ぎじゃと言うたろう。ことに京は、でかい事をしでかしたい脱藩浪人たちで溢れかえっちゅう。尊皇攘夷じゃ、いや幕府に従えと騒いでも、真の意味が分かっちゅう者(もん)が、上におらん」

「え、まことでございますか？」

救吉はびっくりして、「上におわす方々が、賢(かしこ)くすべてを見通して、導いてくださっているのではないのですか」

「本当に賢いお人は、すべては理解できんし見通せん、という事を知っちゅう。分かったような顔をして、国のため皆のために、こうせい、ああせい、これをしちゃ過(あやま)ちじゃ、あれをしちゃ裏切りじゃ、なんぞと言うがは、まがい者よ。自分に自信がないきに強い命令を出し、従わんと罰そうとするがじゃ」

龍馬は立って、遙か遠い海を見はるかし、「誰じゃって、おのれの故郷(ふるさと)を異国の者の好きにさせとうはない。人として上下の差をつけられとうはないし、人に見下されて生きとうはない。おのれの力をふるえる場所を、皆が探しゆう」

「その通りでございます」

ヒスイは彼の顔を見上げた。

「真の過ちは、そういう若い者の居場所を用意できんかった事じゃ。それこそが、それぞれの藩の、そして幕府の政の失敗じゃ。古い頭のおやじどもがのさばっちゅうきに、異国に後れを取り、この国の発展を止めちゅう。若い者と女子(おなご)に任せたらえいがよ」

「若者と女子で大丈夫でしょうか」

救吉が彼の顔を見上げる。

「任せてみい。きっと思わぬ力を発揮するはずじゃ。ヒスイと救吉、おまんらみたいにのぉ。おまんら、どうやってここまで生きてきた？　あれこれ悩んで、苦労して、けんど工夫もして、一所懸命、やってきたがやろう。女子と若い者は、古いしがらみに毒されてないきに、新しい事ができる。自信を持て。できると信じる心と、年寄りより長い時を持っとる事が、大切な財産やき」

「はい」

と、ヒスイと救吉は口を揃えた。

「あしはこれから蝦夷へ渡る」

「エゾとは……北の端の異郷ですか」

ヒスイは目を丸くした。

「京で、居場所を求めてうずうずしゆう若い連中を、できるだけ集めて、蝦夷に連れて行っちゃる。蝦夷には、人の手が入っちゃあせん土地が延々と広がっちゅうと聞く。そこでの、ヒスイ、戦で家屋敷や村を壊すのではのうて、皆で協力して家を建て、身分の差のない新しい国を作るがじゃ。異国や、古くから蝦夷に住みゆう人たちとも対等に商いをして、仲良うするがじゃ。どうじゃ、命を救うてくれたおまんの願い、聞くことになるじゃろ」

龍馬が、彼女の顔をのぞき込む。

「はい、嬉しゅうございます」

ヒスイは思わず涙がこぼれた。「そのように、わたしの願いを大切に受け止めてくださっていたなんて……」

「ハハハ、泣くことはないろうが」

龍馬が彼女を抱き寄せた。

ヒスイに、彼のからだの温もりが伝わる。恥ずかしかったが、胸の奥が満ち足りて、幸福を感じた。


そのとき、商店が並んでいる辺りで人々の騒ぐ声が上がった。

「ん、何が起こっちゅうがぞ」

龍馬が見えづらそうに目を細める。

目のいい救吉がうかがい見て、

「お侍様が四人、お店の人たちに何やら謝るように求めておいでのようです」

「ご浪人様のようです」

ヒスイも目を凝らし、「お店の人が謝っても、刀に手をかけているご様子」

「まったく何をやりゆうかえ」

龍馬がふんと鼻息荒く駆け出した。

ヒスイと救吉も慌てて彼を追いかける。ほどなく下品な口調の声が聞こえてきた。

「ふざけるな、武士に不浄な水をかけておいて、かような端金でごまかすつもりか」

「悪辣な異人を天子様の命を受けて叩き斬るため、見回りにきた我らの迎えがこれかっ」

たぶん丁稚が店の前に水をまいていたところへ、浪人たちがわざと身を寄せ、濡れた汚したと騒ぎ、金子をゆすり取る算段だろう。

商人たちも慣れているのでうんざりし、それが浪人たちをさらに苛立たせるらしい。ついに彼らが刀を抜いた。龍馬が飛び込む寸前、

「お待ちください。さようなお振る舞いは、それこそ武士の名折れでございましょう」

浪人たちと、商人らの間に立ったのは、

「あ、辰之進様っ」

ヒスイが声を発した。

「あの若侍、知り合いか？」

龍馬がヒスイと救吉を振り返った。

「はい。伊予松山藩の青海辰之進様です」

ヒスイが答え、「お助けください」

「うーん、こん男もなかなかの面相をしちゅう。悪いが、ちくっと様子を見させてくれ」

浪人たちは、辰之進の言葉にかっとして、刀の鋭い切っ先を彼の方へ向けた。

「なんだぁ小僧、我らを愚弄（ぐろう）するかっ」

「抜け。月代（さかやき）同様、尻も青いか見てやる」

だが辰之進は抜かず、

「往来で抜刀など、もののふのする事ではないでしょう。お控えください」

「何をこの臆病者め。抜けっ」

一人がぐいと身を寄せる。

辰之進は、ひらりと身をかわし、

「臆病で申すのではございません。武士として忠義が立たぬ行いは、ただ無益です」

「こざかしいっ」

相手が刀を振るう。わっと人々が声を上げる。辰之進はまたひらりとかわした。

「よう見えちゅうのぉ」

龍馬が感心したようにつぶやいた。

周りの商人たちが、空振りを続ける浪人たちを、腹を抱えて笑うので、

「ええい、抜いて立ち合え。抜かぬなら」

浪人の一人が、刀の刃先を、そばにいた丁稚の首に向けた。「先にこのわっぱを斬る」

辰之進は動きを止めた。人々は凍りつき、丁稚は震えている。藩命による旅の途上で、みだりに刀を抜けば、辰之進自身はむろん、藩にもお咎めがあるかもしれない。

「誰じゃ、あいつは……」

龍馬が険しい声でつぶやいた。

ヒスイが彼の視線の先を追うと、周囲の人垣の向こうに頭一つ抜けて、鷹林が暗い目を輝かせ、成り行きを黙って見ている。

「同じ藩の鷹林様です」と、ヒスイが伝えた。

「いやな目をして、助けもせんで、気味の悪い奴じゃの」

辰之進が進退窮まり、のちに切腹になろうとも、今は丁稚を助けようと心を決めたのか、刀の柄に手をかけた。

「ほいほい、しまいじゃしまいじゃ」

龍馬が手を打ちながら進み出た。「三文の値打ちもないつまらん演し物はもう引きや」

丁稚に刀を突きつけた浪人にすっと身を寄せ、手刀で浪人の刀を叩き落とす。

身を翻して、辰之進に歩み寄り、

「先のある身じゃ、大事にしいや」

刀の柄の先端を、しまっておけとばかりに、とんと押した。

辰之進が驚いて、礼を言うより先に、浪人たちの刀が一斉に龍馬に向けられた。

「つまらんのぉ」

龍馬が頭を掻く。「おんしらは、大望を抱いて、死罪覚悟で藩を抜けてきたがやろ。人に笑われながら酒代をせびるより、もちっとでっかい勝負をしてみんかよ」

「何をくだらん事をぐちゃぐちゃと」

一人が地を蹴って斬りかかる。

龍馬は、落ちてくる刀の筋を見切ってかわし、相手にすっと身を寄せ、拳を強くみぞおちに当てた。相手はうっと息を詰まらせ、地面に刀を落として、膝をつく。

残る三人の浪人たちの顔に緊張が走り、さっきまでと違って油断なく身構える。

「救吉」

龍馬が呼んだ。

「はい」

「そこにある天秤棒を放ってくれ」

救吉の背後に荷物が積み上げられ、天秤棒が立てかけてある。救吉は素早く取って、龍馬に投げた。棒が長過ぎて、うまく投げられず、龍馬の手前で地面に落ちる。

今だ、とばかりに浪人三人が、正面と左右に分かれて三方から一斉に斬りかかる。

龍馬は、地面に落ちた天秤棒の先端を強く踏みつけた。棒の反対側の一端が上がって、正面から斬りかかってきた浪人の急所を突いた。相手が息を詰まらせ、股間を押さえて身を二つに折ったまま地面に崩れ落ちる。

龍馬はとっさに天秤棒の中央をつかみ、右側の浪人の腹部をどんっと突いた。

左の浪人が斬りかかってきた刃先をかわし、相手の足を天秤棒で払い上げ、仰向けに倒す。刀を持った相手の腕を足下に踏みつけ、天秤棒の先端を顔の真ん中に向けてどんっ――と突く寸前、額すれすれの位置で止めた。

「あしは、これでも北辰一刀流（ほくしんいっとうりゅう）で長刀（なぎなた）の目録をもろうちゅう。もうちぃと遊ぶかえ？」

目録とは、道場が門人に技を伝授し終えた事を証明する、免状のようなものである。

顔の前に天秤棒を突きつけられた浪人は、首をかすかに横に振り、手から刀を放した。

龍馬はほほえみ、足を下ろして、天秤棒を両肩に担いだ。

「おんしらは、力が余っちゅうがやろ。あしと船に乗れ、面白い所へ連れてっちゃる」

浪人たちがうなずくのを見て、龍馬は、鷹林の方を振り返り、

「おんしもどうじゃ。蝦夷へ行かんか」

「なに……」

鷹林が驚いた様子で、眉をひそめた。

龍馬は不敵に笑いかけ、

「力があり余って、人を追い落とすような事にしか使えんがやろ。宝の持ち腐れぜよ」

鷹林も口元に冷たい笑みを浮かべ、

「どう使おうと、しょせんは虚（むな）しいものよ」

「はっ、虚しいかどうか、虚しくならん道を求めて生きてみんで、分かるかえ」

「しょせん、誰もが死ぬ身だ」

「死ぬのが怖いか」

「生きようと、あがく連中が憐れなのだ」

「おんしなんぞに憐れまれんでも、人は神や仏が憐れんでくれるがじゃ。同じ人のくせして、つけあがるなやっ」

龍馬の強い語気が空気を裂く。

鷹林が一瞬身を斜めにした。刀の柄に手をかけたかと思われた。そのとき、

「あれま、斬り合いはおしまいでっか？」

「ほなら商売商売、早よ戻りまひょ」

騒ぎの見物に集まっていた人々が散ってゆき、丁稚たちが龍馬に深々と礼をする。

その混雑の間に、鷹林は消えていた。

龍馬は、立ち上がった浪人たちに、

「桟橋の方へ行って、待っちょれ」

四人は素直に桟橋の方へ進んだ。

「あの、お助けいただき、ありがとうございました」

辰之進が龍馬の前に出て、頭を下げた。

「おんしゃあ、さっきの男と同じ藩か？」

龍馬が鷹林がいた方に首を傾ける。

「はい。上役です」

「……いずれ、あの男で苦労するろう」

「そうでしょうか」

辰之進も予感はしていながら、あえて尋ねた。

龍馬は、手の天秤棒を彼に渡し、

「あん男の目は闇じゃ。大望や宿願などは、はなから虚しいと捨て、浪人のような卑しい欲さえうかがえん。ああいう輩は厄介じゃ」

「あの、貴方様はどういうお方なのですか」

龍馬が答える前に、

「坂本様」「龍馬様」

と、ヒスイと救吉が歩み寄ってきた。

「まさか、貴方が坂本龍馬殿ですか……」

辰之進が相手を見つめ返すと、

「実はの、あしはこの二人の友だちじゃ」

龍馬は、悪戯っぽく目を細め、「おんしも、あしの友だちになってくれんかの?」

辰之進は、跳ね上がるような勢いで一礼し、

「はい、よろしくお願いします」

彼を囲むヒスイと救吉、そして龍馬が明るく笑い、辰之進もつられて笑った。

（十七）

伊予松山藩の一行は、大坂から「三十石船」、さらに縮めて「三十石」と俗に呼ばれる乗合船に

乗って、淀川をのぼって半日、無事に伏見に着いた。

　大坂の港は、ヒスイたちが話に聞いていた通り、人が多かったが、伏見も劣らず栄えていた。西国や大坂と、京や江戸とを結ぶちょうど要となる場所にあるため、商店より宿屋や食事処、みやげ物屋や旅に必要な品を売る店が、大坂の港より多い様子で、乗合船を待つ客と降りた客とで辺りは賑わっていた。

　行き交う人の装束も実に様々で、弘法大師の開いた高野山にのぼる修験者をはじめ、京周辺の寺社へ向かう僧や修行者、またお伊勢参りに向かう者もいて、ヒスイと救吉の白い装束もまったく目立つ事はなかった。

　坂本龍馬と大坂で別れる際、伏見に出て、京にのぼるという話をすると、

「ほうかえ、伏見なら寺田屋という船宿に泊まったらええ。わしの伏見での常宿やき。亭主は伊助(いすけ)という痩せっぽちのおやじやが、宿を仕切っちゅうは、女将のお登勢(とせ)ぜよ。気持ちのさっぱりした器の大きい女やきに、きっとおまんらの味方になってくれる」

　と龍馬は請け合った。

　そして京に着いて、都合がつくなら、友を訪ねてほしいとも言った。船を操る技を学び合う仲間で、本当は一緒に旅をしたかったが、四国屋か池田屋という宿屋に集まり、

「ああじゃこうじゃと、吠えよる。わしも誘われたが、狭い所でくすぶっちょるより、広い海に出た方がよほどよかろう。蝦夷への誘いの文を書くき、渡してくれるかえ。ただ京は騒がしい。無理はせんでもええぜよ」

　代わりにというわけではないだろうが、大坂で西洋の医療器具を扱っている商店を、別の商人を通じて、教えてもらえた。

「蝦夷へ大勢連れて行ったら、また次の連中を連れに戻ってくるき、また会おうな」

という龍馬に、ヒスイは、いつかぜひ道後の温泉郷にも遊びに来て、さぎのやに泊まってほしいと伝えた。

「寄せてもらうぜよ。ほうじゃ、確か長州の高杉晋作も温泉や芸者遊びが好きじゃき、今度会うたら、道後の事を教えちゃろう」

龍馬はそう言うと、浪人たちを誘って小舟に乗り込み、ヒスイたちに手を振り、それでも足りないと思ったか、立って手を振り、船頭に怒られていた。


伏見での宿は、まさに龍馬に勧められた寺田屋だったので、ヒスイと救吉は驚いた。

実は伊予を出る前から差配役の鷹林が決めていたらしい。一行が泊まる事をしたためた書状も、先に届けてあったという。

部屋に入ってから河野が言った。

「攘夷の志士たちには、ことに名の知れた船宿だそうだ。ほら、かつて薩摩の……」

「ああ。ここは、あの騒動の船宿か……」

椋木が真顔で応える。

「何の話でございますか」

救吉が問うた。ヒスイも、龍馬が勧めた宿だけに、興味を抱いた。

四人は藩士らと別に、狭い一室をあてがわれている。窓の外はどぶ臭い裏路地だった。

「ここは二年前の春、薩摩の侍同士が、激しい斬り合いをした宿なのだ」

河野が説明してくれた。薩摩の大殿島津久光が大勢の藩士を連れ、京にのぼった。朝廷と幕府の間を取り持ち、公武融和策を上申する目的だったが……攘夷派の志士たちが、ついに薩摩が攘夷のために幕府を倒す決意をしたと勘違いして、京に集まった。

「この寺田屋には、薩摩の攘夷派の侍が大勢集まったそうだ。薩摩の大殿は、藩主の意に逆らい、事を起こそうとする寺田屋の志士たちに怒り、鎮撫（ちんぶ）のための藩士を差し向けた。しかし志士たちはあくまで志を貫こうとして従わず、ついに薩摩の侍同士で斬り合いになったのだ」

ああ、それなら……とヒスイは、兄の勇志郎から聞かされた話を思い出した。

「そのため一時は攘夷派の動きも下火となったのだが、今また盛んになってきたらしく、この寺田屋が志士たちにとって、聖地にも似た名所となっているそうだ」

「それで鷹林殿がわざわざ――」

楳木が言いかけて、慌てて口を押さえた。

鷹林が、親藩の藩士でありながら、尊皇攘夷の志を有している事を、ヒスイや救吉に知られるのをはばかったらしい。もちろん二人には旧知の事実だった。

鷹林と西原たちは、宿の主人に、二年前の騒動について話を求め、柱や階段の手すりに当時のまま残っている刀傷を見たり、直接撫でたりした――と、食事の膳を運んできた宿の娘が話した。

「皆さんもご案内いたしましょうか」

客のほとんどが刀傷を見たがると言い、それならばと、藩医たちも見に行った。

ヒスイと救吉は、辞して部屋に残り、静かに弔いの念仏を唱えた。

「失礼致します」

柔らかい言葉が部屋の外から聞こえ、襖がすうっと開かれた。

ヒマワリの花のような、明るくおおらかな笑みが、二人に向けられた。

「ようおこしやす。寺田屋の女将、登勢と申します」

ヒスイと救吉は、彼女に向き直り、

「お世話になります」

と、揃って頭を下げた。

「まあまあ、お客様がそないなこと」

恐縮した様子で登勢が部屋に入ってきて、「どうぞお顔を上げて、膝を崩して」

二人は顔は上げたが、正座のままでいた。

「えろうご丁寧なお客様どすなあ。ひと言ご挨拶をと思いまして。他のお二人は、下で刀傷を見てはりましたんで、先にご挨拶させていただきました。お二人は、興味があらしまへんどしたか」

「興味がない、というわけではないのですが」

ヒスイは言いにくそうに、「人が亡くなられた場所と伺い、物珍しげに眺めるのは申し訳ない気がして、せめて心安らかにお眠りくだされぱと、この場で祈っておりました」

「まあ、それは……」

登勢は驚いて、「亡くならはった方々の無念を思い、男泣きしはる方は、ときおりいはりますけど……お二人みたいな方は珍しおす。身に着けたはるんは、お医者様の装束どすか。伊予松山の藩医のご一行て聞いとります。なんとのう、おへんろさんの装束と似てはりますなぁ」

「あ、おへんろをご存じですか」

「そらもう。伏見を通って、四国の霊場へ向かわはるおへんろさんもいはりますし、四国を巡らはった後に、ここで休まはってから、同じお大師様が開かはった、高野山に向かわはるおへんろさんもいはりますさかい」

「この装束は、山中で難渋しているおへんろを、助けたり案内したりするときのために、実家の宿で用意しているものです」

ヒスイが応えた。

「へんろ道へ遣わされるときは——」

と救吉が言い添える、「この襟に、名が入っています。一方に、ふだんから私たちがお世話になっている明王院の名。そしてもう一方に、実家である宿の名が」

「さぎのや……さん、でっしゃろか」

登勢が言い当て、二人は目を見開いた。

「それもご存じなんですか」

ヒスイの驚きを、登勢は笑って、

「さぎのやさんなら、よう存じ上げとります」

「本当ですか」「どうしてです」

救吉とヒスイが同時に尋ね、声が揃っていたので登勢はさらにおかしそうに笑った。

「まあまあ、仲のええ事。双子はんやあらしまへんな。ごきょうだいどすか？」

「はい。わたしが一つ上です」

兄と弟とは、口にできなかった。この女将（ひと）には嘘をつきたくなかったし、ついても見抜かれるだろうと思った。

「そうどすか」

登勢は柔らかくうなずき、「道後のおへんろ宿で、さぎのやさんゆうたら、宿屋を営んでる者で知らん者はおへん。少なくとも四国へお客様を送り出す、また四国からのお客様をお迎えする宿の者には、さぎのやさんは大切な同業の大先輩なんどすえ。うちは、よそからこの家に嫁いできましたけんど、若い頃より、四国に行かはる、あるいはお戻りにならはったお客様方から、さぎのや、さぎのやと、何遍お聞きしました事か。先代の女将から、あんたもいっぺんさぎのやさんへ修業させてもらいにいきよしと、よう言われました。異人さんの船がこの国へ参ってから、京へ向かわはるお方が増えて、宿がせわしゅうなり、まだ寄せてもろてはおりまへんけど……いつかはさぎのやさんへと、思うております」

ヒスイは嬉しくなって、

「ぜひお越しください。伏見や京のお方からすれば、とんだ田舎の不調法者と思われましょうが、真心こめてお迎え致します」

「お二人も、ふだんはさぎのやさんに？」

「ああ、いえ」

救吉が顔の前で手を横に振り、「今は藩で医師のお手伝いをしていますので、さぎのやから離れています。でも、女将をはじめ宿の者たち……さらに多くの者たちがお迎え致します」

「多くの者たち……どないな方々やろか？」

「道後の温泉郷には、湧き出る湯のごとく、心の温かな者たちが溢れているのです」

救吉は口にしながら、さぎのやの者ばかりでなく、明王院の方々、観山ら藩の人たち、町医の先生方、太助ら温泉郷で働く人々、アオら山の人、またジンソや美音たちなど、多くの顔が浮かび、懐かしさで胸が熱くなってきた。

するといきなり、登勢が部屋の外に向かって手を打ち、人の名を呼んだ。宿の者が飛んでくる。

登勢は、相手に何やら耳打ちしてから、ヒスイと救吉の前に戻ってきた。

「えらいご足労でございますが、この部屋をあけとおくれやす」

えっ、と二人は互いの顔を見合った。

「それはどういう事ですか」と、救吉が問う。

「ここを出て行け、という事でしょうか」

ヒスイも不安になって尋ねた。

「へえ、その通りどす」

登勢が強くうなずき、「お二人をもうここには置いておけまへん。さ、早よう」

彼女自身が立ち上がって、さあ、と促す。

「でもこの部屋は、藩医の方もおられますし、荷物だっていろいろと……」

救吉は、立ちながらも相手に言い、

「今ここを出されても、わたしたちには他に行く場所などありません」

ヒスイも立って、相手をなだめようとするが——登勢はついに二人の後ろに回り、

「荷物も何もかんも、そのままでよろしおす。さあさあ、早よう、早よう」

と、二人をせかして部屋を出ると、そのまま廊下を渡り、裏階段をのぼって、さらに廊下を進み、宿の娘が頭を下げている前を通って、その奥の部屋に入った。

立派な床の間のある広い部屋だった。

畳は張り替えたばかりらしくツヤがあり、いぐさの香りが鼻の奥をくすぐる。床の間には、山水

画の掛け軸。美しい色合いの花も生けられている。欄間(らんま)や障子には凝った装飾がほどこされ、隅に置かれた行灯(あんどん)も上等品であり、お大尽(だいじん)（富豪）が泊まるような造りだった。

「あの、ここは……」

ヒスイはなかば呆然として、救吉と共に口を開けて室内を見回した。

「さぎのやさんのお二人を、あないな裏路地に面したお部屋に案内してしもて、堪忍しとおくれやす。穴があれば入りたい想いでございます。どうぞこちらで過ごしておくれやす」

「え、そんな、とんでもない、困ります」

ヒスイは首を横に振り、「こんな立派なお部屋を、わたしたちには分が過ぎます」

「藩から遣わされている身ですので、この部屋の宿賃を、とてもお支払いできません」

救吉も困惑して辞退しようとした。

それを聞き、登勢がおおらかに笑った。

「そないな無粋(ぶすい)な事は気にせんといとくれやす。寺田屋も、少しは泊まり甲斐(がい)のある宿屋なんやと、さぎのやさんのお二人に心に留めてほしいだけどす。お荷物はすぐに運ばせますし、他のお二人もこちらにご案内しますさかい」

二人がまだ迷っていると、

「これは至らぬまでも、うちの胸の底から、こうしたい、こうさせてほしいと、こみあげてきてる想いでございます。どうぞこころよう受け止めておくれやす」

そうまで言われて、断るのはかえって失礼だと、二人は青々とした畳の上に正座して、

「ありがとうございます。では、お言葉に甘えさせていただきます」

ヒスイが言って、二人して頭を下げた。

登勢はほっと胸を撫でおろし、

「どうぞごゆっくりおやすみやす」

「あ、でも――」

救吉がふと思い出し、「藩士の方々にどうお知らせしよう。我々だけがこのような部屋に泊めていただいたと知れたら、きっとお怒りになる方もいるはず」

登勢が、そんな事かとほほえみ、

「知られなんだらええのでっしゃろ。藩のお侍様方には黙っておられたらよろしおす」

「でも、少し後ろめたい心持ちがします」

ヒスイが応えると、登勢がそばに座り、

「藩のお侍様方は、ほどほど上等なお部屋をご所望にならはりました。一方、あなた方には中間の方より下の、一番安い部屋を申しつけはりました。聞けば、お勘定は別との事。せやったらもう少し良え部屋でもよいのでは、と差配役の目つきの鋭いお侍様にお勧めしたところ――若い者の修業の一つだから構うな、と申されたんどす。先ほどお会いした藩医のお二人も、波風立てるは海の上だけで十分だと、差配された部屋のままでよいと申されました。せやから――あなた方は、何もお侍様方に遠慮は要りまへん。ねじ込まれるような事態となれば、すべてうちにまかしときやす。寺田屋の登勢、お客様のおもてなしには、命を張っとりますさかい」

凜と声を張り、胸をぽんと叩いてみせた。

ヒスイは彼女の心意気に感じ入り、

「さすがは、坂本龍馬様からお勧めいただいたお宿であり、女将さんでございますね」

「え、お二人は、龍馬はんともお知り合いでございますか……困った事になりましたえ」

　登勢が、眉を寄せて、考え込んだ。


　ヒスイと救吉も、登勢の言葉に困惑した。

「あの、坂本様と知り合いであると、お宿にご迷惑をおかけするのでしょうか」

「それとも、もしや龍馬様の方に、ご迷惑がかかるのですか」

　二人が尋ねるのに、登勢はぽかんとして、すぐに笑いだした。

「いえいえ、龍馬はんのご紹介なら、もっと良え部屋にご案内せんと失礼にあたると思うたんどすけど、今はここより上の部屋がのうて、困った事になったと思うたんどす」

　ヒスイと救吉はひとまずほっとした。

「龍馬はんは、うちのことをなんとお言いでした？」

「はい。伏見なら寺田屋に泊まるのがよいと。伏見での常宿と申されていました。宿を仕切っておられるのは、女将さんで……」

　ヒスイが、次を言っていいのかどうか迷っていると、登勢が茶目っ気のある表情で、

「なんぞ悪口をお言いでしたか」

「いいえ、とんでもない」

　ヒスイは手を大きく横に振り、「女将さんは、気持ちのさっぱりした器の大きい女だから、きっとわたしたちの味方になってくれると、そう仰しゃったのです」

「龍馬はんの仰しゃいそうな事ですね」

　登勢は納得した様子でうなずき、「お部屋はこれより上はございませんから、うちがお二人のお

味方になって、お助けできる事はございませんか。何でもかましまへん。言うておくれやす」

ヒスイは、そう言われても急には思いつかず、いえ、と首を横に振ろうとしたとき、

「あの、このようなお頼みをしてもいいのか、お困りになるかもしれないのですが」

と救吉が切り出した。

「へえ。どうぞゆうておくれやす」

「申し遅れましたが、私は救吉と申します。こっちがヒスイです」

「宿帳で拝見しております」

「ヒスイは、女将さんにどう見えてますか」

え、と驚いたのはヒスイだった。弟はいきなり何を言い出しているのだろうか。

「どう見えているか、とお聞きなんは……」

登勢は冷静に、「つまり、ほんまは女子(おなご)はんやのに、男のフリをしている事を、申されてるんでっしゃろか？」

あっ、とヒスイと救吉は同時に声を発した。やはり見える人には明らかなものらしい。


ヒスイと救吉は、龍馬に言われた事も含めて、彼女が男に扮している経緯(いきさつ)と、このまま扮し続けるのが難しくなっている事情を、包み隠さず登勢に打ち明けた。

「ヒスイが女子であると、差配役の鷹林様は知っておられながら、どうしたわけか秘してくださるようです。しかし他の藩士の方々はそうはいかないでしょう。知られれば、きっと郷足軽隊の医務方にはいられなくなるでしょうし……ヒスイだけでなく、手伝ってくださった方々にもご迷惑がかかると思います。どうすればよいのか、正直困っています」

救吉の言葉に続けて、ヒスイが、

「さらに髪を短くして、さらしをもっともっときつく巻いた方がよいのでしょうか」

と尋ねたところ、登勢は顔の前のハエを払うように手を振り、苦笑を浮かべた。

「あきまへん。そんな事したら、かえって悪目立ちします。そうどすなぁ……」

彼女はじっと考え込んだのち、ヒスイと救吉を交互に睨むように見つめ、よしっと膝を打って立ち上がった。

「ご相談、承りました。この登勢にまかしとくれやす。ほな早速、お二人とも参りましょうか」

二人は促されて立ちながら、「あの、どこへ……」と、それぞれ尋ねた。

「ついてきてくれはったらよろしおす」

登勢は、二人を連れて、廊下を渡り、階段を下った。途中で宿の娘(こ)に声をかけて、一緒に奥へ奥へ。やがて風呂場の前で止まり、

「救吉はんは、殿方のお湯へ」

宿の娘が、こちらへ、と救吉を導く。

「ヒスイはんは、どうぞこちらへ」

登勢みずからが女湯へと案内した。脱衣場の所で、この先が湯船だとヒスイに告げて、

「まあともかく湯浴(ゆあ)みして、旅の疲れをお取りやす。故郷の霊泉のようには参りませんが、少しは助けになりますやろ。着替えは用意しておきますので」

ヒスイは拍子抜けした思いながら、素直に装束を脱いで裸になり、湯船につかった。

久しぶりに湯に肩までつかり、からだの芯から温かくほぐされて、慣れない旅の疲れが湯の中に溶け出していくように感じられた。

髪も洗って、さっぱりし、脱衣場に出ると、男物の浴衣と、浴衣用の下着が用意されていた。だが探しても、さらしの用意はなく、そのまま浴衣を身に着けると、女である事が明らかになってしまうと不安をおぼえた。


「よろしおすか、入りますえ」

登勢が戸をがらりと開けて入ってきた。

「お湯加減はいかがどした？」

「あ、とてもいいお湯でした。旅の疲れが取れました。ありがとうございます」

ヒスイは浴衣用の下着姿で頭を下げた。

「そうゆうてもろうて恐れ多いようでございますけれど、ようおました」

「あの、それで着替えですけれど……」

ヒスイが暗にさらしの事を問うと、

「さらしでしたら、用意してまへん」

「え、どうして……」

登勢は、母が娘をさとすような表情で、

「さらしはもう巻いたらあきまへん。娘らしゅうなってきた胸を、無理にも押さえつけようとするのは、女子である事実が明らかになってしまうと思い込まれてやろけど、その思い込みが、妖しい花になるんどす……その思い込みを捨てなはれ」

彼女の言葉が、ヒスイにはまだ分からず、

「どうしてでしょう。胸がふくらめば娘らしくなったと見られます。隠さねば、女子である事実が皆に知られてしまいます」

「ヒスイはん。宿に着かれて、お部屋に案内した娘の着物の柄を覚えてはりますか。うちで働いてる娘たちを並べて、どの娘が救吉はんを案内していったか、当てられますか」

問われて、ヒスイは首を横に振った。

「人というものは、常におのれが一番大事なんどす。よその人の事なんか、気にしているような顔をしてても、ほんまはそないに気にしてまへん。相手が自分を見てるのやないか、気にしてるのやないかと恐れるのは、一つの思い上がりどす」

登勢はヒスイの目をまっすぐ見て、「よろしおすか。当人が気にするから、周りは気になるんどす。あんさんが、どこぞで無理しているのが伝わるからこそ、相手もどないしたんやろかと、気ぃつけて見るようになってしまうんどす」

ヒスイはなんとなく分かってうなずいた。

登勢は、彼女の後ろに回って浴衣を着せ、

「男はんでも、人によったら、着物の上からでも胸の辺りがふっくらしとる方がおりますやろ。けど着ている物や髪の形で、女子やと思う者はおりまへん。また女子はんでも、胸の薄い方はいくらでもおます。けど着物や髪の形で、男と思う者はおりまへん。つまり、こないな仕事をしとるのは男や、こないな恰好をしとるのは女やと、人はぱっと見ただけで、はなから決めてるんどす」

「そういうものなのでしょうか」

ヒスイはまだ半信半疑だった。

「もう一つ大事なんは、人というものは、いったん相手がこないな人やと思い込んだら、よほどの事でもない限り、その見方を変えしまへん。それが真実どす。周りの方々が、ずっとあんさんを男として見てきたのなら、堂々としてたらよろしおす。少うしからだより大きめのものを身に着けて、それでも気になるなら、締めつけて隠すんやのうて、手拭いをたたんで、おなかに当てたらよろし」

登勢は、たたんだ手拭いをヒスイの腹に当て、浴衣を合わせて帯をしゅっと締めた。やや大きめの浴衣は、全体にだぶついて、からだの線もあらわれない。

「うちはな、勤めている間は、女やと思わんと、女将という大きな役どころを全(まっと)うしているつもりでおります。あんさんも、医務方の鷺野日水という役どころを全うする、で通せばよろしおす」

「はい」

ヒスイが安堵して、うなずいたところへ、

「女将さん、ご用意ができました」

と、廊下から声がかかった。

「そう。ほんなら入って」

戸が開いて、着物と宿の半纏(はんてん)を羽織った娘たちが、つつつと五人連なって入ってくる。ヒスイの方に向かって並び、それぞれ目を伏せ気味にして何かを待つ様子に見える。

「働いてる娘(こ)たちのうちの五人どす。ご挨拶しなはれ」

五人が無言のまま揃って頭を下げる。

「あ、よろしくお願いします」

ヒスイも頭を下げた。

登勢がにっこり笑って、

「ほら。ぱっと見ただけで、相手の事を決めてしまいますやろ？」

え、とヒスイは娘たちに目を戻した。一人の娘が困ったようにほほえんで、

「ヒスイ」と呼びかける。

目を凝らしてみると、

「え、救ちゃん？」

とたんに娘たちが、わっと笑った。

「救吉はんに、お力を貸していただきました」

登勢はにこやかに、「お化粧はしてへんのでっせ。細面で整った顔立ちやさかい、鬘をかぶって着物を合わせたら、よう似合う事。舞妓のお化粧をしたら、すぐにも一流どころのお座敷にも上がれる思いますわ」

「とんでもないですよ。ヒスイの役に立つって仰しゃるから、こんな着物も着たんです」

救吉が口を尖らせるようにして応える。

「どうどすかヒスイはん。最初に娘たちやと聞いて、着物姿を見たら、はなから女子やと思い込んで、弟はんでさえ見落としてしまうやろ。そういうもんなんどす」

「分かりました、ありがとうございます」

ヒスイは登勢に礼を言い、娘姿の弟にも、

「救ちゃんもありがとう」と礼を言った。

「ああ、無理してよかったよ。じゃあもう恥ずかしいんで、元に戻してください」

と、救吉が周りに訴えかけるが、

「なんでですのん、似合うてはりますえ」

「これで一緒にずっと働きましょうな」

と、娘たちが救吉を囲んで離さない。

救吉は、顔を赤くし、どうしてよいか分からぬ様子で、娘たちのされるままになっている。

そんな彼の姿を、ヒスイは初めて見た。

はじめは、ただおかしかったのに、人慣れしている娘たちに、顔を撫でられたり、腕や背中をつつかれたりしている救吉を見ているうちに、次第に悲しいような、腹立たしいような、胸騒ぎする妙な気持ちになってきた。

なんで救ちゃん、娘たちにさわられて笑ってるの。元に戻してって言いながら、楽しそうなのはどうしてなの……。

「救ちゃん、いやらしい」

と、思わず口をついて言葉が出た。

え、と救吉だけでなく娘たちも振り返り、ヒスイ自身、びっくりして顔を伏せた。

登勢が、はいはいと手を打って、

「皆は仕事に戻ったらええ。救吉はん、おおきに、ご苦労さんどした。わたしがちゃんと元に戻しますさかいに。さ、行きましょ」

と、娘たちと共に、救吉を連れて脱衣場から外へ出て行った。

ヒスイは、おのれの気持ちの乱れをもてあましていた。

弟が娘たちに少し騒がれたからと言って、何なのだろう。一方で、救ちゃんだっていつかはお嫁さんを貰う日が来る、と考えると、また気持ちが乱れてくる。

いきなり戸の向こうで大勢の人の笑い声が聞こえてきた。宿泊客が風呂に入りに来るのかもしれない。慌てて廊下に出る。少し先の廊下に、数人の女性客が見えた。さも男湯から出てきた顔で、すれ違う。確かに誰もこちらを注意して見ている様子はなかった。

どの部屋だったか、見当をつけて進んでいくと、「ヒスイ」と呼ばれた。

救吉が廊下に立っている。男物の浴衣姿に変わっていた。

ヒスイはなんて言おうかと迷っていたが、照れたような、困ったような表情で頭を掻いている彼を見ると、ついおかしくなって吹き出した。

それを見て、救吉も安心したのか笑い出し、二人で笑いながら部屋に戻った。

誰もいないと思って見回すと、あまりの豪華さに恐縮しているのだろう、河野と楪木が部屋の隅で、正座をして待っていた。

ヒスイと救吉は、翌朝、登勢に深く礼をして、寺田屋の玄関で草鞋をはいた。

ヒスイは、口元にはもちろん、頭にももう白い布を巻かなかった。

胸にもさらしは巻いていていない。まだ少し気になり、おなかに手拭いをたたんで入れてはいるが、

「わたしは男でも女でもなく、医務方の看護人、鷺野日水だ」

と心に言い聞かせていた。

先に出発する藩士たちを見送る際、鷹林がヒスイを見て、ん、と眉をひそめた。短い間だが、じっと彼女を見つめたのち、何か感じ取ってか、ふんと鼻で笑って、背を向けた。

西原が出発間際に、「お医師たちは、ドブ臭い部屋でよう眠れましたかな」と皮肉を言い——それに対して、河野と楪木はにこにこと、「おかげさまでよう眠れました」と答えて、相手から妙な

顔をされていた。

京からの帰りは、藩士たちとは別になる。

四人は大坂の適塾で、緒方洪庵先生を偲ぶ集まりに参加するためだ。

「帰りも、ぜひお立ち寄りくださいさい。お部屋を用意して、お待ちしとりますさかい」

と登勢は、ヒスイと救吉だけでなく、藩医二人にも告げた。

救吉は、宿の娘たちにかわるがわる囲まれて、きっと帰りも寄ってくださいね、別の宿になさったら怒りますえ、などと甘い声をかけられていた。

登勢と娘たちに手を振られ、鷹林らの一行から少し遅れて、藩医と医務方の四人は京の藩邸へと向かった。

朝早い出発だった事もあり、近頃は物騒になったと噂される京の町も、思っていたより穏やかだった。いやむしろ、行き交う人々はみな笑顔で、町全体の雰囲気は明るかった。

京に着いたら楽しい事が待っている——と、登勢が別れ際に告げたが、それと関わりがあるのか……ともかく、何のさしさわりもなく、一行は伊予松山藩の藩邸に入った。

（十八）

伊予松山藩の京の藩邸は、現在の京都市中京区高倉通にあった。

まっすぐ北へ一キロほど上がれば御所がある。北西の方角に直線距離でやはり約一キロの場所に、幕府将軍の宿舎となる二条城がある。東へまっすぐ五、六百メートル進めば、先斗町。鴨川に突き当たるので、四条大橋を渡って、花見小路を進めば八坂神社という、警固の務めにも、また息抜きの遊興にも、ほどほど都合の良い立地であった。

ちなみに藩邸跡は今、公立の小学校になっている。周囲には、祇園祭で用いる山や鉾を保存管理している町が多いらしい。

先年の文久三（一八六三）年十二月、将軍家茂が京にのぼった際、伊予松山藩は二条城の二条口の警固を命ぜられた。

藩主松平勝成も江戸から付き従い、家茂のお供として、朝廷にも参内している。

そのため、辰之進たちが到着したとき、勝成はまだ藩邸にいた。もちろん下級の武士に殿との直々の拝謁はかなわない。

辰之進たち軍方四人は、あてがわれた一室で、同じ藩邸内に藩主がいるという事実に緊張しつつも、ようやく目的地に着いた安堵感からくつろいでいた。すると、どこからか祭りのお囃子のような音が聞こえてきた。

なんだろうと、先輩の倉木が立ってゆき、しばらくしてにこやかに戻ってきた。

「おい、有名な京の祭礼、祇園会（祇園祭）の山鉾巡行がじき始まるという事ぞな」

「ほう、祇園会か。それは運がええのぉ」

「ほうじゃなぁ。生きとるうちに、祇園のお祭りは一遍は見たかったけんのぉ」

他の二人、越智と佐伯も、その話に笑みを浮かべた。

「青海も、その若さで、ついとる奴じゃ」

越智の言葉に、有り難く存じます、と辰之進はかしこまって頭を下げ、

「ですが……祭礼ですと、会津藩や桑名藩の調練を見学する件はどうなりましょうか」

え、と先輩連は眉を曇らせた。それもそうじゃと互いに言い合って、ちょっと聞いてくると、倉

木がまた出て行った。

鷹林たち兵器方の部屋は少し離れている。医師の一行に関しては——藩医は藩邸詰めの藩医らと合流して共に過ごし、ヒスイと救吉の二人は、足軽と同じ扱いでよいとされ、厩（うまや）のそばにある長屋風に並んだ家の一つをあてがわれていた。

やがて倉木が、今度は湿った表情で戻り、

「一応見学には赴く。だが、祭りの最中は調練も控えめになるらしい。場所は町から離れているのだが、祭礼に遠慮をして、どうやら火薬は使わないとの事だ」

「つまり鉄砲も大筒も撃たぬのか」と、佐伯が声を落とす。

「砲術は見たかったのぉ」と、越智はため息をついた。

「いや、祭礼が終われば、調練も元のようにやりよるじゃろう」と、倉木が声を明るくして言う。

「であれば、なぜでしょうか」

辰之進は首を傾げ、「祭礼の期日を京の藩邸は知っていたはず。調練がその期間は控えめとなる事も、これまでの経緯から分かっていたでしょう。出立を少し遅らせればよかったのではないでしょうか」

先輩三人は、顔を合わせてほくそえみ、

「それはそれ、差配役とて人の子じゃからのう」

「名高い祭礼も見学した方がよかろうて」

「誰しも、祭りは好きなもんぞな」

はあ、と辰之進は一応は承りながらも——いや、それだけだろうか、と考えを巡らせた。

京はもちろん天子様のおわす地である。その地で千年前より続くといわれる大きな神事に参加する経験は、尊皇派にとっては大切な意味を持つもののように思われる。

また鷹林の気質からして、ただの楽しみだけで、都合の悪い旅程を組むとは思えない。何かしら祭りの賑わいに乗じて、企んでいる事があるのではなかろうか。

従兄の惣一郎からは、鷹林の動向に注意を払うよう忠告を受けている。

会ったばかりで友として受け入れてくれた坂本龍馬からも、鷹林に関し、厄介な人物だから苦労するだろう、という旨の言葉を受けていた。

楽しげな祇園囃子の音に、かえって不安な思いをかきたてられ、辰之進はふらりと外へ出て、星の明るい空の下、ヒスイと救吉を訪ねてみた。

ごめん、と声をかけると、はいと返事があり、戸を開いたのは、救吉だった。もう旅装を解いて、寝間着に着替えている。

「ああ、これは悪かった。もう寝るところだったのだね、またにしよう」

「あ、いえ、装束を洗ってしまったので、着替えただけで、まだ寝はしません」

救吉が、奥にいるヒスイをうかがうと、

「どうぞ、お入りください」

と彼女が応えた。

救吉に続いて、辰之進は家の中に入り、古くてささくれの目立つ畳に上がった。

辰之進は、畳のがさがさした表にふれて、眉をひそめた。

「これは……わざわざ郷土からきた医務方の者を迎える部屋としては、お粗末だね。替えてもらえないか、明日頼んでみよう」

彼の言葉に、ヒスイはにこやかに、

「身に余るお部屋でございます。伊予の郷足軽隊の宿舎は板敷きです。おへんろを助けるために山道を歩いていた頃は、雨漏りするお堂に泊まる事もしばしばでした」

「そうですよ、このくらいの方が落ち着きます。二人だけなので、気も楽ですし」

救吉も応えて、「ただ、お尻の下に当てていただく座布団が置いていなくて」

「いや、気にしなくていいよ」

「でしたら、せめて膝くらい崩してください」

もとより辰之進は刀を差してはいない。だがまだ袴をはいて正座をしている。

「二人が崩せば、崩すさ」

ヒスイと救吉は顔を見合わせ、では、と膝を崩した。辰之進も崩し、

「二人は、先ほど祇園会という祭りがある話は耳にしたかい?」

「はい、先ほど厩の世話をしているご老人から聞きました」

ヒスイが答えた。「寺田屋の女将さんから、京では楽しい事が待っていると聞いていたのですが、お祭りだったのですね」

「楽しいだけで終わればいいのだが……」

辰之進は、先輩たちのいる席では口にしづらかった懸念を正直に漏らした。

「何か心配事でもあるんですか」と、救吉が問う。

「いや、確かな話ではないのだが、祭礼で大勢の人が集まる、また、人々の心が浮き立って注意がそれる……何か怪しい事を企む者があるとしたら、こうした時機を狙いはしまいかと思ってね」

「怪しいとは、どういった事をお考えですか」

ヒスイの問いに、辰之進は首を横に振り、

「分からない。ただ、この賑わいを好機と思う者たちがいる気がしてならないのだ」

「それは攘夷派の方々ですか」

救吉が声をひそめ、「つまり、鷹林様……」


「救ちゃんっ」

ヒスイがたしなめるような声を発した。

だが、辰之進は聞きとがめるより、やはりと思い、

「救吉も、何か感じているのかい」

「尊皇攘夷を志される方々の行動が、ここ二年のうちに激しさを増してきたのを、勇兄さんの瓦版から感じ取っていました」

「勇志郎さんの瓦版は、多くの人から聞き知った話が基となっている。つまり彼一人の勝手な推測ではなく、多くの事実が集まったものだから信用がおける。彼の瓦版には、今の時勢について、どう刷られているんだい？」

「はい。ご公儀（幕府）は……」

と救吉は言いかけて、礼を失すると思ってか、口をつぐんだ。

「構わない。正直に述べてくれ」

辰之進は穏やかにうなずき、先を促した。

「ご公儀は、長い年月の慣習で、頭ごなしに命じれば、相手はひれ伏し、従うものと思い込んでい

たし、今もそうだと」

救吉は、勇志郎の瓦版に刷られていた話を伝えた。「だから、意見を異とする相手と話し合い、実りのある道を見いだしたり、共に発展していく道を作り出したりする事ができない」

辰之進は無言でうなずいた。ご親藩の藩士としては聞き捨てならない話だが、実は彼自身が日ごろ思っていた事と重なっている。

「異人たちから国を守るという大義は、ご公儀とて同じである。またご公儀は、朝廷に参内して尊皇の念も示している。なぜもっと早く、尊攘派や、志士を代表する者たちと話し合い、譲ってもよいところは譲り、よりよい道を見いださなかったのか……面子(めんつ)がつぶれる、威信が揺らぐと、つまらない体面に囚(とら)われた結果——尊攘派の藩や志士たちは、生きるか死ぬかの瀬戸際になり、行動が過激にならざるを得なくなった。元々の尊攘派は、今よりもずっと穏健で、幕府に考えを改めてほしいと願う程度の者が多かった。ご公儀みずからが、相手の憎しみをかき立て、ついには幕府を倒すしかない、と企む者たちを増やしてきてしまった、と……」

辰之進は深くため息をついた。明確に考える事を避けてきたのだが、救吉の話を耳にして、このところずっと彼自身がもやもやと胸の内で悩み続けてきた問題を、はっきりと言葉という形で示されたのを感じた。


「救ちゃん、もうそのくらいで……」

と、ヒスイが制した。

「いや、聞かせてもらえてよかった」

辰之進は目を伏せてうなずいた。「やはり祭りの間に、何か起きるかもしれないね」

「止める事はできないのでしょうか」

ヒスイが心配顔で言った。

「むろん止めたいのはやまやまだが」

辰之進は考え込み、「何をするか、分からなければ止めようがない。京の警固を任されている方々が、見回りや探索をして、何も災いが起きぬように気をつけておられるとは聞いているが」

「その警固の方々というのは、もしや会津藩のもとでお働きになっている、新選組なる浪士隊の方々の事でしょうか」と、救吉が尋ねた。

「え、知っているのかい、新選組を」

「はい。勇兄さんの瓦版で読みました。観山先生からも聞いています。実は……」

救吉が口を閉ざし、ヒスイを見た。ヒスイも何か秘密を抱えている様子で困っている。

「どうかしたのか」と、辰之進は訊いた。

「辰之進様は、その新選組をどう思われていますか？」と、逆にヒスイが訊いてきた。

「どう思うか、とはなんの事だろう」

「会津藩は、御家門(ごかもん)という、伊予松山藩より将軍様に近いご親藩なのだと、観山先生からお聞きしました。会津のお殿様は、京都守護職といって京全体の警固を任されておられます。その会津藩のもとで、新選組は京の治安を維持する任にあるとの事ですから、伊予松山藩とはお味方同士です」

「その通りだ。我が藩も、会津、桑名、彦根などの藩と共に、京の警固を命ぜられているから、新選組はお身内だ。藩士からすれば、ことに頼りがいのあるお味方だと思う」

「頼りがい？」と、救吉が不思議そうに訊く。

「うむ……藩士はね、私のような若輩者でも藩という大きなものを背負い、右に動くか左に動くかすら、上役の指図なく勝手はできない。警固の現場で、盗人を見かけても、まず上役に報告し、警固を離れてでも捕まえよという命がなくば、持ち場を離れる事は許されない。だが新選組は、小さな隊で、現場での裁量が大幅に許されているらしい。急な泥棒や押し込みや暴行があれば、迅速(じんそく)に出動して取り締まるから、各藩は彼らの後ろに回り、頼りにするというか――実は、面倒な仕事を押しつける形になっていると聞くよ」

「ああ、だからなのかもしれませんね」

ヒスイは納得した表情で、「寺田屋の女将さんに、新選組の事を尋ねたのです。京に近いし、多くの人が宿に泊まられて話も聞くでしょうから、市井(しせい)の人々はどのように思っているのだろうと気になって」

「なるほど。で、女将はどう答えた?」

「困った顔をされて、良い面もあり、悪しき面もあると……。京に集まった浪人やならず者たちの中には、尊皇攘夷の志をかさに無法な乱暴狼藉を働く者がわりと多く、皆困っていたところ――新選組の方々が現れ、厳しく取り締まってくださったおかげで、悪さをする者たちは減り、助かったそうです。それには感謝している……のだけれど、新選組の中にも悪さを働く人がいて、商家に押し入り、法外な金子を求めたり、女の人を拐(かどわ)かしたり、屋敷を壊したり。また、京の町を守ってやっているのだとばかりに、いばった態度で人々を威圧したり、罪科(つみとが)のない人を捕まえて厳しい調べを行ったりする事もあり……嫌う人々も次第に増えている、との事でした」

「そうか……いや、あり得る話だね」

「女将さん自身は、宿で亡くなった志士の方々の無念さをよく存じているし、坂本龍馬様とも親しいので、新選組には厳しい目を向けてしまうけれど、と前置きされた上で――先ほど救ちゃんが語った中に、ご公儀が厳しく押さえつけるばかりのために、尊攘派の行動が、過激にならざるを得なくなったとありましたが……女将さんも、厳しい取り締まりが続けば、反する者たちの力も激しくなり、新選組を憎む者が出てくるのはもちろん……後ろ盾の会津や桑名、また他のご親藩も、ついには憎まれる事になるやも、と――伊予松山藩の先行きも、気にかけてくださいました」

それを聞いて、辰之進はやはりあり得る話だと理解した。また、同じ国の者同士が、望まぬままに、憎み憎まれる立場になってしまう時勢の流れに、暗澹たる思いがつのった。

「少し、つらく聞こえる話だね……実は、新選組には、かつて我が藩に仕えていた人物がいるのだよ」

ため息とともに、つい打ち明けていた。「私は、幾度かすれ違う程度で、直接話した事はないのだが、勇ましい逸話をよく聞いていた人で……ヒスイも会った私の友人、内藤助之進の屋敷で、中間として勤めていた時期もあったんだ」

え、とヒスイと救吉が息を詰めたようだったが、辰之進はそのまま続けた。

「その助之進が京に旅したおり、会おうとしたが会えず、幾らかの金子だけ置いていきたそうだ。だから、私が京へのぼると知り、もしも機会があれば、訪ねてほしいと頼まれた。ただし、助之進が会おうとしたのは元服前でね。本来は藩士が簡単に会う事はできない、私も元服を果たした身では、難しい。とはいえ、今はご公儀のために働いている人なのだから親しみも湧く……ゆえに、新選組については、まったくの他人事とは言えなくてね、悪く思われるのはつらいところがある」

「あの、それはもしや、原田左之助さんの事ではありませんか」

ヒスイがびっくりした様子で尋ねた。

辰之進も驚いて目を見開いた。

「なぜ、それを……」

「左之助さんには、わたしたちが幼い頃に、たびたび遊んでもらった事があるのです。そして、これはもう思い切って、お話ししますが……」

と、ヒスイは救吉と顔を見合わせ、互いに承知した様子でうなずき、「実はわたしたちも、左之助さんに会ってほしいと頼まれていたのです、観山先生に」

「なんと、大原先生に……？」

「多くの方の思いをお話しくださいました」

救吉が話を継いだ。「左之助さんの剣の技や才知を愛で、脱藩を惜しいと残念がっていた方々が、彼が新選組で働いていると知り、励ましたいとお思いになられたようです。いくら会津藩のお預かりとはいえ、さすがに我が藩士が、脱藩した左之助さんに正面から会うのは、さしさわりがある……でも、私たちなら許されるだろうし、長州藩などの間者の目もすり抜けられるだろうからと」

「なるほど、そんな話があったのか……」

「お隠ししているのは、心が痛みました」

ヒスイは頭を下げ、「誰にも明かすなと、観山先生のお申し付けでしたので」

「いや、私もこの件、黙っていよう。ただ、原田さんとお会いできたら、ご様子など、伝えてくれれば嬉しい」

「もちろんでございます」

ヒスイはうなずき、「内藤助之進様の、左之助さんへのご伝言も、お受けします」

原田左之助に対する助之進からの伝言は、別段これといった内容はなく、ただ達者でいるかどうかを確かめた上で、父や母や自分をはじめ縁のある者たちは皆、陰ながら応援しているので、ご公儀のために精を出して務めてほしい、というものだった。

だが言葉よりも、きっと相手にとって有り難いのが、実のあるものだろうと、金子をまた幾らか預かっていた。

「会うのは難しいと申すのに、万が一という事もあるからと、助之進が押しつけていったのだ。今は部屋にある。二人がいつ新選組の屯所（宿舎）に向かうのかが決まっているなら、その前に渡しておきたい」

明日は、会津藩か桑名藩の洋式調練を、藩士だけでなく、藩医とヒスイたちも見学する事になっている。そのあと藩邸内の藩医たちから、京や大坂の進んだ医療について講義をしてもらえるという話もあった。

「新選組の屯所にうかがうのは、早くて明後日になるかと存じます」と、ヒスイは答えた。

祭りで賑わう京で、何かしら不穏な事が起きるのではないかという懸念が去ったわけではないが、ヒスイと救吉と話して、辰之進の鬱屈も少しは晴れた。

「伏見から京へ入る手前で、道の両側に広がっていた田を、ご覧になられましたか」

辞去しようとする辰之進を、玄関口まで送りに出たヒスイが言った。

京へ至る道を、藩士たちは少し先行して歩いていたので、ヒスイらと言葉を交わす機会はなく、藩士たちの間でも田の話などは出なかったものの――確かに道の両側が、青々とした美しい色に輝いていたのを覚えている。

それなのに、騒乱の都に入るという緊張で、せっかくの景色をゆっくり眺める余裕がなくて残念だった。

「青く映えていたのは……田に水を入れ、代掻き(しろか)をして、田植えが終わったという事なんだね」

「はい。多くのお百姓が田に入り、雑草を抜いていました。稲が丈夫に育つためには、大切な作業でございます」

「ああ、秋にたわわに実った稲穂の波が、黄金色に揺れる景色を見たいと思っていたのに……忙しさのあまり、見逃してしまった」

そういえば……と辰之進はある事を思い出して、かすかに胸が痛んだ。

あれは、ヒスイと知り合って間もない頃――山の上にある神社の前から、眼下に広がる水を張った田の美しさに、心を打たれていたときだったと覚えている。

そうした田畑を守り、田畑から命の糧(かて)を生む民たちを守るためにも、戦を避けてほしい、と願うヒスイに対して――辰之進は、誇りや士道を重んじる武士というものは、たとえ死んだとしても守るべきもののために戦い……また、敵を前にして逃げたりかわしたりはしない、それでは武士ではなくなる……と強く言いつのった覚えがある。

今はあの頃ほど「武家でなければ、分からぬ事があるのだ」と、直情的に言い放つ焦りはない。だが一方で「武士の魂を失って、生きていけるものか」と、今なお誇りを胸に思い続けている。

あるいは、そう思う心が、多くの武士たちには当然であるがゆえに、今の尊皇派と佐幕派とが、あい譲れぬまま騒乱に至っている遠因になっているのかもしれない。

とすれば、武士というもの、その階級や立場や職が、さらには誇りが、罪であるのかもしれない

……という考えが、辰之進の頭をよぎり、まさか、と、みずからの考えに驚いた。

不思議そうに彼を見ているヒスイと救吉に、慌てて辞去の言葉を告げ、二人からの挨拶の途中で、逃げるように外へ出た。

武士がいる限り戦はなくならず、戦を避けるには、武士が消えねばならぬのか……いやしかし……と同じ問答を頭の中で繰り返しつつ、宿舎に近づいた。

不意に中庭の方で、裂帛の気合と、ぶんっと凄まじく風を斬る音が聞こえてきた。

庭木の陰からうかがうと、中庭の一角で、背の高い人物が、上半身裸で、木刀を一心に振っている。空には細い月。かすかに光が地に届いて——あっと息を呑んだ。

鷹林雄吾だった。秘かに稽古を積む日月が、彼の剣を鋭く磨き続けているのだろう。

不意に彼が木刀を振る手を止めた。

「俺は斬る」

夜陰を貫いて、低い声が辰之進に届いた。

「幕府にも天皇にも頭を下げる節操のなさ。ただ俸禄（給与）欲しさに会津にすり寄り、名を売るために、志の高い憂国の士たちを討つ愚者の群れ——すなわち新選組を斬る」

辰之進は思わず足が震えた。彼がいるのを承知で、あえて聞かせているのだろうか。

「裏切り者の原田左之助と共に、斬り捨てる」

鷹林は、月の光の下で冷たく笑い、また木刀をむんっと振って、風を二つに斬った。

（十九）

ヒスイと救吉は、藩邸を出て、高倉通を南に下り、四条通に出た。

大きい通りは碁盤目状なので分かりやすい。右へ曲がって、四条通をまっすぐ西へ、壬生村へと向かう。

目標は壬生寺。そのそばの庄屋の屋敷が、新選組の屯所になっている――と、藩邸詰めの藩医たちから教えられた。

現在の地図では、伊予松山藩の藩邸と、新選組の屯所――それぞれがあった場所は、おおよそ一・五キロしか離れていない。藩士側から訪ねるにしても、原田左之助が顔を見せるにしても、ちょっとした散策程度の距離である。むろん事情が事情なだけに、どちらも訪れる事はなかった。

ヒスイと救吉は、へんろと見間違えられそうないつもの白装束で、共に健脚であり、祭り囃子に浮かれている町をすぐに抜け、青々とした水田が広がる田園風景の中に出た。

旧暦六月、今の七月で、陽射しがまばゆい。あちらこちらに点在する百姓家の藁葺き屋根も、燃え立ちそうに見える。

田の稲はすくすく伸びて、この辺りでは祭り囃子より、蛙の声が盛んであり、ヒスイも救吉も故郷を思い出して嬉しくなった。

「あっ、ヒスイ、薬草がいっぱい見えるよ」

救吉が喜びの声を上げた。田んぼのあぜ道のところどころに、薬に使える草が生えている。

「採ってもいいかな。旅先で、薬草が手に入らずに困ってたんだ」

「お願いして、許しを得ないとだめよ」

ヒスイは答えた。「それにまず、左之助さんにお会いする役目を果たさないと」

「それはそうだね……あ、あの人に道を教わろうよ。すみませーん」

通りから間近い場所で田の雑草を取っていた年配の女性に声をかけ、壬生寺の場所を尋ねた。

白い装束が、寺を詣でる信心深いきょうだい、とでも見えたのか——女性は親切に教えてくれた。

今いる道をもう少し先へ進むと、左に入る道がある。そのまま南へ下って行くと、ほどなく大きい屋敷が見えてくる。それが庄屋の八木様のお屋敷で、やや斜め向かいにも大きい屋敷がある。そちらは、庄屋の前川様のお屋敷であり、今はご家族に代わって、

「お侍様たちが、大勢住んでおいでどす」

壬生寺は、その庄屋のお屋敷を通り過ぎて、もう少し先にあるという話だった。


ヒスイと救吉が、教わった方へ通りを曲がっていくと——蟬の声が大きくなった。

すぐに田が切れ、薄茶色の土塀が道の片側に続く。八木源之丞という庄屋の敷地を囲んだ塀だろう。その向こうの高い木々に止まった蟬が、かまびすしく鳴いている。

やがて道の反対側にも長い土塀が現れた。そちらは前川荘司という庄屋の屋敷だという。

ほどなく手前の八木邸の塀が切れ、立派な構えの門が現れた。二人は足を止め、左右の門柱に掛けられている看板を見た。

「ここみたいね」

ヒスイが言い、

「ここだね」

と救吉がうなずいた。

一方の門柱の看板には、

『京都守護職　会津中将様御預』

と書かれており、もう一方の門柱には、

『新選組屯所』

と雄々しく書かれていた。

門から中をのぞくと、人の気配がする。

八木邸と前川邸の両方ともが屯所だと聞いていたが、目当ての原田左之助がどちらにいるかは分からない。ともかくじかに聞いてみるしかないと思い、

「ごめんくださーい。お頼み申しまーす」

「お聞きしたい事がございまーす」

長州藩の間者や、過激な浪士たちの手の者が潜んでいるかもしれないので、外でみだりに藩名を告げたり、左之助の名を出したりせぬようにと、観山から注意を受けていた。

すると、奥の母屋らしい建物の玄関が勢いよく開いて、侍姿の若者が飛び出してきた。

ヒスイと救吉が声をかけようとするのに、

「邪魔だっ、どけっ」

突き飛ばす勢いで駆け出していった。

彼が飛び出してきた母屋の玄関内からは、何やら揉めているような、または唸っているような妙な感じの声がする。

二人は互いに顔を見合わせて、門の内側に入り、母屋の玄関先に進んだ。

玄関の内側は広く、また暗い。苦しげにうめく声と、しっかりしろ、医師を呼びに行かせたから安心しろ、と励ます声が聞こえる。

「あの、ごめんください」

ヒスイが呼びかけたとき、背後から、

「変わった恰好だね。もしかして長州の間者かな？　だったら、斬っちまうよ」

陰になって、相手の顔が見えない。

呼びかけられ、揃って後ろを振り返った。

「きみたちは、誰かな」


ヒスイと救吉は、腰を抜かさんほどにびっくりして、とっさにその場に正座した。

「勝手に入り込んで、失礼致しました。決して怪しい者ではございません」

と、ヒスイが手をつき、頭を下げた。

「人が慌ただしく飛び出していった後、苦しげな声が母屋から聞こえてきたものですから、何事かと思ったのです。申し訳ありません」

と、救吉が言い訳し、「もし斬るなら、どうか私だけでご勘弁いただき、あ……」

姉と言いそうになったが、「兄は、お許しください。お願いします」

と、額を地面につけるほど頭を下げた。

「いいえ、弟の方を許してやってください」

ヒスイもさらに深く頭を下げる。

すると相手は、高い笑い声を響かせて、

「ごめんごめん、たわぶれ（冗談）だよ。おへんろかもしれない丸腰の者たちを、誰が斬るものか。さあ頭を上げて、ほら、もう顔を見せて。見せないなら、やはり――」

斬っちまうよ、と言われそうで、二人は即座に顔を上げた。思わずどきりとした。

目の前に相手の顔がある。気配もなく腰を落とし、二人の前にしゃがんでいたようだ。

月代を剃った若い侍の姿で、ほっそりした端整な顔がほほえんでいる。切れ長の目は凜々しく、珍しい生き物を見つけた子どものように、瞳を輝かせている。

「お互いをかばい合うなんて、仲のいいきょうだいだなぁ」

指先で、仔犬にふれるように、ヒスイの、そして救吉の額を、つんつんと突つく。

二人は、相手の行動が子どもっぽい、というか、お侍にしては突拍子もなく、じっと身を固くして、相手を見つめ返していた。

「ハハ、二人とも澄んだ目をして、可愛いなぁ。ねえ、どうしてそんな装束なんだい」

「え、あの、これは……」と、ヒスイが言いかける。

「壬生寺に用のある、おへんろかい？」

「いいえ、これは医務方の装束です」

ヒスイの言葉に、相手が首を傾げる。

「医務方とは、お医師の事か？　でもきみたちは随分と若いよね。本当のお医師かい」

「はい。未熟者ですが、医師の見習いと看護人をしております」と、救吉が答えた。

相手はまっすぐな目でうなずき、「じゃあ上がって。隊の中に急の病人が多く出てるんだ。でも祇園会で、お医師が捕まらないんだよ」

「そうか。うん、信じよう」

彼に背中を押されるようにして、ヒスイと救吉は草鞋を脱ぎ、座敷へ進んだ。

布団が幾つも並べられ、病人らしい浪士風の男たちが顔をゆがめて横になっていたり、苦しげに身を丸めていたりする。

「山南（やまなみ）さーん」

二人の後ろから、彼が奥に向けて、「お医師と看護人が来てくれましたよー」

奥の方で横になっていた壮年の侍が、しんどそうに首をもたげて、こちらを見た。

「随分若そうだが、大丈夫なのかね」

「大丈夫ですよ。目が澄んでます」

「なんだいそれは。信用できるのか」

「殺気も邪気もない、純真な者たちだと、私が信用しました。何よりの証でしょう」

「まったくきみは……素性（すじょう）は知れてるのか」

「ああ、そう言えば、名前も在所も知らなかったね。そのくらいは聞いておこうか」

相手は、ヒスイと救吉の前に回り、それぞれの肩に手を置き、人なつっこく笑いかけ、

「私は、新選組一番隊組長、沖田総司（おきたそうじ）。昔から知ってる人や、親しくなった子どもらは総司と呼ぶ。きみたちもそう呼んでいいよ。好きなものは、正直さと、純真な子ども。嫌いなものは、嘘と嘘が平気になった大人だ。だから、もしきみたちが嘘をついたら――」

斬っちまうよ、と言いそうに、悪戯っぽく二人の目をのぞき込む。

「あ、わたしは、鷺野日水と申します。伊予松山藩から参りました。看護人です」

「鷺野救吉です。医師見習いです。伊予松山出身の原田左之助さんを訪ねて参りました」

二人の言葉に、えーっと総司は声を上げ、嬉しそうに目を丸くした。

「左之さんの知り合いなの？　もう、早く言ってよ。左之さん、あいにく今、町の方に出てるんだ。道理で、きみたちの言葉に、聞いたような田舎（いなか）なまりがあると思ったよ」

総司は、新選組総長山南敬助（けいすけ）を振り返り、

「どうです、信用できるでしょ？」

「原田君の本当の知り合いかどうか調べてからだ」

「疑り深い大人だなぁ。嫌いになるよ」

「隊全体の事を思い、慎重なだけだ。沖田君の目は信用している。だが局長と副長がお留守の今、副長助勤でもあるきみには、ここにいる隊士全員を納得させる責任もある」

総司は、苦しげに横たわっている隊士たちを見回し、ヒスイと救吉に視線を戻した。

「仕方がない。きみたち、左之さんの事で知ってる話があれば教えてくれる？」

ヒスイと救吉は互いの顔を見てから、

「子どもの頃ですけど、左之助さんにはときどき遊んでいただきました。むきになると、こなくそ、とよく口にされていました」

ヒスイが話すと、総司が声を上げて笑った。隊士の何人かもくすくす笑っている。

「今も左之さん、こなくそ、って言ってるよ」

総司は救吉を見て、「他にある？」

「おなかに切腹の痕が残っているはずです。伊予にいた頃——上役の方に、足軽の子は切腹の作法を知らないだろう、とからかわれた事に立腹し、だったらやってみせると、いきなり腹を切って、周囲は慌てて藩医の方々の所へ運び込んだと聞いています」

「うんうん。あるよ、腹に一文字の傷痕が」

「あの、でも、左之助さんの話より——」

ヒスイは、総司と山南を交互に見た。「わたしどもは、藩の郷足軽隊の医務方に勤めています。

まず皆様のご様子を拝見させていただけないでしょうか。そしてどういった療治がよいか、お話しする事で、身の上を判断していただく方が、わたしどもの本意に適いますかな」

「うん、立派な口上だ。それはいいね」

総司が満足そうにうなずく。

「よし、いいだろう」と、山南も応じた。

救吉とヒスイは手分けをして、苦しんでいる隊士たちの様子を見た。顔色を見て、額の熱を手のひらで測り、首もとで脈を取る。吐きけや下痢の有無を確認する。

救吉が、山南の状態も確かめた。

ヒスイが、弟のそばに寄り、自分の診た隊士たちの病状を伝える。

救吉は、山南とその枕元に座った総司に、

「食あたりと思われる方と、霍乱かくらんと思われる方が、それぞれ半数ほどおられます」

霍乱とは、現在の熱中症の事である。

「今のこの京の暑さですと、朝晩口に入れる物の傷いたみが早く、また腐っていても、暑さゆえに味がよく分からぬまま、食してしまい、食あたりと申して、腹痛や下痢を生じ、ときに高い熱を発します。霍乱は、暑い中で、水を十分にとらぬまま剣術の稽古などを長く行いますと、気づかぬうちに身の内が乾いて、血の巡りも悪くなり、めまいや頭痛、吐きけを催もよおし、立っていられなくなります。お侍様は、我慢を美徳とされるところがあり、水を飲む事や休む事を控え、結果として病を重く致します」

「なに、武士の我慢がいかんと申すのかっ」

隊士の一人が声を荒らげた。

「こら、お医師を脅してどうする」

総司がその隊士の額を打った。

「私どもも稽古はよく致します」

救吉は続けた。ご無礼ながら……と、左足のふくらはぎを前に出す。

「刀傷を縫う技を身につけるため、死んだ獣をよく用いますが、我が身を刃物で切って、のちに縫う稽古も致しました」

ふくらはぎに二箇所の縫った痕がある。

ほう、と総司と山南が驚いて目を見張る。

「こうした稽古は、私の我慢強さを誇るためではありません。よい医術を身につけ、怪我を負った方々をよりよく治すためです。お侍様の稽古も、より強くなられ、より確かに志を遂げんがために行うのでありましょう。無理な我慢を重ねた結果、身を壊し、病に倒れるのでは、本末転倒かと存じます」

「ハハハ、これは耳が痛いね、山南さん」

総司の明るい声に、山南も苦笑して、枕に頭を戻した。彼は知的な目を救吉に向け、

「で、霍乱は我慢し続けるとどうなるね?」

「はい。呼んでも返事をしなくなり、手足が震え、うわごとを言い、ついには心の臓の動きが弱って、死に至ります」

室内がしんと静まった。

「で、よい療治の策はあるのかね」

「皆様が最も苦手とする事でございます」

「うん？　なんだねそれは」

「心を穏やかに、ゆっくり休まれる事です」

とたんに、総司がまた笑った。

「確かに新選組の最も苦手な事だなぁ。とくに土方（ひじかた）さんが嫌いそうだ」

「他にはないのかね」と、山南が訊く。

「ございます。霍乱の方はからだを冷やします。水も飲んでいただきますが、ただの水ではなく、塩と砂糖を加えます。ございますか？」

「へえ、厨（くりや）（台所）にございます」

下働きらしい老女が玄関先から答えた。いつのまにか人が集まっている。

「では、わたしが配分をお伝えして、皆様のからだに合うお水を、お作りしてきます」

ヒスイが立ってゆく。

「食あたりも安静が大事ですが、下痢や吐きけ、また熱を下げるのに効き目のある薬草がございます。沖田様……あの、総司様？」

と、救吉が呼び名を迷う。

「総司でいいよ」と、彼がほほえむ。

「では総司様、来る途中、田のあぜなどに薬草がございました。採取してよろしいですか」

「もちろんだ。よし、一緒に行こう」


救吉は、総司と田のあぜ道を進んだ。

下働きの老人が伴（とも）をし、彼の用意した日よけの笠をかぶって、薬草を採集してゆく。

総司はすぐに飽いた様子で、土手状になった道端に腰を下ろし、草笛を吹きつつ、救吉と、彼の指示で薬草を採る老人を見ていた。

「救吉。きみは医師の家の生まれなのか？」

総司が、草笛をぷうと吹いて、尋ねた。

「いえ、私は捨て子です」

救吉は正直に話した。「修験者の方に拾われ、へんろ宿に預けられて育ちました。町で開業しているお医師の家へ下働きに出て、だんだん医の術を習い覚えるうち、人を助ける道が合っていると思い至りました」

「捨て子か……では日水も一緒に捨てられ、一緒に預けられたのかい？」

「その件では、総司様に申し上げねばならない事がございます」

老人は少し離れている。話す声は届かないだろう。それでも声をひそめて、

「ヒスイは実は姉です。女子（おなご）では、郷足軽隊の医務方に入れないので、男に扮しています」

「ほう……」

「嘘がお嫌いだと申されていたので、心苦しく思っていました」

「そうか。よく話してくれたね。あとで嘘だと分かったら……」

総司がほほえんだが、切れ長の目は笑っているようには見えず、救吉はひやりとした。

「本当は子どもはよく嘘をつく。自分を守るために、大人よりつくかもしれない。だから私が本当に嫌いなのは、他の人を陥（おとしい）れるような嘘だ……実は、日水は女子かな、という気もした。でも何の気負いも感じられなかった。あの年頃では娘っぽい男子（おのこ）もいるし、救吉の兄者だと信じていた」

「申し訳ありません」

「いや。この沖田総司の目をくらましたんだ、今のまま堂々としていたら、きっと露見する事はないだろう」

「ありがとうございます。姉を身ごもっていた母親は、同じへんろ宿に助けられ、姉を産んだあと、亡くなったそうです。ですから、次の年に宿に預けられた赤子の私と、姉弟として育てられたのです」

「縁が深いのだね。血が通っているきょうだいよりも仲がいいと思うのは、だからかな」

総司が、また草笛を吹こうとして、いきなり咳き込んだ。はじめは痰でもからんだのかと思ったが、どんどん激しさを増した。


「総司様……」

救吉が身を寄せようとすると、総司は突っぱねるように手を伸ばし、顔を背けた。

咳が救吉にかからないように気遣っている様子からして、人にうつす病にかかっているやもしれぬと、彼自身気にかけているのかもしれない。

しばらくして彼の咳がおさまると、救吉の後ろに来ていた老人が、「お水を」と竹の水筒を差し出した。救吉が受け取り、総司に手渡す。彼は一口飲んで、息をつき、

「心配いらない。疲れたときなど、急に咳が出て、止まらなくなる事がある。今日は、救吉たちが訪れて、ふだん殺伐としていた屯所が明るくなり、気分が良くて、咳も出なかったんだがなぁ……日に当たり過ぎたか」

そう言われれば、屋内は暗かったのでよく分からなかったが——外で見る総司は、笠の下とはい

え顔色が青白い。陽気な口ぶりほどには、健やかそうに見えなかった。

「お薬は飲まれてますか」と、救吉は尋ねた。

「いや、大したことはないからね。それに苦いのが嫌いなんだよ」

総司がそっぽを向くようにして答えた。

救吉は考えを巡らした。総司様は、少年のような純真な方だが、そのせいか一途で、とても誇り高い。もしかしたら誇り高くおのれを保っていないと、いやな嘘に慣れた大人たちと対峙する事も、邪悪な相手を斬る事もできないと、自分を律しているのかもしれない。弱みを見せるのを嫌うのは、我慢ではなく、命を賭した矜持だと感じられた。

「総司様、私はハハコグサを乾燥して持参しています。これを煎じ、ひと仕事終えた後のお茶として、共に飲みませんか。この辺にはオオバコもあります。私も咳き込むときがあるのですが、ハハコグサには咳を鎮める効用があります。隊士の方々の腹痛や下痢に対し、ヨモギとゲンノショウコを集めていますが、オオバコとヨモギを一緒に煎じて飲むと、咳や痰にも良いと言われています。私のためと思い、一緒にお試しくださいませんか」

「ふぅん……救吉のためなのかい」

「はい。総司様となら、苦いお茶でも我慢して飲めると思います」

「ハハハ、仕方ない、共に飲んでやるよ」

「では、一度戻りましょう。皆さんにも早く薬草を煎じて飲ませて差し上げたいのです。どうぞ肩をお使いください」

救吉は、総司が立つときの助けとなるように、彼のすぐそばに身を屈めた。

ヒスイと救吉が郷足軽隊の調練に立ち会っていた際も、霍乱で倒れる者が多く出た。からだが熱を持っているので、首筋と両腋と内股の所に冷たい水に浸した布を当てた。それは効いたが、水は飲ませてもあまり良くならない。汗が沢山出ているので、汗と同じしょっぱい水を飲ませてはどうかと、救吉は藩医たちに相談した。試してもよいと許しが出て、水に塩を入れてみたが、倒れた者たちは嫌って口にしない。そこで砂糖を少し加えて味を調えたところ、誰もが飲むようになり、水だけの場合よりも回復が早かった。

何度か試して、水に加える塩と砂糖の、ちょうどよい加減の量を割り出したが——それを今、霍乱で倒れたとおぼしい新選組の隊士たちにも飲ませて回ったところ、重い症状の者は次第に減っていった。

「おう、どこぞどこぞ。伊予からわしを訪ねてきたという若い者(もん)はどこぞなっ」

日が暮れて、そろそろ藩邸に帰らないと、とヒスイと救吉が思っていたところに、大きな声を響かせ、体格の良い、きりりとした顔立ちの侍が、母屋の玄関先に飛び込んできた。

年を重ねて面差しに厳しさが増し、風格のようなものも全身から漂わせているが——あ、左之助さん、とヒスイも救吉もすぐに気づいて、玄関先へ進み出た。

「は？　おまえら、誰ぞな」

左之助が太い眉をひそめた。

「へんろ宿のさぎのやの者です。道後山や神社裏でよく遊んでもらいました」

と、ヒスイは、嬉しさのあまり、声を弾ませて語りかけ、

「湯築(ゆづき)城跡の竹藪(たけやぶ)では、竹の子を、こなくそ、こなくそ、と一緒に掘りました」

と、救吉は、ようやく目当ての人に会えた安堵と喜びで、顔をほころばせた。

「お……そういや、竹の子を掘ったのお」

左之助が眉を開いて、目を輝かせ、「ほんなら、あん頃のさぎのやの子らか。ぼんやりとしか覚えとらんが、大きなったのお」

と、懐かしそうにヒスイと救吉を見て、肩に手を置くと……おや？　と首を傾げた。

「男二人のきょうだいやったかの？」

ヒスイと救吉が身を固くしたところへ、

「左之さん、二人はお医師の見習いと看護人で、うちの隊士を助けてくれたんですよ」

総司が助けるように割って入り、「つもる話も、病人がいるここではまずい。離れに行きましょう。二人も腹が減ったろう。誰か、握り飯のようなものでも持ってきてくれ」

総司の声に、下働きの者が応える。

「ともかくよう来たの。こっちにおいでな」

左之助が二人を誘って、母屋を出た。


母屋の隣には、新選組が家主の八木源之丞に求めて建てさせた道場があり、その奥に、元は隠居用の離れがある。今は、夜中に咳き込む事のある総司と、彼とウマの合う世話好きの左之助、副長土方歳三とそりの合わない山南の三人が、主に使っている。

局長近藤勇以下、健康な隊士たちは、通りをはさんだ斜め向かいの前川邸が、より広いので（母屋が百四十六畳敷きだったとも言われる）、宿舎として使っていた。

簡単な食事をとった後、ヒスイの打ち明け話に、左之助は驚いた。

「いやいや、確かに気が強うて、男勝りではあったが、さぎのやの子らは姉と弟じゃったと覚えておったのよ。よう化けたのぉ」

「申し訳ございません。だますつもりではございませんでしたが……お許しください」

ヒスイは、左之助と総司に頭を下げた。

「弟を助けたくて髪を切り、娘らしい恰好もあきらめた姉様を、誰が責めるか。のお、総司」

「そうですね、可愛い人だね」

総司が優しい目をして言い、ヒスイは驚き、顔を赤くした。

左之助が、へへっと笑い、

「総司は、おのれじゃ気づいとらんが、かなりの女たらし……いや、人たらしだからの」

「なんですか、それは。心外だな」

「人に好かれるって事よ、ほめとんぞな」

左之助は手を伸ばして軽く総司の肩を突つき、総司も左之助にやり返した。左之助は昔から嘘のない青空みたいな人だったから、純真さを好む総司とも気が合うのだろう。

「このたびは、お名前は出せませんが、藩の要職にある方々が、左之助さんの新選組でのお働きを快く思われ、ぜひ励ましたいと願われて、私どもを遣わしたのです」

救吉は、観山から委ねられた口上と、その経緯を語り、また内藤助之進からの伝言も、併(あわ)せて話し——肩に提げていた袋を開き、預かっていた金子を、彼の前に差し出した。

「かたじけない。助之進君は、せっかく会いに来てくれたのに、会えずじまいで残念に思っていたところだ。目付であったお父上同様、立派な藩士になられたんじゃろうの」

「はい。そのように伺っています」

「うん。これは有り難く頂戴いたす」

左之助は軽く一礼して、金子をふところに入れ、

「我が隊のために使わせてもらう……が、総司にも、あめ玉を買（こ）うてやらんといかんの」

「たわけ」

と、総司が笑って、左之助の肩を突いた。


「それから左之助さんに、さぎのやの大女将からの言づてもございます」

ヒスイがかしこまって告げた。「わたしたちが左之助さんに会う事は、秘していましたのに、大女将は神事を通して知り得たらしく……もし旅先で、左之助さんに会ったなら、どうぞいっぺんふるさとに戻られて、長年の苦労の汗を、霊泉のお湯で洗いにおいでんかな、と伝えてほしいと申していました」

「さぎのやの大女将が……嬉しいのぉ。鷺（さぎ）の神様に誘うてもろうたみたいじゃ」

左之助は感激した様子で、「よし、総司。京の町を脅（おびや）かす悪者どもを退治したら、一緒に道後の霊泉につかりにいこう。おまえ、温泉に入った事はあるんか？」

「いや、そんなヒマはなく、まだ一度も」

「いかんぞな。小さい頃から剣の修行に明け暮れて、近藤さんや土方さんについて、ここまで汗のかき通しじゃろ。おまえのからだは悲鳴を上げとる。いっぺん長めの静養をした方がええぞな。一緒にゆっくりしようや」

「そんなに気持ちのいいもんなんですか」

「ほらほうよ。歴代の天皇（みかど）も気に入られた霊泉ぞな。湯につかって、疲れを癒やして、ほかほか温まっての、上がったら瀬戸の魚で一杯じゃ。酒がだめでも、ミカン汁を飲んだらええ。きっと生き

返る心地ぞな、のお救吉」

「はい。総司様が来てくださるなら、精一杯お世話と、町の案内もさせていただきます」

「へえ、そりゃ楽しそうだな」

総司が純真な笑みを浮かべた。

「おうよ、総司はええ奴じゃけんの。こんな時勢じゃなかったら、大勢の子どもや仲間に囲まれて、楽しゅう笑って生きるのが似合いよ。それに比べて、わしは……どうかの？」

「左之さんはね」

と、総司が悪戯っぽい笑顔で、「こんな狭い国じゃなくて、海の向こうの広い大陸で、馬賊(ばぞく)の親玉になるのが似合ってる人だよ」

「ハハハ、ええの。みんなで霊泉でのんびりした後は、一緒に大陸に旅に出ようや」

いきなりガラリと離れの玄関戸が開いた。

異様な人影が声もなく、ずいっと中に入ってくる。

総司も左之助も一瞬で身を固くした。

「邪魔をする」

「土方さん……わざわざどうして」

左之助の気まずそうな声を聞いて——目の前に立つ、周囲を圧倒するような気迫を帯びた、鋭い眼光の武士が、有名な土方歳三なのだと、ヒスイと救吉は理解した。

「隊士たちのからだの具合を診てくれた、若いお医師と看護人がいると聞いて、ひと言、礼を言いに参った」

土方の声は野太く、よく通る。

「ああ、この子たちですよ」

左之助が、ヒスイと救吉を手で示し、「私のふるさとから、わざわざ訪ねてきてくれましてね。ふだんは伊予松山藩郷足軽隊の医務方に勤めておるという話で、苦しんでいた隊士の様子を見て、手を尽くしてくれたんですよ」

「鷺野日水です」

「鷺野救吉です」

二人が丁寧に頭を下げる。

土方が、黙ってじっと見つめているので、

「だめですよ、土方さん」

総司がたしなめる口調で、「そんな怖い目で、隊士たちの恩人を睨んじゃ。震える二匹のウサギを前に、舌なめずりしているオオカミじゃないですか。ほら、よだれも出てる」

土方はつい苦笑して、

「ばかいえ。よだれなんぞ出すか」

と言いつつ、気になったのか、口元から太い顎にかけて、厚い手のひらで拭った。

「ともかく礼を申す」

彼は頭は下げず、わずかにうなずく事で礼に代え、「しかし、随分と若そうだが」

「まだ見習いの身です。ですがずっと町医と医務方の元で修業を積んで参りました」

救吉が応えた。

「京では伊予松山の藩邸においでなのかな」と、土方が問う。

「はい」

と、二人してうなずき、

「では、そろそろおいとましなくては……」

ヒスイが言って、左之助の方を見た。

「うん。つい懐かしさから引き留めてしもうたな。藩邸まですぐそこだ、送っていこう」

「私も近くまで送ろう」

左之助に続き、総司も立とうとした。

「いや、いかん」

土方が止めた。「お二人には、我が屯所にお泊まりいただく」

え……と四人揃って土方を見た。

「祇園会の浮かれた風に乗せ、怪しきはかりごとの炎が上がりはせぬかと危惧される今、隊士の様子や屯所内部を目にした二人を、このまま巷に放つわけには参らん」

「土方さん、二人は会津と同じご親藩である伊予松山の者ぞな。いわば身内じゃ」

「さような事は、かかわりなしっ」

土方の表情が険しさを増した。「今が慎重を要するときである事は、左之助も総司も重々承知のはず——二人とも明朝、ある場所の探索に出てもらう。その結果次第で、医務方のお二人をお帰しするか、もうしばらくご滞在いただくか、決する所存だ」

「あの、でも……」

ヒスイは困惑し、「帰らねば、藩邸で心配されるだろうと存じます」

「使者を出す。隊士の具合をもう少々、お身内である貴藩の医務方のお二人に診ていただく事になったと、お伝えしよう」

「あの、もう一つ……」

救吉は、土方の眼力に負けぬよう気を張り、

「今日は四日ですが、十日に大坂で、大恩ある方の法要をかねた集まりがあります。私たち二人とも、藩医の方々と共に、七日の朝には京を出立せねばなりません」

「その願い、承ったが、まずは天子様のおわす京の治安こそが大事。明日を過ぎても何事もなしと分かれば、すぐにお帰しする」

土方は、四人の顔を睨み渡し、「ご異存あるまいな。では万端よろしくお願いいたす」

押さえつけるように言って、隙もなく外へ出た、と思うと玄関戸が音もなく閉まった。

「いやー、悪かった。もっと早くここを出ておけばよかったのぉ」

左之助が、ヒスイと救吉に謝った。

「では、やはりわたしたちはここに……」

ヒスイは、左之助を、そして総司を見た。

「土方さんは、一度言ったら聞かないから。泊まっておいきよ、布団は用意させる」

総司が仕方なさそうに応えた。

「分かりました。ご病人たちのそばにとどまり、回復を願って、できるだけの事をするのも、天命に適うものでしょう」

救吉は告げて、ヒスイとうなずき合った。

その日は夜遅くまで、また翌朝早くから、ヒスイと救吉は、食あたりと霍乱に倒れた隊士たちの

状態を診た。多くの者の症状が軽くなり、頼りなくとも、立てるようになった者もいた。

総司と左之助は、いつのまにか姿を消していた。屯所内に人の声は少なく、蟬の声に包み込まれるようだった。

昼近くに外の通りが騒がしくなった。ことに前川邸の人の出入りが激しくなる。総司と左之助が殺気立った表情で、母屋の前から道場に向かう姿が見えた。山南がようやく立てるようになり、着衣を整えて、ヒスイと救吉に尋ねた。

「もし今、戦が生じた場合、私を含めてここにいる何人が、戦えるだろうか？」

「戦えるとは、どのような事を申されていますか？」

ヒスイは山南に聞き返した。

「早い話、刀を抜いて敵と渡り合う事だ」

「それは、無理です」

救吉は即座に首を横に振った。「立てたと申しても、まだ歩くのがやっと。食事もまともにとれていませんから、刀を構える事さえおぼつかないかと存じます」

「何を申す。拙者、百人でも斬れるぞ」

最も回復が早いと思われた隊士の一人が、刀を手にして、鞘のまま正眼に構える。とたんに足がふらつき、尻もちをついた。

「さように局長にお伝えしよう。おい」

山南が、使い走りの若者を呼んで、言付けし、前川邸へと走らせた。

そのあと八木邸の道場から、多くの武具が運び出されていくのを、ヒスイと救吉は不思議な思いで眺めた。

日が傾き、蟬の声がやわらいだ頃、

「おーい、ヒスイ、救吉」

玄関先から左之助が呼んだ。「長く引き留めて悪かったな。行こう。途中まで送る」

二人が玄関で草鞋をはいていると、山南が立ってきて、深くうなずき、

「ありがとう。おおいに助けられた」

背後の隊士たちも、二人に目礼した。

「局長も感謝されているよ」

総司が左之助の後ろから現れた。「丁重にお送りいたせとさ。私も途中まで行くよ」

四人が、薄暮の四条通を歩いていくと、その前後にも新選組の隊士が、町の中心部へと向かう姿が認められた。

「皆様方も、お出かけなのですか」

ヒスイが訊くと、

「おう、今宵は、祇園会の宵山ぞな」

左之助がにこやかに、「山鉾の巡行に先立つ、曳き初めじゃ。見物に行くのよ」

「きみたちも見物するなら、藩邸のそばから離れない事だ。人が多くて迷うからね」

総司も笑みを浮かべている。

ヒスイと救吉は、二人の笑みが硬く、昨日と変わらない姿なのに、鎧を着ているような緊張感がみなぎっているのを感じた。

今夜何かがある——が、聞いてはいけない事に思えた。

「ではヒスイ、救吉、また会おうの」

藩邸のある通りの手前で、左之助が言う。

「霊泉での世話を、楽しみにしているよ」

総司がほほえみかけてくる。

だがヒスイも救吉も、この二人にはもう会えないのではないか……という予感がした。

初出　毎日新聞二〇二三年一月二十一日～二〇二四年五月十二日。
本作品はフィクションであり、実在の場所、団体、個人とは一切関係ありません。

天童荒太（てんどう・あらた）

一九六〇年愛媛県松山市生まれ。八六年「白の家族」で野性時代新人文学賞を受賞。九三年『孤独の歌声』が日本推理サスペンス大賞優秀作となる。九六年『家族狩り』で山本周五郎賞、二〇〇〇年『永遠の仔』で日本推理作家協会賞、〇九年『悼む人』で直木賞を受賞。一三年には『歓喜の仔』で毎日出版文化賞を受賞。ほかに『あふれた愛』『包帯クラブ』『ペインレス』『巡礼の家』『ジェンダー・クライム』など。

青嵐の旅人

それぞれの動乱

印刷　二〇二四年九月二十日
発行　二〇二四年十月一日

著者　天童荒太
発行人　山本修司
発行所　毎日新聞出版
〒一〇二―〇〇七四
東京都千代田区九段南一―六―十七　千代田会館五階
営業本部　〇三―六二六五―六九四一
図書編集部　〇三―六二六五―六七四五

印刷・製本　光邦

ISBN 978-4-620-10874-2